9클래스 소드 마스터

이형석 퓨전 판타지 장편소설

WISHBOOKS FUSION FANTASY STORY

9클래스 소드마스터 16

이형석 퓨전 판타지 장편소설

초판 1쇄 찍은 날 | 2020년 9월 10일
초판 1쇄 펴낸 날 | 2020년 9월 17일

지은이 | 이형석
펴낸이 | 예경원

기획 | 위시북스
편집책임 | 이은송
편집 | 위시북스

펴낸곳 | 예원북스
등록번호 | 제396-2012-000132호
등록일자 | 2012. 7. 25
KFN | 제1-555호

주소 | 경기도 고양시 일산동구 호수로 646-24 위너스21II빌딩 206A호 (우)10401
전화 | 031-819-9431 팩스 | 031-817-9432
E-mail | yewonbooks@naver.com

ISBN 979-11-365-4076-8 04810
      979-11-6424-597-0 (set)

9클래스 소드 마스터
WISHBOOKS FUSION FANTASY STORY
이형석 퓨전 판타지 장편소설
16
Wish Books

CONTENTS

Chapter 1   7

Chapter 2   53

Chapter 3   149

Chapter 4   187

Chapter 5   227

Chapter 6   277

Chapter 7   315

▶Chapter 1◀

착-!! 차착--!!

수백 갑주의 철갑이 부딪히는 소리마저 마치 하나인 것처럼 완벽하게 들렸다. 번뜩이는 창날은 높게 솟아 있었고 가장 선두에 선 기수가 들고 있는 창끝에는 제국을 상징하던 붉은 깃발이 아닌 자유국의 푸른 깃발이 펄럭이고 있었다.

장관을 이루는 군단의 행렬 속에 황도에 있던 모든 사람들은 새로운 왕을 맞이하기 위해 길가 곳곳마다 무릎을 꿇고 고개를 숙였다.

"멋지군."

밀리아나는 폐허와 다름없는 부서진 황도를 살피면서 나지막하게 말했다.

"그렇군요. 대륙의 패자라고 오만했던 제국의 수도에 이렇게 두 발로 걸어 들어오다니 말이죠."

카일라 창은 그럼에도 여전히 살짝 긴장한 듯 쭈뼛쭈뼛 그녀의 뒤에 서서 말했다.

"내가 뜻하는 건 그게 아닌데."

"네?"

"혼자서 이만큼 부숴 버리다니……. 아무도 할 수 없는 일이잖아. 안 그래?"

"아, 네……. 그렇죠."

"흐음. 용족화를 하면 가능하려나? 그래도 힘들겠지."

그녀는 마치 넘어야 할 산이 존재한다는 것에 대해서 무척이나 기쁜 듯 말했다. 그런 그녀를 바라보며 카일라 창은 자신도 모르게 고개를 저었다.

"가벼운 농담일 뿐이야. 다들 긴장하지 마라. 우리는 승자다. 그러니 가슴을 펴고 당당히 걸어야 할 의무가 있다."

전장이든 아니든 언제나 변함없는 그녀의 모습에 사람들은 확실히 남부의 여제라 칭할 만하다는 생각을 했다. 그도 그럴 것이 그들의 뒤를 따르는 수많은 병사들은 다름 아닌 타투르에서 항복한 제국군이었기 때문이다.

숫자만 놓고 본다면 오히려 이들이 자유군을 압도하는 상황. 이 상황에서 황도에 남아 있는 병력까지 합친다면 그 차이는 컸기에 제국에 발을 들여놓은 자유군들은 긴장하지 않을 수 없었다.

탁-

하지만 성문을 지나 태양홀이 있었던 자리에 도착한 순간 사람들의 생각은 완전히 바뀌었다. 그곳에 있는 모든 사람들은 할 말을 잃은 듯 침묵하고 말았다. 밀리아나의 농담은 정말로 농담에 불과할 뿐이었고 그녀가 느꼈던 왕의 품격은 그저 군주의 일면에 불과하다는 걸 느꼈으니까. 뿐만 아니라 그들이 느꼈던 걱정은 한낱 기우에 불과했음을 깨달았다.

"하하."

밀리아나는 역시나 하는 표정으로 고개를 저었다. 그녀가 용족화를 시전하여 날뛴다면 황도를 망가뜨릴 수는 있을지 모른다. 하지만 제아무리 그녀라 할지라도 그들이 눈에 펼쳐진 풍경을 만들어내지는 못할 것이다.

마치 옥좌에 앉아 있는 것처럼 백금룡의 잘린 머리의 돋아난 뿔 위에 앉아 있는 카릴의 모습은 그 어떤 수식어로도 표현할 수 없는 위압감을 그들에게 보여주었기 때문이다. 승자를 반기는 나팔 소리도 패배의 곡소리도 없었지만 그런 사소한 증명을 할 필요조차 없는 일이었다. 저 모습 하나로 그가 이 황도의 주인이라는 것을 그 누구도 반박하지 못할 것이었으니까.

"제왕(帝王)……."

누군가 자신도 모르게 읊조린 한마디가 모두의 귀에 꽂혔다.

"할 일이 많아."

카릴은 기다렸다는 듯 타투르에서 온 자유군들을 맞이했

다. 왕좌가 바뀌었음에도 불구하고 이렇다 할 의식이나 행사는 없었다. 들려 오는 소리는 그저 부서진 건물들을 수리하는 공사의 소음과 임시로 마련한 저택의 회의실뿐이었다.

"차라리 타투르로 수도를 옮기시는 것은 어떠십니까?"

앤섬이 조심스럽게 물었다.

"그전에 이곳을 안정화시켜야겠지. 타투르엔 제국인과 북부의 이민족 그리고 남부의 야만족까지 모두 함께 산다. 그 이상(理想)은 지금도 변하지 않았다. 우리의 승리에 따라 이제 이 도시도 모두 바뀌어야 할 것이다."

카릴의 말에 앤섬은 낮은 한숨을 내쉬었다.

"쉬운 일은 아닐 겁니다. 황도에 살던 평민들 중에도 북부와 남부를 싫어하는 자들이 많으니까요. 비록 그들이 귀족이 아니더라도 말이죠."

"그런 놈이 있으면 내게 데려와. 베어버릴 테니까."

밀리아나는 앤섬 하워드의 말에 코웃음을 치면서 대답했다.

"성문의 목을 걸 기둥부터 몇 개 더 세워야겠군요."

앤섬은 쓴웃음을 지으며 말했다.

"그의 말대로 쉬운 일은 아니다. 하지만 지금부터 내정에 힘을 써야 할 때인 것은 확실하지. 두샬라. 네가 그를 돕도록 해. 도시를 관리하는 것은 네가 더 뛰어날 테니까. 타투르를 유지해 왔던 것을 기반으로 새로운 규율을 만들어보도록."

"알겠습니다."

"명심하겠습니다."

앤섬과 두샬라가 그의 말에 허리를 숙였다.

"또한 티렌 맥거번이 네게 연락이 온다면 그 역시 내정에 참여할 수 있도록 하고."

"명령이시라면 따르겠습니다만…… 꼭 그를 등용해야 할까요? 외람된 말씀이오나 주군의 형제라는 이유라면 재고해 주시길 바라옵니다."

"저 역시 마찬가지입니다."

카릴은 두 사람의 반발을 예상했다는 듯 고개를 끄덕였다.

"나 역시 그를 신용하진 않는다. 하지만 제국의 귀족들은 여전히 많이 남아 있고 그들을 통합하기에 가장 유능한 자가 티렌이기 때문이지."

"주군께서는 재능만으로 사람을 등용하시는 분은 아니시지 않습니까. 차라리 귀족들의 본보기로 삼아 그에 목을 치십시오."

앤섬은 냉정하게 말했다.

"그런 분이셨다면 브랜 가문트를 옥에 가두더라도 살려두셨을 겁니다. 저는 그가 브랜보다 더 뛰어나다고 보이진 않습니다."

"그런 그에게 이겼나?"

"……네?"

"전쟁은 결국 무승부였어. 내가 네게 승리를 가져다준 것이지. 전쟁에서 네가 유능하다면 오히려 나를 대신해서 전쟁에서 승리해서 제국으로 진격했어야지."

"……송구하옵니다."

"티렌은 아직 저택에서 근신 중이다. 크웰 맥거번 역시 마찬가지지. 당분간 그들은 신경 쓰지 않아도 좋지만 나를 위해서 무엇을 해야 할지는 네가 더 잘 알 거야."

카릴의 말에 앤섬은 그저 고개를 끄덕이고는 돌아서 홀을 나섰다. 두샬라는 그가 떠난 뒤에 그제야 카릴의 의도를 알았다는 듯 피식 웃었다.

"여전히 짓궂으십니다."

"내가 왜?"

"아무리 천재라도 라이벌이 없다면 발전할 수 없으니까요. 뭐, 저 둘은 선의의 경쟁자라기보다는 견제하는 적에 가깝겠지만요. 브랜 가문트의 빈자리를 티렌 맥거번으로 채우려고 하는 것이죠? 앤섬 하워드의 성장을 위해서."

카릴은 그녀의 말에 그는 어깨를 으쓱했다.

"앤섬은 전쟁에 뛰어나지만 내정엔 약해. 게다가 공국 출신이라 귀족들을 회유하는 것도 어려운 일이지. 티렌은 그 반대다. 하지만 언제나 배신의 여지를 가진 존재니 주의를 기울일 수밖에 없는 사람이다. 앤섬으로서는 티렌을 견제하기 위해서 정치에 손을 대지 않을 수 없겠지."

"주군께서 개입한 이상 그 누구도 주군보다 전쟁을 먼저 끝낼 수 없었을 것이란 건 모두가 알고 있음에도 그로선 자존심이 상할 일이었을 테니까요."

"맞아. 앤섬은 실력을 다시 보이기 위해 방법을 찾겠지."

"티렌을 그가 직접 데려오길 바라시는군요? 그에게는 꽤나 힘든 시간이 되겠네요."

두샬라는 가볍게 한숨을 내쉬었다.

"하지만 저 역시 앤섬의 생각에 어느 정도는 동의합니다. 티렌 맥거번……. 그가 저희를 돕는다 하더라도 과연 그것이 주군께 충성을 맹세할지 아니면 또 다른 꿍꿍이를 부릴지 걱정이네요."

"나 역시 그를 신용하진 않아. 하지만 때로는 독이 필요할 때도 있다. 우리에겐 시간이 그리 많지 않거든."

그는 자리에서 일어나 창밖을 바라봤다. 아직은 내려질 신탁과 앞으로 있을 타락과의 전쟁에 대하여 이들에게 말할 수 없었다. 조금은 무리하게 보일지 모르겠지만 카릴은 자신이 할 수 있는 최선의 대비를 해야 한다고 생각했다.

'피해를 줄이기 위해서 직접 황도를 친 것은 틀리지 않은 선택이야. 하지만 예상했던 것보다 황도의 피해가 크다.'

카릴의 머릿속이 복잡하게 움직였다.

"노움국의 칼립손에게 연통을 보해 모든 노움들을 황도로 불러들여. 전력을 다해서 이곳을 보수하도록 한다."

"알겠습니다."

"그리고 에이단에게 수안의 행방에 대해서 조사를 명하도록. 두 사람의 소식이 끊어졌다고 했지? 제국과의 전쟁을 치르는 동안 그들이 나타나지 않은 것은 불안한 일이니까."

두샬라는 고개를 끄덕였다.

쿵-!!

그때였다.

"그 건에 대해선 따로 시키지 않아도 된다."

홀 안으로 들어오는 한 무리의 등장에 카릴은 살짝 눈썹을 찡그렸다.

"내가 오는 길에 내가 주웠거든."

건장한 남성과 견주어도 손색이 없을 정도로 탄력 있는 근육을 가진 여성은 다름 아닌 북부의 잔나비 부족 수장 화린이었다.

"이제 도착했나 보군요."

"흥."

그녀의 등장에 밀리아나는 살짝 고개를 꺾으며 화린을 관찰하듯 바라봤다. 뒤를 따라 천둥일가, 무쇠일족, 호표 부족, 붉은 달, 늑여우 수장들의 모습도 보였다.

"승전을 감축드립니다."

"이제 권좌의 오르는 일만 남으셨군요."

"드디어…… 제국의 아성을 무너뜨리고 북부의 명예를 찾을 수 있게 되었습니다."

그들 중 천둥일가의 세 형제들은 하나같이 한쪽 무릎을 꿇고서 기뻐 마지않는다는 표정으로 말했다.

"북부의 명예가 뭐지?"

"······예?"

"너희들이 지켜야 할 명예가 있었더라면 그전에 찾았어야지. 나는 나를 위해 싸웠을 뿐이다. 나는 북부의 대표가 아닌 자유국의 수장이니까. 내 땅에는 제국도 북부도 남부도 그리고 공국도 없다."

거침없는 카릴의 말에 천둥일가의 세 가주들은 얼굴을 붉혔다. 하시르만이 그가 그런 대답을 할 것임을 예상이라도 한 듯 쓴웃음을 지으며 그들을 바라봤다.

"하하하, 나이가 먹을수록 말을 줄여야 실언을 하지 않는 법인데 말이지. 제대로 한 방 먹었군."

하지만 반면 화린은 화통하게 웃었다. 그녀만큼은 더 이상 북부와 남부 제국과 공국을 나눌 의미가 없다는 것을 알고 있었으니까.

"대전사시여. 보고를 드리겠습니다."

조금 전과는 달리 화린이 군신의 예를 표하듯 손을 모으며 무릎을 꿇자 나머지 북부의 전사들도 그녀를 따라 일제히 고개를 숙였다.

"골드 드래곤 에누마 엘라시는 지시에 따라 현재 이곳으로 이송 중입니다. 대전사께서 백금룡의 심장을 먹었다는 것을 들었습니다. 남은 세 마리의 드래곤마저 다스릴 수 있다면 그보다 더한 일이 없을 테니 기대되는 일입니다."

그녀는 그렇게 말하면서 마치 입맛을 다시듯 살짝 윗입술을 핥으며 말했다.

"드래곤의 처후는 생각해 둔 것이 있다. 그보다 조금 전 그 말은 무슨 뜻이지? 수안과 이스라필을 만났나? 선혈동굴에 있을 그들이 어째서 포나인 방어성에 있는 거지?"

"흐음…… 대답을 해주고 싶지만 아쉽게도 나로서도 딱히 해줄 말이 없군."

보고가 끝나자 화린은 예의 그 모습으로 돌아와 살짝 이마를 긁적이며 말했다.

"어째서? 네가 그들을 데려왔다면서."

"포나인 방어성에서 남하하여 제국으로 오는 길에 두 사람을 만난 것은 맞다. 하지만 발견했을 때도 사실 나는 그들이 누군지 제대로 알지 못했거든. 다행히 그들의 얼굴을 아는 사람이 있었지만."

그녀는 엄지를 들어 어깨너머 뒤를 가리켰다. 모두의 시선이 그 뒤로 넘어가자 홀 안쪽에는 다름 아닌 비올라가 서 있었다.

카릴은 고개를 끄덕였다. 당연한 일이겠지만 북부의 이민족들과 함께 그녀 역시 카릴의 승전보를 듣고 황도로 온 것일 테니까.

"주군을 뵙습니다."

"잘 돌아왔다. 그래, 방어성을 잘 지켰더군."

"북부의 도움 때문입니다."

"그에 대한 공로는 알겠지만 지금은 필요 없는 격식보다 내가 듣고자 하는 것부터 얘기해 주면 좋겠군."

"외람되오나 아직 두 사람이 어째서 포나인에 있었는지 듣
지 못합니다."

"왜?"

"둘 다 의식불명 상태이기 때문입니다."

그녀의 말에 카릴은 놀라지 않을 수 없었다.

"어, 언제부터?"

"제국을 향해 행군하던 일주일 전, 그들을 발견했을 때 몸이
물에 흠뻑 젖은 상태로 강가에 쓰러져 있었습니다. 아마도 강
물을 따라 흘러 포나인까지 온 게 아닐까 싶습니다. 그 이후
이곳에 오기까지 마법사들의 치료를 받았으나 아직까지도 깨
어나지 못하고 있습니다. 다만……"

비올라는 카릴을 향해 조심스럽게 말했다.

"그들의 문제로 인해서 주군을 뵙길 청하는 사람이 있어 저
희들과 함께 왔습니다."

"그게 누구지?"

카릴의 물음에 그녀는 살짝 고민을 하는 듯 머뭇거리다가
입을 열었다.

"권왕(拳王). 발본트."

"처음 뵙는군요."

카릴은 황도 밖에 설치되어 있는 작은 막사 아래 낡은 의자에 기대어 앉아 있는 한 노인을 바라보며 말했다. 그의 외형은 무척이나 마르고 키도 작아 도무지 권(拳)을 쓰는 자라고 보이지 않았다. 모르는 이가 봤다면 그저 마을에 인상 좋은 아저씨로 보였을 것이다.

"말을 편히 하시지요. 이제 대륙의 왕이시지 않습니까."

노인은 말은 그렇게 했지만 거의 반쯤 눕다시피 기댄 의자에서 일어나지 않고 있었다.

'괴짜로군.'

카릴은 그에 대한 감상을 짧게 정리했다.

권왕(拳王) 발본트. 전생의 5대 소드 마스터 중에 가장 베일에 싸인 인물이었다. 대륙의 일에 관여하지 않았다는 점에서 창왕(槍王)과 비슷했지만 공식적으로 은퇴를 했던 그와는 달리 권왕은 처음부터 모습조차 드러내지 않은 인물이었다. 그렇기 때문에 카릴 역시 그를 제대로 본 적이 없었다.

'단지 내가 알고 있는 사건은 그것뿐이었지만…… 덕분에 이 시기에 그가 선혈동굴이 있는 고대 유적지인 트라멜에 있었다.'

그 기억을 토대로 발본트와 안면이 있는 수안을 그곳에 보낸 것인데 이런 식으로 이들과 재회를 할 줄은 꿈에도 생각지 못한 일이었다.

"권왕께서야말로 말씀 편히 하셔도 좋습니다. 당신이 두 사람을 구해준 것입니까?"

카릴은 내색하지 않고 물었다.

"그럴 수야 있겠습니까. 뭐…… 구해주고 말고 할 것도 없었습니다. 선혈동굴에 쓰러져 있던 그들을 포나인 강물에 흘려보내 준 것뿐이니까."

그는 목을 쓰다듬으면서 말했다.

"그보다 목이 칼칼한데……."

"거, 노인네. 술을 좋아하는 것은 여전하군. 제국의 술 창고가 다 부서져서 쓸 만한 게 없더군. 대신 이걸로 만족해."

그때였다. 발본트를 향해 커다란 술통 하나가 공중을 날아와 떨어졌다.

스윽-

술이 가득 들어 있는 통은 놀랍게도 잡을 때 아무런 소리도 들리지 않았는데 심지어 안에 들어 있는 술이 흔들리는 미세한 음도 나지 않았다.

"흐음. 좋은 술이로군. 자네도 이곳에 있을 줄은 몰랐는데. 반가운걸."

"용병은 돈이 되는 곳으로 움직이니까."

"클클클…… 교도 용병단이 돈에 휘둘린다는 소리는 지나가던 개도 웃겠군. 뭐, 덕분에 이런 선물도 받으니 나야 손해볼 것은 없지만."

발본트는 고든 파비안을 향해 웃었다.

체구로 따진다면 정반대인 두 사람이었지만 미묘하게 그들에게서 느껴지는 기백은 결코 누구 하나 모자람이 없었다.

  "포나인의 강물 속으로 빠뜨렸다고는 하지만 오해는 말게. 몸 안에 독을 물로 빼내어 중화시키기 위해서니까. 이곳까지 데려오기 위해서는 어쩔 수 없었지. 나는 수 속성의 마법을 쓸 수 있는 마법사가 아니니까."

  "독……? 그들이 중독되었습니까? 도대체 선혈동굴에서 무슨 일이 있었습니까?"

  카릴은 다급하게 물었다.

  "두 사람의 목을 한번 살펴보게나."

  [이건 나로서도 방법을 찾을 수 없다.]

  카릴은 알른의 대답에 낮은 한숨을 내쉬고 말았다.

  그의 눈앞에는 잠들어 있는 것처럼 누워 있는 수안 하자르와 이스라필이 있었다. 상처는 없었지만 얼굴은 핏기가 없이 창백해 마치 흡혈귀를 보는 것 같은 기분이었다.

  "정말 이상하군……. 육체는 완벽하게 정상이다. 이럴 경우는 대부분 마력의 봉인으로 인한 것이 큰데…… 마력혈에서부터 혈맥까지 순환하는 마력도 크게 문제가 없어."

  누워 있는 그들 못지않게 새하얀 얼굴의 나인 다르혼 역시 두 사람의 상태를 살피며 믿을 수 없다는 얼굴이었다.

[육체와 마력 모두 정상인데 깨어나지 못하고 있다라……
마치 천년빙동의 봉인 같군.]

라미느는 두 사람을 바라보며 나지막한 목소리로 말했다.

"봉인……?"

[그의 말이 틀리진 않겠군. 봉인 역시 외부적인 힘으로 인해
정신을 가두는 일이니까. 다만…… 현실에서 이런 일을 가능
케 하는 자가 과연 있을까?]

"그렇다면 봉인을 풀기 위해서는 어떻게 해야 하지?"

[글쎄. 그것은 나보다 그가 더 잘 알 거다. 봉인에 관해서는 2대
광야(光夜)를 빼놓고 말할 수 없을 테니까. 안 그래? 라시스.]

스으으으웅…….

라미느의 말이 끝남과 동시에 카릴의 어깨에 작은 빛망울이
뭉쳤다.

[정신의 봉인. 보기 힘든 술법이지만 인간계에서도 불가능
한 일은 아니다.]

파앗-!!

목소리가 들림과 동시에 빛망울이 터지듯 사방으로 흩어지
자 카릴의 앞에 새하얀 빛으로 감싸진 인간의 형상이 나타났다.

[언령(言靈)이 남아 있었던 것처럼 이러한 정신계통의 술법은
대부분 저주라는 이름으로 전해지지. 하지만 이건…… 너희
가 말하는 흑마법으로 분류되는 저주와는 조금 다르군.]

"그럼?"

[라미느, 굳이 네가 날 부른 이유는 그들이 누구에게 당했는지 확인하기 위해서겠지. 너도 인간과 함께 있다 보니 얄팍한 수법만 느는 모양이야.]

라시스는 수안의 왼쪽 목덜미에 돋아 있는 푸른 혈관들을 가리켰다. 색깔이 너무나도 이질적이라 마치 문신처럼 보였는데 돋아난 혈관들은 이스라필에게도 똑같이 있었다.

"이건⋯⋯."

카릴은 아차 싶은 생각과 함께 순간 스쳐 지나가는 뭔가를 떠올리며 살짝 눈썹을 찡그렸다.

"이거로군요. 권왕이 말한 목에 난 상처. 그런데 이런 독은 처음 보네요. 혈관을 푸르게 만드는 독은 몇 개 있지만 대부분 즉사시키는 맹독인데."

독에 일가견이 있는 두샬라가 가장 먼저 두 사람의 목을 살피면서 말했다.

"청흔(青痕)이로군⋯⋯."

카릴이 수안의 목 부위를 살피면서 낮은 목소리로 말했다.

[아는가 보지?]

"조금."

알른의 물음에 그는 굳은 얼굴로 말했다.

"마족에 당한 상처. 권왕이 독에 당했다라고 하는 것이 틀린 말은 아니군⋯⋯. 마족들의 무구엔 이 세계의 것이 아닌 독이 묻어 있으니까."

[맞아.]

그의 대답에 라시스는 고개를 끄덕였다.

전생에 카릴 역시 마족들과 싸운 경험이 있었기 때문에 이 상처에 대해서 잘 알았다.

[이 상처들을 말미암아 마족들이 이 세계에 나타났다고 봐도 틀린 말은 아니겠지.]

카릴은 라시스의 말에 얼굴을 굳혔다.

"발본트가 이 둘을 발견한 게 정확히 열흘 전이라고 했지? 청흔이 있는 자는 보름이 지나면 혈관 곳곳에 독이 퍼져 죽게 된다. 내가 알고 있는 것에서 틀린 게 있나?"

[아니. 네 말이 맞다. 하나 덧붙이자면 청흔의 상처는 마족 4기사 중 한 명인 골다비온의 것이지.]

"마족이…… 설마 대륙에 나타났다는 말씀이십니까?"

"설마……."

라시스의 말에 사람들은 혼란스러운 듯 서로를 바라보며 말했다.

"섣불리 소란을 피울 필욘 없다. 마족의 유무보다 중요한 건 이들의 남은 수명이 고작 5일이라는 것이니까."

'도대체 그곳에서 무슨 일이…….'

카릴은 자신도 모르게 살짝 입술을 깨물었다.

'명백한 내 실책이다.'

수안은 에이단과 함께 그가 처음 얻은 부하이자 가장 신뢰하는 사람 중 한 명이었고 이스라필은 과거 신탁의 10인으로서 동료였다. 그런 그들이 의식을 잃은 채 자신에게 돌아왔다는 것은 어쩌면 개인으로서는 회귀 이후 가장 큰 사건이 아닐 수 없었다.

"그럼 봉인을 풀 방법도 알고 있나?"

[글쎄…… 봉인을 이곳에서 풀려면 상처를 낸 마족을 잡아 죽이는 방법뿐이겠지.]

"이곳이라는 말은 봉인을 풀 장소가 다른 곳이 또 있다는 말인가?"

[있다. 마족의 힘이라고는 하지만 인간계에서 일어난 일이니 계를 바꾸게 되면 효과도 잃게 되지. 정확히는 멈춰 있다고 보는 게 맞겠지만…… 그 안에 치료할 수 있고 최악의 상황에선 시간을 벌 수 있게 되는 것이니까.]

"다른 계(界)?"

[너도 알다시피 이 세계는 인간계가 전부가 아니다. 마족이 사는 마계부터 네피림들이 살고 있는 천계. 그리고 가장 밑바닥에 있는 악마계와…… 우리가 살던 정령계까지.]

라시스는 카릴을 바라봤다.

[이들을 마계 이외에 나머지 중 한 곳으로 옮긴다면 일단 독의 진행을 멈출 수 있다. 특히 너는 영혼샘을 열 수 있는 방법을 알고 있잖아? 안 그래?]

카릴은 그의 말에 고개를 끄덕였다. 노움국에서 발견한 영혼샘과 망령의 성에서 찾은 정수를 이용하면 확실히 정령계의 문을 열 수 있었다. 그뿐만 아니라 이제 2대 광야의 힘을 모두 흡수한 상황에서 이제 그의 정령력 또한 충만했기에 정령계에 갈 조건은 충분했다.

"그걸로 끝이 아니지."

[음?]

"치료하는 것이 근본적인 해결책이 아니란 뜻이야."

카릴은 누워 있는 두 사람을 바라보며 말했다.

"세상에 나왔을지 모를 마족을 그냥 둔다? 이제 내가 만들 세계에 그런 잡쓰레기를 둘 순 없지."

두근…….

거침없는 카릴의 말에 사람들은 자신도 모르게 심장이 빠르게 뛰는 기분이 들었다. 제국 전쟁이 끝난 지 얼마 되지도 않은 이 시점에서 그는 또다시 쉬지 않고 앞으로 나아가고 있었으니까.

채찍질만 한다면 쉽사리 지치고 말 것이다. 하지만 카릴의 부하들은 자신들에게 그 채찍을 가하는 것이 아닌 그들을 이끄는 카릴 본인이 누구보다 앞장서서 달리고 있음을 알았다.

신기하게도 피로감 대신에 그들은 카릴의 등을 바라보며 갈 미래에 대한 고양감으로 가득 찼다.

"또 엘프의 영혼샘을 통해서도 열 수 있다고 했지."

"설마……."

"대륙에 나타난 마족들을 섬멸한다 하더라도 놈들이 우리의 세계로 나올 통로를 알고 있다면 등 뒤에 위험 요소를 두고 있는 꼴이겠지. 놈을 사냥하고 난 뒤에 마계의 문과 정령계의 문을 함께 열겠어."

사람들은 카릴의 말에 헛웃음을 짓고 말았다.

"정령계를 복원함과 동시에 영혼샘을 통해 마계의 문 너머 마족 놈들까지 완벽하게 지워 버린다."

"……!!"

"그러기 위해서는 마계의 문을 열기 위해 필요한 3개의 유물이 필요하다. 그중에 하나는 이미 우리의 손에 있으니 나머지 두 개를 찾으면 되겠지."

카릴의 말에 케이 로스차일드는 살짝 굳은 얼굴로 그를 바라봤다. 그도 그럴 것이 그가 말한 3개의 유물 중 하나는 다름 아닌 노움국에서 찾은 묵시의 목걸이. 그 안에 들어 있는 보석은 지금 자르카 호치의 영혼이 담긴 인형 속에 심장 대신 사용 되고 있었기 때문이다.

"걱정하지 마. 나는 동료를 죽여서까지 목적을 이루고자 하진 않을 테니. 그전에 방법을 찾을 것이다."

케이의 마음을 읽은 듯 카릴의 대답에 그녀는 고개를 끄덕였다.

"그 이전에 가장 가까운 곳부터 공략해야겠지."

카릴은 창밖을 바라봤다. 성벽 끝에는 아침임에도 불구하고 안개가 자욱하게 깔린 곳이 있었다. 황도를 탈출할 때 란돌과 함께 지났던 제국의 유물 창고인 용뼈 무덤이었다.

"오랜만에 마굴 공략인가요?"

"기대되는군요."

"준비를 서두르겠습니다."

그의 부하들은 그 안에 뭐가 있을지 묻지도 않은 채 누구 하나 망설이지 않고 대답했다.

"그럼 선혈동굴의 조사는 그럼 누구에게 맡기실 겁니까? 마족과 관련이 있는 곳이라면 주의가 필요할 듯싶은데…… 전에 말씀하신 것처럼 에이단을 보낼까요?"

두샬라는 조심스럽게 카릴에게 물었다.

"아냐."

그녀의 물음에 카릴이 대답했다.

"거기도 내가 간다."

"……네?"

놀란 듯 눈을 동그랗게 뜨며 되묻는 그녀를 향해 카릴은 아무렇지 않게 대답했다.

"마굴 공략이야 반나절이면 충분하지. 안 그래?"

"여기로군."

카릴은 주위를 한번 훑으면서 감회가 새로운 듯 나지막하게 말했다. 란돌과 함께 황도를 빠져나갈 때 만 하더라도 도망치던 신세였는데 지금은 당당히 자신의 권세와 함께 이곳에 돌아왔으니까.

"제국의 황도 안에 이런 곳이 있다니……."

"신기하네요."

"으흠……."

감상은 저마다 달랐다.

"이 안에 들어가 본 사람은 없나? 아무리 버려진 곳이라지만 제국의 유물 창고라면 적어도 관리인이 있을 텐데."

"그는 죽었습니다."

을씨년스러운 분위기만큼이나 싸늘한 대답이었다. 카릴은 자신을 따라온 카딘 루에르를 바라봤다. 그는 꽤나 피곤한 기색이었는데 제국이 패배를 선언한 뒤 죽은 올리번을 보살핀 유일한 사람이자 공작 중에 카릴의 내정에 합류를 한 사람이기도 했다.

올리번의 지지자 중 한 명인 크웰 맥거번은 타투르에서 회군한 이후 자신의 영지로 돌아갔고 총기사단장인 벨린 발렌티온은 올리번을 따르기 이전에 중립을 지켰던 만큼 황좌가 바뀌었음에도 불구하고 꽤 차분한 모습으로 기사단을 추슬렀다. 재상 브린 이니크는 황제와 루온 그리고 마지막으로 올리번까지 자신이 모셨던 3명이 모두 죽은 충격 때문인지 제국의 패배 이후 재상의 자리를 내려놓고 대부분의 영지를 반환한 채 남부 쪽의 작은 영지로 내려간 상황이었다.

'솔직히 의외라면 카딘 루에르로군. 그가 이 정도로 올리번에게 충성심이 있었는가 할 정도야.'

카릴은 물끄러미 그를 바라봤다.

'대마법사인 그가 전력이 되어주는 것은 나쁘지 않은 일이지…… 그 충심이 올리번에게 쏠려 있는 것은 거슬리는 일이지. 주의해야겠군.'

지금 그가 황도에 남아 있는 이유도 올리번을 지키기 위함이라는 것을 알고 있었기 때문이다.

"죽었다니? 어째서?"

카릴은 물었다.

"이 무덤의 관리자는 브랜 가문트였으니까요."

그의 이름이 거론되자 카릴은 얼굴이 굳어졌다.

"아카데미에서도 옛 역사에 관심이 깊은 제자였습니다. 유물에도 흥미를 보였지요. 황궁의 보고엔 오직 황제만이 출입할 수 있으나 이곳은 그렇지 않으니까요. 그가 관리자를 자진했습니다."

카딘 루에르는 무미건조한 목소리로 말을 이어갔다.

"그래 봐야 버려진 곳. 이따금 광장의 걸인아들이 폐품을 주우러 오는 것 말고는 별 볼 일 없는 곳이지요."

"황도의 거지 아이들의 풍문에는 이곳이 버려진 창고가 아니라 무덤이라던데."

카릴은 차갑게 그를 바라봤다.

"그런 걸 당신이 모를 리 없고……. 한 가지 더 말해볼까? 이곳이 마굴이라는 것도 당신은 알고 있었지?"

그의 말에 카딘 루에르는 쓴웃음을 지었다.

"틀린 말은 아닙니다. 들어가 보면 알겠지만 무덤이라 할 만큼 사기가 충만한 곳이지요. 뿐만 아니라 마굴이지만 마굴이 아닌 곳입니다. 정말로 마물들이 들끓는 곳이라면 처음부터 파괴했을 테니까요."

"마굴이 아니다? 어떻게 확신하지?"

"브랜 가문트 이전에 제가 이곳을 관리하했으니까요."

카딘 루에르의 말에는 거짓이 보이진 않았다. 하지만 이렇다 할 의욕도 보이지 않아 마치 그는 빨리 자신의 저택으로 돌아가 눕고 싶은 얼굴이었다.

'흐음…….'

카릴은 잠시 그를 바라보고는 고개를 돌렸다.

"250년 전, 구 제국 시대에 카이에 에시르가 염룡 리세리아를 사냥하고 그 뼈로 만든 무덤이 바로 이곳입니다."

"그래서?"

염룡 리세리아는 드래곤 중에서도 가장 패도적인 레드 드래곤이었다. 그가 죽자 역사에는 카이에 에시르를 최초의 용사 냥꾼이라는 찬양의 말이 이어졌지만 카릴은 리세리아의 심장에서 본 기억 속에서 그들의 전투가 석연치 않은 면이 있었다는 것을 알았다.

"용의 뼈는 청린보다 단단하고 더 강한 마력 반발력을 가진 재료지요. 신기하게도 반발력뿐만 아니라 청린처럼 마력을 흡수하는 성질도 있습니다."

"용의 심장에서 뿜어져 나오는 방대한 마력을 버티기 위해서 그리 만들어진 것이겠지. 그렇지 않으면 육중한 그 몸을 움직일 수 없을 테니까."

나인 다르혼이 카딘 루에르의 말을 듣다가 대답했다.

"무덤이란 의미를 이제 알겠군. 저곳은 용의 뼈로 가둬 둬야 할 정도로 짙은 마력이 있는 유물들을 봉인한 장소였어."

나인 다르혼은 카딘 루에르의 말을 단번에 알아들었다는 듯 고개를 끄덕였다.

"하지만 그게 뭐지?"

"글쎄. 여기까지가 내가 알아낸 전부일세. 그 뒤로는 들어가볼 수 없었으니."

"그게 끝? 대마법사인 네가 고작 무덤의 초입까지밖에 들여다보지 못했다는 말인가."

나인 다르혼은 눈살을 찌푸렸다.

"불멸회의 수장인 자네라면 누구보다 언데드에 대해서 잘 알겠지. 용의 시체에서 태어난 마물 말이야."

"……용아병(龍牙兵)?"

"그렇다네. 이곳이 마굴의 기운을 풍기는 이유는 용의 뼈로 된 무덤에서 태어난 그들 때문이지."

"골치 아프군. 용아병이라면 마도 시대에 드래곤들이 부리던 사역마들인데…… 소드 마스터급이 아니면 상대하기 여간 어려운 것이 아니니까."

"특히 마법사들에겐 쥐약이지. 마법 방어력도 높고 언데드라 체력도 강해서 지치지 않고 덤벼드니까."

카릴은 두 사람의 대화를 듣고서 주위를 훑었다. 그의 시선이 한 사람씩 차례대로 멈췄다. 밀리아나, 나인 다르혼, 에이단, 하시르, 화린, 키누 무카리, 세리카 로렌, 미하일. 그리고 마지막으로 고든 파비안을 바라보며 카릴은 용뼈 무덤에 대한 감상을 간단하게 말했다.

"간단하겠군."

빠각-!! 콰드득--!! 푸스스스스……

두개골이 부서지는 소리가 요란하게 들렸고 선두에 선 고든 파비안과 밀리아나 그리고 화린은 신나게 용아병을 두들겨 팼다.

"이봐, 여기 한 마리 더 있다."

고든이 용아병의 목덜미를 움켜쥐고는 있는 힘껏 던졌다.

[케륵……! 케에엑!!]

마물은 괴상한 소리를 내면서 허공에서 허우적거렸다.

퍼억-!!

화린의 주먹이 용아병의 척추에 꽂히자 그대로 아치 형태로 용아병의 허리가 꺾였고 기다렸다는 듯 고든이 부러진 반대쪽으로 힘을 가하며 용아병의 목을 꺾어 버렸다.

"제법인데."

"그쪽이야말로."

고든의 체격에도 밀리지 않을 화린은 용아병의 잔해가 묻은 손바닥을 털어내며 피식 웃었다.

"……고든 저치는 괴물인 걸 알았지만 나머지 둘도 그에 못지않은 괴물이로군."

카딘 루에르는 어이가 없다는 듯 그 셋을 바라봤다. 제국인으로서 이민족과 야만족을 얕봤던 것을 인정하지 않을 수 없었다. 그들에게 패배한 지금에 와서 뒤늦은 후회를 해봐야 소용없는 일이겠지만 카딘 루에르는 마력이 없는 자들이 가지는 육체의 가능성을 새삼스레 느낄 수밖에 없었다.

[괴물들이지. 너는 모르겠지만 저기 있는 화린이란 여자는 정말로 괴물로 변한다고.]

"네? 그게 무슨……?"

카딘 루에르는 알른의 말에 살짝 눈을 아래로 내리며 물었다. 태초의 마법사라 불리며 마법의 부흥을 이끌었던 7인의 원로회 수장인 알른 자비우스는 아직 풀지 못한 오명을 떠나 마

법사들에게는 스승과도 같은 존재였기에 함께 있는 것만으로
도 엄청난 일이 아닐 수 없었다.

[더 이상 몸 안에 흐르는 피로 인간을 구분할 필요가 없다
는 의미다. 마력이 있든 없든 너희들은 모두 붉은 피를 가지고
있으니까.]

검은 형체의 알른은 어깨를 으쓱했다.

[뭐. 나 역시 살아생전에는 그리 생각했지만 말이야. 편협한
시야를 버리면 너의 마법도 풍요로워질 거다. 백금룡이 죽기
전에 남긴 유언을 너도 기억하겠지? 너는 발전할 여력이 있다.]

"제 나이에 어찌⋯⋯."

[마력은 나이를 먹는다고 해서 약해지지 않는다. 그저 인간
의 육체가 노쇠할 뿐이지. 그런 점에서 마법사들이 기사들보
다 축복 받은 재능을 가지고 있는 거 아니겠느냐. 오직 정순한
마력으로 자신의 존재를 증명할 수 있으니.]

카딘 루에르는 그의 말에 고개를 끄덕였다.

"운이 좋은 줄 알아. 자네는 스승님께 가르침을 받을 수도
있으니 말이지."

그 모습을 바라보며 나인 다르혼이 살짝 콧대를 세우면서
말했다.

[시끄럽고 네놈은 계속 기초 마법이나 수련해라.]

"⋯⋯네."

알른의 대답에 나인이 울상이 된 얼굴로 그를 바라보자 카

딘은 쓴웃음을 지었다. 어쩐지 알른은 지금 상황을 조금은 즐기는 듯 보였다. 그도 그럴 것이 당대 최고의 마법사라 불리는 7클래스 대마법사 둘을 이제 자신의 수하로 받아들이게 되었으니 마치 새로운 제자를 들인 기분이었으니까.

"이 정도 인원이라면 이곳을 금방 공략할 수 있겠군요. 소드 마스터와 대마법사들로 구성된 공략대라니…… 그리고 그런 자들이 함께 덤벼도 못 이길 사람이 우리를 이끌고 있으니 말입니다."

"하나 쉽게 보면 안 되네."

"자넨 너무 쓸데없는 걱정이 많아. 이곳에 들어와서 우리가 마법을 쓴 적이 있나? 하지만 이미 자네가 들어온 곳보다 훨씬 더 깊이 들어왔지."

나인 다르혼은 지금까지 살면서 평생 경험했던 그 어떤 마굴보다도 가장 쉬운 곳이 될 것이라 믿어 의심치 않았다.

그 이유야 아직 자신들과 마찬가지로 뒤에서 걸어오고 있는 카릴 때문이었다. 아직까지 검을 뽑지 않았지만 그의 존재만으로도 충분히 두려움이 사라지는 기분이었다.

'그는 이제 정말로 왕의 품격을 갖춘 것 같군…….'

자신을 찾아 안티홈 대도서관에 왔을 때만 하더라도 그저 건방진 소년에 불과했었으니까.

'뭐, 스승님을 비롯해서 그가 불멸회에서 보여준 모습으로 단번에 의심은 사라졌었지만…….'

그렇다 하더라도 그가 대륙을 통일할 것이라고는 그 당시만

하더라도 상상하지 못했다. 이제는 개인적인 강함을 뛰어넘어 사기를 돋우는 지도자로서의 위엄마저 갖춘 듯 보이는 카릴의 모습 속에서 나인은 지금껏 그리고 앞으로도 없을 왕의 탄생을 실감했다.

"초입부터 용아병이 나온다는 것은 그만큼 난이도가 높은 곳이라는 의미기도 하겠지만…… 이곳은 황제께서 금하신 곳이다."

카딘 루에르는 말을 아꼈지만 제국이 마음을 먹었다면 이곳을 공략하지 못했을 이유가 없다는 것을 내포하고 있었다. 단순한 호기심으로 이곳을 혼자 조사했기에 실패했던 그였지만 수많은 기사와 마법병대를 보유하고 있는 제국이 전력을 다했다면 절대로 공략이 불가능하지 않았을 것이다. 그럼에도 불구하고 황제는 이 안에 유물을 보관하고 출입을 금했다.

'단순한 마굴의 난이도 때문만은 아닐 것이다.'

카딘 루에르는 자신의 생각을 굳이 카릴에게 말하지 않았다. 그건 침략자에 대한 반항심과 같은 사소한 복수심이 아니었다. 백금룡을 잡은 그가 과연 어디까지 도달할 수 있을지 보고 싶은 욕심이 더 컸다.

"뭐……. 하지만 나인, 자네 말이 틀리진 않겠지. 제국의 기사단을 투입한다 하더라도 이만한 전력은 보기 힘들 테니."

카딘은 눈을 살짝 감으며 어깨를 으쓱했다.

콰아아아아아아아아앙--!!

그때였다. 그의 뺨이 불에 덴 것처럼 화끈거렸다. 단순히 눈을 감았기 때문에 자신을 스치고 지나간 것이 무엇인지 알지 못했던 것이 아니었다. 인지조차 못 했으며 언제나 두르고 있던 마법 보호막이 제 역할도 못 한 채 부서져 버린 것이다.

카딘은 얼어붙은 얼굴로 뒤를 돌아봤다.

츠으으으으…… 츠즈즈즉…….

그의 뒤로 불에 달궈진 것처럼 바닥에 불씨들이 여기저기 떨어져 있었고 바닥에는 강력한 힘으로 밀린 자국이 선명하게 나 있었다.

"이게 무슨 소란이지? 누가 이런 일을 벌인 것이냐!! 황제는 어디에 있느냐!!"

귀가 울리는 날카로운 목소리가 동굴 안을 울렸다.

"올리번 슈테안!! 황좌에 오르고 난 지 얼마나 되었다고 우리와의 약속을 어긴단 말이냐!"

모두가 어둠 속에서 들리는 짙은 마력이 담긴 목소리에 황급히 안쪽을 바라봤다.

"……뭐지?"

"누구냐……!!"

선두에 서 있던 화린과 밀리아나 역시 방금 날아든 무구에 반응을 하지 못했다는 사실에 당혹감을 감추지 못했다.

"……마족?"

타락을 다루었던 나인 다르혼은 익숙한 마력의 냄새에 살짝 인상을 찡그리며 조심스럽게 로브 안에 숨겨둔 스태프를 꺼내었다.

"모두 전투 준비!!"

그가 큰 소리로 외치자 미하일과 세리카를 비롯해서 사람들이 일제히 무구를 겨누었다.

"잠깐."

그 순간 모두의 시선이 뒤에 꽂혔다. 조금 전 날아든 무구인 날카로운 창이 걸음을 걸을 때마다 번뜩였다. 그것을 움켜쥐고 있는 사람은 다름 아닌 카릴이었다.

"다시 말해봐. 올리번? 권좌의 주인이 바뀐 지가 언제인데 아직도 놈을 찾아?"

"네놈은 누구지?"

"대륙의 주인."

카릴의 말에 어둠 속 눈동자가 마치 파충류의 그것처럼 얇게 변했다.

"미친놈. 황제를 데려와라. 죽고 싶지 않으면."

"올리번은 이곳에 네놈들이 있다는 것을 알고 있었던 모양이지. 그러면서도 내게 모른 척했다 이거지……."

저벅- 저벅- 저벅-

어둠 속 존재의 경고에도 불구하고 카릴은 기다란 창을 쥐고서 천천히 앞으로 걸어 나왔다.

"다행이야. 네놈을 보니까 확신이 선다. 어떻게 쳐 죽여야 하는지도 말이지."

"……뭐?"

마족은 카릴을 바라보며 어이가 없다는 듯 바라봤다.

콰앙-!!

하지만 그 순간 카릴은 날아든 창보다 더 빠른 속도로 카릴의 몸이 움직여 들고 있던 창으로 눈앞에 마족의 얼굴에 찍어 버렸다.

"컥!!?"

짓이겨진 얼굴로 마족은 고통에 찬 비명을 터뜨렸다. 바닥에 박힌 그가 일어서려고 하자 카릴은 그의 어깨를 발로 짓밟았다.

"네놈……!!"

"프로켈."

그 순간 마족은 자신의 이름을 카릴이 부르자 놀란 표정으로 그를 바라봤다.

"네놈이 가지고 있었던 게 통탄(痛嘆)의 부정이었던가? 이 안에 극격(極格)의 갑주까지 있다면 4기사 중 다른 한 명인 홍각도 있겠군."

"너…… 누구냐."

어찌 모를 수 있겠는가. 이들 모두 그가 신탁의 10인으로서 처음 겪었던 시련인 3가지 유물을 찾는 과정에서 죽인 마족들이었기 때문이었다.

올리번은 이들이 이곳에 있다는 것을 알면서도 신탁이 내려졌을 때 각각의 유물들을 저 먼 곳에 숨겨두듯 떨어뜨려 놨었다. 그 말은 곧 그가 마족들과 결탁하고 있었음을 단면적으로 보여주는 일이기도 했다.

"누구긴 누구야. 네들을 다시 죽일 사람이지."

당혹스러워하는 그를 바라보며 카릴은 차갑게 웃었다.

'율라. 전생의 신탁이 너와 올리번이 짜고 친 결과라면 과연 이번에 어떻게 나올지 지켜보겠다.'

콰드드득……!!

그는 프로켈의 어깨를 더욱 힘껏 밟으면서 생각했다.

'신탁을 내리러 올 때 나는 네가 찾으라 했던 3가지 유물을 네 면상에다 흔들어줄 테니까.'

"마족……?!"

사람들은 프로켈의 등장에 경악을 금치 못했다. 정말로 다른 계(界)의 종족이 있을 줄은 몰랐기 때문이었다.

"제국의 황도에 버젓이 마족이 있었다니……."

"우리가 저런 괴물과 함께 살고 있었단 말인가?"

"도대체 황제란 놈은 무슨 생각으로……!!"

고든 파비안은 카릴의 발아래 깔린 마족을 바라보며 낮은 목소리로 말했고 화린과 밀리아나는 분노를 토해냈다.

"그런데 어째서 카릴은 저놈의 정체를 알고 있는 거지? 마족에 대한 정보는 극히 일부밖에 알려진 것이 없는데."

하지만 마족의 등장과는 별개로 눈썰미 좋은 나인 다르혼은 분노에 찬 카릴이 한 말을 놓치지 않았다.

[당연한 일이다. 녀석은 나의 지식의 보고를 물려받은 유일한 자이니까. 너희들과 같은 줄 아느냐.]

"아……!!"

그의 말에 알른 자비우스는 아무렇지 않게 대답했다. 그제야 나인은 고개를 끄덕였다.

"제가 무례한 물음을 했습니다. 스승님."

[지식의 보고 안에는 마도 시대에 내가 집대성한 모든 지식이 들어 있느니라. 그 시절엔 마족과 직접 계약을 하던 마법사들도 있었지. 나인, 너희 가문이 흡혈귀의 피가 일부 흐르는 것도 초대 가주가 마족에 손을 댔기 때문이다.]

"그, 그렇습니까?"

알른의 말에 나인 다르혼은 깜짝 놀란 듯 물었다.

"하긴…… 흡혈귀 역시 마족 중 한 명이니……. 충분히 그럴 수 있겠군요."

카딘 루에르 역시 알른의 말을 의심 없이 믿었다. 모든 상황을 의심하고 탐구하는 마법사 중에서도 가장 정점에 선 대마법사들이지만 그들에게도 알른의 말은 절대적이었다.

[아직도 냉정해지지 못할 때가 있구나. 네가 스스로 보여주지 않았더냐. 백금룡의 목을 칠 때처럼 분노는 언제나 갈무리하고 다듬어 마지막 순간에 뿜어내는 거다.]

'실수했다. 올리번 녀석이 전생에 마족의 존재를 알면서도 아무렇지 않게 신탁을 이행하라 내게 명했던 낯짝이 떠올라

서 말이지.'

카릴은 머릿속에 울리는 알른의 핀잔에 낮게 숨을 토해냈다. 언제나 냉정함을 유지해야 한다고 스스로 다짐하고 또 다짐해 왔건만 올리번과 연관된 사건들을 다시금 마주할 때마다 흐트러지는 자신을 발견할 때가 있었다.

[뭐…… 네 심정도 이해는 가는군. 신탁이란 것이 결국 마계의 문을 여는 열쇠를 찾는 일이 되어버렸으니 네 손으로 마족들을 불러들인 것과 진배없으니까.]

알른은 가볍게 어깨를 으쓱했다.

[아무리 신탁이라 하더라도 대륙을 엉망으로 만들 일을 황제가 선뜻 따르진 않았을 터. 그 정도로 위험을 감수하면서까지 신은 황제에게 무엇을 약속한 것일지…….]

'어떤 거래를 했든 간에 목숨의 무게는 모두 똑같다. 대를 위해 소를 희생시킨다? 나는 그따위 영웅적인 생각은 안중에도 없어.'

카릴은 올리번을 향한 분노를 담아 프로켈의 어깨에 검을 박아 넣었다.

스아아앙……!!

라크나에서 뿜어져 나오는 오러 블레이드가 날뛰며 어둠 속을 환하게 비추었다.

서걱-

검날의 날카로운 광명은 일말의 자비도 없었다.

'고작 무덤에 있는 녀석에게 아직까지 휘둘리다니 나야말로

한심할 따름이지.'

카릴은 마치 스스로를 채찍질하듯이 프로켈의 어깨에 박아 넣은 라크나의 검날을 비틀었다.

우드득……!!

잘린 쇄골이 갈리는 소리와 함께 프로켈을 비명을 질렀다.

"으아아악……!!"

자신의 보호 마법을 뚫는 것도 모자라 오히려 그 마력마저 흡수하는 것처럼 라크나의 오러 블레이드가 폭발적으로 응축되는 것을 바라보며 그는 발버둥을 쳤다.

'이 무슨 말도 안 되는 마력이라니……!!'

그는 카릴의 손아귀에서 벗어나기 위해 안간힘을 썼지만 그럴수록 오히려 더욱더 움직일 수가 없었다.

[마족 4기사의 위명도 이제 한물갔군.]

[그들이 약한 게 아니라 카릴이 말도 안 되게 강한 것이겠지. 그는 용의 심장을 두 개나 흡수했어. 신화 시대에도 이런 자는 없었으니……. 솔직히 말해서 그의 강함은 이제 우리들도 가늠할 수가 없어.]

[흐음…… 대륙에는 아직도 3마리의 드래곤이 더 남아 있다. 만약 카릴이 그들의 심장까지 먹어 버린다면 어떨까?]

정령왕들은 마족을 밟고 있는 카릴을 바라보며 마치 품평회라도 하는 듯 서로 그의 강함에 대해 상상해 봤다.

[글쎄, 이미 고룡급의 심장을 두 개나 흡수했어. 그의 마력

은 나머지 심장을 흡수할 만큼 받쳐줄 수 있을지 모르지만 육체는 다르지. 아무리 블레이더의 후예인 이민족의 육체라 하더라도 버티기 어렵겠지.]

[과유불급인가……. 아니면 상상을 뛰어넘을 것인지.]

라미느는 마치 즐거운 듯 말했다. 이상하지만 그의 성장은 이제 정령왕들의 생각마저 뛰어넘는 것이니 바라보는 것만으로도 그들에게는 또 다른 즐거움이었다.

[내 생각엔 좀 다른데.]

하지만 그런 그들의 대화에 찬물을 끼얹듯 담담한 목소리로 라시스가 말했다.

[그가 강해지는 만큼 우리도 강해져야 하지 않을까. 언제부터 정령왕이 뒷전에서 수다만 떠는 자들이 되었지?]

라시스의 말에 세 정령왕들 사이에서 침묵이 흘렀다.

[그게 무슨 뜻이지? 라시스. 백금룡의 심장 속에서 잠들어 있던 녀석을 구해줬더니 뒤늦게 와서는 우리가 해온 일들에 대해서 그따위 평가를 내리는 거냐?]

[너희가 해온 것은 뭐지?]

두아트가 으르렁거리듯 되물었지만 라시스의 대답은 한결같았다.

[그에게 봉인이 풀려난 뒤 그저 그에게 힘을 빌려주는 것뿐이었잖는가.]

[인간계에서 정령이 힘을 발현할 수 있는 것은 계약자와의

거래에서 뿐이다. 카릴이 강해지는 것이야말로 우리가 이 세계에 관여할 수 있는 힘을 기르는 일이야.]

에테랄은 조금 신경질적으로 말했다.

[정말 그렇게 생각하는가? 해일의 여왕이여.]

[……뭐?]

[정령이 강해질 수 있는 방법이 계약자의 능력만은 아니라는 것을 다들 알고 있을 텐데.]

라시스의 말에 모두가 침묵했다.

[사미아드는 이미 찾았으나 그 힘을 쓰기 위해서 봉인을 한 채로 두었다지? 그럼 이제 하나만이 남았군. 너희가 기다리고 있는 것일 테지. 그가 영혼샘으로 차원문을 열었을 때 정령계로 돌아간 거암군주 막툰을 불러들일 순간을 말이지.]

그는 마치 읊조리듯 말했다.

[태초에 만들어진 2대 광야(光夜). 그리고 빛과 어둠 속에서 태어난 4대 원소인 너희들. 하지만 정령은 모두 일곱이지. 우리들 6대 정령왕과는 별개의 존재.]

[네가 말하고자 하는 녀석이 누군지 안다.]

라미느는 굳은 얼굴로 말했다.

[우레는 빛을 가지면서 열을 가졌고 물 안에서 더욱 자유로우며 바람과 함께 나타나며 먹구름의 어둠마저 지녔지.]

[우레군주 쿤겐…….]

라미느는 라시스의 말에 고개를 끄덕였다.

[그 속성이 때로는 본질보다 더 강해 우리들을 뛰어넘기도 하지. 유일하게 그를 잠재울 수 있는 천적은 우레를 흡수할 수 있는 거암군주뿐.]

라시스는 나지막한 목소리로 말했다.

[거암군주를 통해 쿤겐을 깨우고 그를 흡수하여 매개체로 정령합일(精靈合一)을 이루는 것만이 우리들이 정령왕이라는 굴레를 뛰어넘어서는 일이겠지.]

[정령합일이라…….]

[끔찍한 말이지만 부정할 순 없겠지.]

[하지만 그러기 위해서는 카릴의 힘이 강해져야 한다는 것은 명백한 사실이다.]

[쓸데없는 걱정이로군. 그 해결책은 저기 누워 있잖아.]

두아트의 말에 침묵을 지키던 마엘이 한마디 거들었다.

[마족의 피를 먹으면 늙지 않는다지. 그것은 육체의 강화를 의미하는 거니까.]

[말도 안 되는 소리를 하는군.]

[왜 말이 안 돼?]

마엘은 뱀의 혀를 가볍게 흔들면서 말했다. 그는 그 말을 끝으로 카릴이 뽑은 라크나의 흡수되듯 스며들었다.

쿠르르르르르……!!

그러자 라크나의 검날이 신력을 머금으며 폭발적으로 증가했다.

"그런데 한 놈 더 있을 텐데?"

그 순간 카릴은 프로켈에게 시선을 떼지 않은 채 그대로 동굴 속 벽면에 주먹을 찔러 넣었다.

콰아아앙!!

요란한 소리와 함께 무덤의 기둥이 무너질 듯 부서졌고 천장에 잔해들이 떨어져 내렸다.

"컥……!! 커억……!!"

석벽 안에서 검은 인영을 붙잡아 있는 힘껏 무덤의 내부로 집어 던졌다.

"쥐새끼마냥 숨어 있지 말고 나와."

카릴은 그의 정체가 놀랍지 않은 듯 차갑게 말했다.

"……퉷!"

무너진 잔해 속에서 한 사람이 걸어 나왔다.

"네놈 정체가 뭐지? 용의 심장을 가진 인간이라니……. 게다가 여길 어떻게 찾아온 거지?"

"홍각, 조심해라!! 이놈……!! 완전히 괴물이…… 컥!!"

팔이 너덜너덜하게 부러진 채로 프로켈이 소리를 질렀다. 하지만 그의 외침은 끝까지 이어지지 못했다. 카릴이 녀석의 뒷덜미를 발로 후려치자 바닥으로 처박히듯 고꾸라졌다.

퍼억……!!

한 치의 망설임 없이 카릴은 그대로 녀석의 머리를 밟아버렸다. 두개골이 으깨지는 둔탁한 소리와 함께 프로켈의 머리가 산산조각이 나며 터졌다.

트득……! 파아악……!!

그의 얼굴에 진득한 뇌수(腦髓)가 튀었다. 반항조차 하지 못하고 순식간에 죽어버린 모습에 홍각은 창백한 얼굴로 카릴을 바라봤다.

"궁금해할 필요 없다. 어차피 네놈도 죽을 거니까."

카릴은 바닥의 흙에 발바닥을 문지르고는 천천히 걸어 나왔다.

"하지만 그 전에 해야 할 일이 있다. 너희가 수호하는 2개의 유물을 내게 내놓고 마계의 문을 열어."

"……뭐?"

홍각은 어처구니없다는 듯 말했다.

"영혼샘을 쓰는 것은 아까운 일이니까. 네가 직접 열란 말이다. 적어도 저놈보단 편안하게 죽게 해줄 테니까."

"미친……!!"

카릴의 말에 홍각은 날카로운 이빨을 드리우며 양손에 쥐고 있는 검을 들어 그를 향해 몸을 날렸다.

퍼억-!! 콰아아아앙……!!

하지만 그 순간 카릴의 발바닥이 정확히 그의 면상을 찍어 눌렀다.

"으아아악……!!"

홍각은 믿을 수 없는 힘에 뭐라 입을 열기도 전에 다시 쏟아지는 그의 발길질에 그저 비명을 지를 뿐이었다.

"반항엔 고통뿐이다."

카릴은 망설임 없이 홍각의 오른팔을 검으로 베어버렸다.

퍽-!!

그러고는 잘린 팔을 발로 차버리자 피를 흩뿌리며 동굴에 벽면 구석에 부딪히며 바닥에 떨어졌다.

"편안함 죽음을 맞이하던 사지가 절단된 모습으로 너희들의 군주 앞에 날 데려갈지는 네 선택에 맡기지."

"네…… 네놈……!!"

"이놈이나 저놈이나…… 짜증 나게 앵앵거리는 소리 하지 마. 당장에 죽여 버리고 싶으니까."

카릴의 차가운 말에 홍각은 자신도 모르게 등골이 오싹한 기분이 들었다.

"상대방의 힘을 가늠하고 덤벼."

우지끈……!!

"컥……!! 크아아아아아!!"

카릴은 다시 한번 홍각의 왼쪽 다리에 라크나를 찔러 넣고는 검을 긋자 그의 다리가 깔끔하게 잘려 나갔다.

[좋아. 내 생각이 맞다면…… 이왕이면 흔한 마족의 피 따위는 의미 없지 안 그래? 카릴.]

마엘은 발버둥 치는 홍각을 바라보며 묘한 미소를 지으면서 말했다.

[마왕의 피 정도는 빨아야지.]

►**Chapter 2**◄

"여기다⋯⋯."

홍각은 지친 기색이 역력한 목소리로 말했다. 이름 속에 들어 있는 각(殼)이라는 의미처럼 그는 갑충처럼 딱딱한 갑주와 같은 피부를 가진 마족이었다. 하지만 그가 자랑하던 갑옷은 어이가 없을 정도로 무력했고 하나 남았던 다리마저 잃고 나서야 그는 온몸이 포박당한 채로 용뼈 무덤 안쪽을 안내했다.

"흐음."

카릴은 그의 말에 감흥 없이 안쪽을 바라봤다. 그 안에는 마치 신전처럼 보이는 거대한 홀이 있었다.

'신탁이 내려졌을 때 내가 찾았던 신전과 거의 흡사하군. 석벽에 그려진 문양마저 똑같아. 유물이 숨겨져 있었던 신전을 그대로 옮겼던 건가.'

카릴은 살짝 눈을 흘기며 그 안을 살폈다.

[네 말대로라면 신탁이 내려지기 이전에 이미 이 안의 신전들을 정해진 장소로 이동시켜놨다는 말이겠군.]

알른은 그의 말에 주위를 훑으며 대답했다.

[신탁이 내려지기 이전에 이미 신탁의 내용을 알고 있었다는 말이 될 테지.]

카릴은 이 이상 놀랍지 않다는 표정으로 홍각의 몸을 거칠게 집어 던졌다.

"컥……!! 쿨럭!!"

내팽개쳐진 홍각은 충격에 피를 토하면서 쓰러졌다. 마족 4기사라 불리는 엄청난 마족임에도 불구하고 지금 그의 모습은 측은하기까지 했다.

"우리가 나설 기회도 없겠군."

"우리가 나선다는 것은 그저 주군께서 우리의 성취를 시험하는 자리 정도뿐이겠지."

키누 무카리의 말에 하시르는 쓴웃음을 지으면서 대답했다. 이미 카릴의 힘이 규격 외라는 것쯤은 잘 알고 있었지만 보면 볼수록 이제는 그동안 쌓여 왔던 강함의 척도가 무뎌지는 것 같았기 때문이었다.

"세리카. 저놈을 잘 보고 있어. 마족은 회복력이 뛰어나다. 여차하면 얼려 버려."

카릴의 명령에 그녀는 고개를 끄덕였다.

탈칵-

그러고는 사원 안쪽에 있는 거대한 두 개의 관을 닮은 상자의 뚜껑을 열었다. 잠금쇠가 풀리는 소리와 함께 뚜껑 안에는 카릴의 기억 속에 익숙한 물건이 놓여 있었다. 하나는 묵색의 반지였다.

"인간의 욕망은 신조차 막을 수 없다고 하지. 네놈이 아무리 강하다 하더라도 마족의 유물을 탐할 수는 없을 것이다!"

카릴은 홍각의 외침을 무시한 채 반지를 꺼내어 위로 비추었다. 그러자 그 속에 박혀 있는 보석 안에 마치 먹물처럼 검은 액체가 흔들렸다.

통탄(痛嘆)의 부정.

카릴은 백금룡을 상대하느라 부서진 네 개의 송곳니가 있었던 손가락에 그 반지를 끼워 넣었다.

차르륵……! 착!!

그러자 반지의 고리 안쪽에서 날카로운 바늘이 튀어나오더니 끼워진 손가락을 꽉 물었다. 붉은 핏방울이 맺히더니 반지의 바늘 안으로 스며들기 시작했다.

우-우-우-우-웅…….

보석 속 검은 액체에 카릴의 피가 들어가자 반지는 가볍게 반응하기 시작했다.

"크클……!! 멍청한 놈!! 결국 유물 사냥꾼에 불과한 인간이었구나! 네놈이야말로 그 어떤 경계도 없이 실수를 저질렀……!

으악!!"

홍각의 하나밖에 남지 않은 팔이 어깨부터 차갑게 얼어붙더니 쾅! 하는 충격음과 함께 떨어져 나갔다.

"더럽게 시끄럽네."

세리카는 사지가 절단된 녀석의 뒷머리를 발로 밟으며 자빠뜨리며 말했다.

"크악……! 크아악!!"

"입 다물고 지켜보기나 해. 실수? 저 괴물 같은 인간에게 그런 게 있을 리가 없으니까."

세리카는 홍각을 바라보며 비웃었다.

그때였다. 놀랍게도 카릴의 피를 흡수한 반지는 검은색이었던 액체 속으로 그의 피가 섞이자 보석이 은회색으로 변하기 시작했다.

"말도 안 돼……."

홍각은 그 모습을 보며 창백한 얼굴로 믿을 수 없다는 반응이었다.

"난 백금룡의 심장을 흡수했다. 통탄의 부정을 쓰지 못하는 것이 더 말이 안 되는 일이지."

카릴은 아무렇지 않게 대답했다. 하지만 그의 대답을 들었음에도 불구하고 오히려 홍각의 머리는 더 복잡해졌다.

"아무리 용의 심장을 가졌다 하더라도 인간의 몸으로 통탄의 부정의 인정을 받을 수 있을 리 없다! 그것은 시간을 부정하는 물건⋯⋯!! 기껏해야 100년 남짓 살 수밖에 없는 시간에 쫓기는 종족인 인간이 그걸 쓰는 순간 시간의 급류에 미라가 되어버릴 터인데⋯⋯."

카릴은 홍각의 말에 냉소를 지었다.

"이유가 궁금하면 차원문이나 열어. 혹시 알아? 마왕이 내게 패배를 인정한다면 네 목숨도 부지할 수 있을지."

홍각은 창백한 얼굴로 그를 바라봤다. 마족 정예라 불리는 4기사 중에 둘이 손을 쓸 수도 없을 정도로 강력한 인간. 하지만 그래도 그는 인간이었다.

필멸자(必滅者). 인간이 유약한 이유는 바로 그 때문이기도 했다. 신이 아닌 이상 시간이라는 절대적 규율은 벗어날 수 없는 일이었다. 그런데 지금 그 규율이 무너지는 것을 홍각은 목도하고 있었다.

그도 그럴 것이 시간을 거슬러 오기 위해 억겁과도 같은 시간을 파렐 속에서 이미 겪었던 사실을 그는 절대로 알지 못할 테니까.

카릴 역시 인간이기에 필멸의 수명을 벗어날 순 없었다. 하지만 마족 4기사인 홍각조차 알지 못하는 것이 있었다. 통탄의 부정이란 시간을 잡아먹는 것이 아니었다.

'시간의 기억을 먹어치우는 것.'

파렐 속을 헤쳐 나온 카릴의 기억 속에 시간이란 이미 억겁과도 같았으니 기껏해야 수천 년을 살 수 있는 마족과도 비교

할 수 없는 일이었다.

'전생의 유물들이 어떤 힘을 가지고 있었던 것인지 알고 있었던 게 다행이야.'

카릴은 쓴웃음을 지었다.

츠르릉…….

그러고는 또 다른 관 속에 들어 있는 두툼한 플레이트 메일을 꺼내었다. 투박하게 생긴 은색의 갑옷이었지만 카릴이 그것을 착용하자 마치 본래 자신의 것인 양 딱 맞게 크기가 맞춰졌다.

"흠. 나쁘지 않군."

단단한 갑주를 가볍게 두들겨 보면서 카릴은 마지막 유물인 극격(極格)의 갑주의 짧은 감상을 내뱉었다.

[드래곤의 혼효결계와 동방국의 천문진 그리고 로스차일드 가문의 진법술도 대단하지만 이건 그것들을 뛰어넘는 것이로군.]

알른은 갑주를 착용하자 나타났다 사라지는 수십 개의 마법진을 바라보며 신기한 듯 말했다.

파즈즈즉……! 파각!!

그가 갑옷에 손을 가져가자 그의 손길을 거부하듯 날카로운 전격과 함께 그를 튕겨냈다.

[허…….]

저릿한 기운은 알른뿐만 아니라 그와 계약되어 있는 두아트에게까지 전해졌다.

[하가네가 직접 만든 물건이로군. 방어 마법만 따지고 본다

면 블레이더의 무구인 폴세티아와 견주어도 될 만큼의 방어구다. 물론…… 저주가 걸려 있겠지. 마족의 물건이니까.]

"마왕이 직접?"

[그렇다. 과거에도 마족들이 인간계에 나타난 일은 있으나…… 힘을 행사하는 것은 기껏해야 하급 마족들 정도뿐이었지. 하지만 이렇게 마왕과 직접 관련된 저주받은 것이 인간계에 남아 있다는 것은 의아한 일이로군.]

두아트의 말에 카릴은 어깨를 으쓱했다.

"뭐, 그 이유는 놈에게 물어보면 되겠지."

카릴은 발걸음을 옮겨 바닥에 쓰러져 있는 홍각을 일으켜 세웠다.

"들었겠지? 차원문을 열기 전에 네게 몇 가지 묻겠다. 어째서 네놈들은 인간계에 있는 거지? 4기사라면 마계에서도 정예일 터. 그들 중에 둘이나 인간계에 남아 있는 이유가 무엇이냔 말이지."

"큭…… 크윽…….."

홍각의 뒷덜미를 움켜쥐고서 거칠게 그를 흔들며 카릴이 묻자 홍각은 고통에 찬 신음을 뱉어냈다.

"황제는 너희들의 존재를 숨기기 위해서 이 무덤을 만들었겠지. 카이에 에시르가 리세리아의 뼈로 이곳을 만들었다는 것은 적어도 황가(皇家)와 네놈들이 결탁한 것이 250년 전이라는 말이 될 테고."

수욱-!!

사지가 절단된 홍각을 바닥에 내려놓고서 그의 옆구리에 카릴은 아무렇지 않게 검을 꽂아 넣었다.

"수백 년 동안 인류를 숨기고 마족 놈들을 대륙에 남겨놓은 이유가 뭐냔 말이다."

"으아아아악……!!"

홍각은 비명을 질렀다. 카릴이 검을 쥐지 않은 손을 펼치자 손바닥 위로 낡은 고서가 나타났다.

차르륵……!!

책이 펼쳐짐과 동시에 허공에 몇 개의 마법진이 나타났다 중첩되며 사라졌다. 마법진은 뭉쳐지며 구체의 형태가 되었고 카릴의 손등에 박혀 있는 아인 트리거가 붉게 변하자 라미느의 불꽃이 그 구체를 감쌌다.

치이이이이익……!!

"크아아악!!"

불에 달궈지는 것처럼 구체를 사정없이 조금 전 홍각의 잘린 어깨에 지지자 메케한 연기와 함께 살이 타는 냄새가 사방에 풍겼다.

"마족은 그 어떤 종족보다 재생 능력이 뛰어나다. 하지만 이런 식으로 불로 태워 버리면 다시 재생되지 못하지."

"이, 이…… 미친놈!! 죽여 버리겠어!! 으아악!!"

사람들은 잔인할 정도로 냉정한 카릴의 모습에 할 말을 잃은 듯 그저 조용히 그 광경을 바라볼 뿐이었다.

"주군께서 이 정도로 극노한 모습은 처음이로군."

"마족과 무슨 일이 있기라도 한 건가?"

"글쎄…… 뭐가 되었든 간에 저들은 죽음 목숨이라는 것은 확실하겠지."

하시르의 말에 화린조차 한기가 느껴질 정도로 싸늘한 그 모습에 낮은 목소리로 말했다.

"흥, 적을 앞에 두고 사정을 봐주는 것 자체가 바보 같은 짓 아냐? 저런 모습이야말로 이끄는 자로서 보여줘야 할 모습이지."

그 둘과 달리 밀리아나는 그의 모습이 오히려 만족스럽다는 듯 말했다.

"죽이고 싶다면 어디 해봐. 하지만 그전에 내가 물은 물음에 답을 해야 할 것이다."

카릴은 소리치는 홍각의 입안으로 손가락을 걸어 밖으로 잡아당겼다.

촤악……!!

그러자 그의 오른쪽 뺨이 손가락 힘을 견디지 못하고 찢겨져 나갔다.

"으, 으아악!!"

"대답은?"

"마왕께서 이 일을 아신다면 제국을 불바다로……!!"

카릴은 홍각의 아래턱을 붙잡고 이번에는 반대쪽 입안으로 손가락을 걸었다.

"웁…… 우웁……."

"찢어버리면 말을 제대로 못 할 것 같지만…… 마족의 회복력이라면 조금 있으면 회복되겠지."

촤아악……!!

"흐, 흐에…… 흐에에에……."

광대뼈까지 너덜너덜하게 입이 찢어진 홍각은 제대로 발음을 하지 못한 채 울먹이는 얼굴로 카릴을 바라봤다.

"30초 정도면 되겠지."

카릴은 그 자리에서 움직이지도 않고서 홍각의 뺨이 다시 새로 붙을 때까지 기다렸다.

"그럼……."

먼저 찢어버린 뺨이 새로이 붙자 그는 망설임 없이 다시 입안 쪽으로 손가락을 걸었다.

"자, 잠깐……!! 잠깐만……!!"

홍각은 몸을 부르르 떨면서 소리쳤다.

"마족의 기사란 놈이 고작 이 정도로 포기하는 건가? 몇 번은 더 해야 될 거라고 생각했는데."

오히려 카릴이 실망스럽다는 듯 몸서리치는 그를 향해 말했다.

[손가락에 신력을 담았으니 피부가 뚫리는 순간 전신이 마비되는 고통이 느껴졌겠지. 상상도 하고 싶지 않은 일이야.]

"마족의 고문은 이것에 비한다면 우스운 일이야. 놈들은 손톱 하나, 발톱 하나부터 시작하지. 팔다리를 잘라준 것만으로도 감사하게 여겨."

"큭…… 크륵……."

홍각은 카릴의 말에 흐느끼는 것인지 알 수 없는 소리를 냈다.

"우리가 아는 것은 없다! 우리는 그저 명령을 따를 뿐이었다. 마계를 찾아온 인간과 거래를 한 것은 마왕님이시니까……!!"

"마계를 찾아온 인간?"

"네가 조금 전에 말했던 카이에 에시르. 그자가 마계를 찾아와 3가지 유물을 인간계로 내보내는 계약을 했다."

그의 말에 카릴의 눈썹이 꿈틀거렸다.

'그가 어디로 튈지 모르는 괴짜라지만 인간계에 해가 될 수 있는 마족과 계약을 했다? 그것도 자신이 세운 제국을 대상으로……?'

표면적으로만 본다면 그저 미친 행동으로 보이겠지만 카릴은 자신이 본 카이에 에시르는 결코 단순한 괴짜가 아님을 알았다.

'이 무덤은 리세리아의 뼈로 만든 것이다.'

카릴은 염룡의 심장에서 봤던 그의 마지막을 떠올렸다. 그 기억은 비록 몇 년이 흐른 오래된 것이었지만 동화된 심장 때문인지 여전히 선명하게 남아 있었다.

[한 가지만 묻지. 혹여 나의 죽음이 너에게 새로운 전환을 주는가?]

"물론. 하지만 내 마법은 나의 대(代)에서 끝이다. 나의 정수는……."

카릴은 아인헤리에서 본 기억 속에서 카이에 에시르의 마지막 말을 듣지 못했다.

"……에 있을 테니까."

카이에 에시르의 검에서 거대한 불꽃이 일어났고 하늘에서는 불타는 운석들이 떨어지며 굉음을 뿜어냈기 때문이었다.

'설마…….'

카릴은 떠오른 기억 속에서 자신도 모르게 몸을 가볍게 떨었다. 잊고 있었던 그의 유산. 마법의 궁극이라 할 수 있는 폴세티아를 얻음으로써 더 이상 그의 유산은 관심이 없었다. 8클래스라는 대단한 실력이지만 카릴에게 있어서는 결국 인간의 영역에 머무는 수준일 뿐이었으니까.

'카이에 에시르가 남긴 유산이 마계와 관련이 있는 것은 아닐까?'

그렇다면 말이 달라진다. 마계의 문을 열 수 있는 물건이 신탁에서 율라가 찾으라 했던 마왕의 유물이었다.

하지만 신탁이 내려지기도 전 시대의 사람인 그가 직접 마왕과 약조를 한 것이 있다는 말은 마왕의 유물 없이 그가 차원문을 열었다는 의미였으니까.

매개체 없이 차원을 연결한다?

'그건 8클래스 마법사라도 할 수 없는 일이다.'

카릴은 자신이 모르는 숨겨진 내막이 하나 더 있을지 모른다는 느낌이 들었다. 그 생각이 들자 그는 거침없이 쓰러진 홍각을 들어 올려 신전 같은 거대한 홀 안으로 걸어 들어갔다. 안쪽 가장 깊은 곳에는 영혼샘과 비슷한 커다란 우물이 있었다. 카릴은 홍각의 머리를 그 안으로 집어넣으며 말했다.

"당장 마계의 문을 열어."

크즈즈즉……!! 크즉!!

카릴이 홍각의 몸을 영혼샘에 집어넣자 샘이 빛나기 시작하면서 마치 영혼들이 울부짖는 것처럼 수십 개의 희뿌연 영체들이 샘 밖으로 튀어나오며 그의 몸을 감쌌다.

"으악……!! 으아아악!!"

비명이 잠깐 들렸지만 그의 전신을 뒤덮고 어느새 얼굴마저 가로막은 영체들의 연기에 그의 목소리는 더 이상 들리지 않았다. 수면 아래로 가라앉는 홍각을 바라보며 카릴은 나지막하게 말했다.

"무기를 꺼내."

콰아아아앙!!

그 순간 샘의 안쪽에서 검고 기다란 뭔가가 튀어나오더니 거대한 낫처럼 카릴의 목을 위에서 아래로 베려 했다.

스아앙……!!

날카로운 파공음과 함께 뭔가가 바닥에 떨어졌다. 조금 전 집어넣었던 홍각의 시체가 두 동강이 난 채로 카릴의 앞에 너부러졌다.

스그락……! 사가가각……!

"으, 으악?!"

바스락거리는 소리와 함께 가장 먼저 영혼샘에 반응을 한 것은 세리카였다. 샘의 입구에서 물밀 듯이 쏟아져 나오는 수백 마리에 갑충들에 그녀는 소스라치게 놀라며 비명을 질렀다. 미하일은 황급히 그녀를 자신의 뒤로 숨기며 마법을 시전했다.

파각!! 푸스스슥! 파가각!!

그의 칼날 바람이 갑충들을 베고 지나가자 그 안에 진득한 진액들이 사방으로 튀었다.

"으이구, 이 바보! 뭐 하는 거야!"

세리카 로렌은 얼굴에 잔뜩 묻은 끈적끈적한 진액을 닦아내고는 미하일의 뒤통수를 한 대 때리며 소리쳤다. 그 모습에 밀리아나와 화린은 안타깝다는 듯 고개를 가로저었다.

쉬익……!! 쉬이이익……!

수백 마리의 벌레들이야 그들에게 위협이 되지 않았지만 샘의 안쪽에서 튀어나온 거대한 다리만큼은 달랐다. 처음엔 하나였던 갑충의 다리가 어느새 하나둘 튀어나오더니 여덟 개의 다리와 함께 시커먼 눈동자가 샘의 입구에서 보였다.

"흡!!"

고든 파비안은 지체 없이 쥐고 있던 모우터를 휘둘러 샘의 안쪽에 튀어나온 갑충의 머리를 후려쳤다. 쩌엉-!! 하는 둔탁한 소리와 함께 이마를 정통으로 맞은 갑충이 괴성을 질렀다. 모우터는 갑충의 두꺼운 껍질을 뚫고 머리에 박혀 있었고 부서진 껍질 사이로 꾸르륵거리는 소리와 함께 검은 핏물이 주르륵 흘러내렸다.

"별거 아니군."

고든은 몸을 부르르 떠는 녀석을 바라보며 코웃음을 쳤다.

"이 녀석은 내가 처리하지."

용아병 따위로는 만족할 수 없었던 그는 카릴 때문에 나서지 못해 아쉬웠던 것일까. 살짝 입맛을 다시듯 말했다.

촤아아악……!!

모우터가 박힌 채로 거대한 갑충이 주둥이를 내밀더니 뭔가를 뱉어냈다. 고든은 황급히 해머를 뽑으며 피했다. 침처럼 보이는 끈적한 액체였는데 놀랍게도 벽에 닿는 순간 날카로운 칼날로 벤 것처럼 홀의 석벽을 부숴 버렸다.

"키리리릭!!"

녀석은 고든과 거리가 벌어지자 샘 밖으로 튀어나오며 연속적으로 진액을 뿜어냈다. 그와 동시에 바닥에 깔리듯 쏟아졌던 작은 벌레들이 고든의 두 다리를 따라 기어오르며 그를 덮치기 시작했다.

"재밌군. 마치 훈련이라도 받은 것처럼 벌레들이 유기적으로 움직이고 있어."

나인 다르혼은 그 광경을 바라보며 흥미롭다는 듯 말했다.

"도와주지 않을 겐가?"

카딘 루에르는 태평한 그의 모습에 살짝 걱정스러운 목소리로 물었다.

"자네는 저 인간이 어떤 괴물인지 잘 알잖아. 그런데도 고작 이런 일로 도움이 필요하리라 생각하나?"

나인의 말에 카딘 루에르는 쓴웃음을 지었다.

부-우-우-우-웅--!!

모우터가 원을 그리듯 휘둘러지자 허공에서 강력한 풍압을 일으키며 달라붙었던 벌레들이 떨어져 나갔다. 고든의 피부는 여기저기 뜯겨져 있었는데 아무래도 달라붙었던 벌레들의 이빨에 의한 상처 같았다.

"뭐 이딴 놈들이……."

그는 조금 짜증이 섞인 목소리로 말했다. 얕잡아봤던 벌레들이 자신의 보호 마법을 뚫고 상처를 주었기 때문이었다.

소드 마스터의 반열에 오른 뒤 절대방어인 오토마타의 창시자인 그는 무엇보다 방어에 대해서 만큼은 자신이 있었던 자가 상처를 입었으니 자존심이 상할 일이 아닐 수 없었다.

"짜증 나게 하고 있어!!"

고든이 바닥에 벌레들을 밟으며 달려가 거대한 갑충의 배를 향해 모우터를 휘둘렀다.

콰앙--!!

내려친 해머가 갑충의 배를 뚫어버릴 듯 박혔다. 하지만 조금 전과 달리 모우터는 녀석의 껍질을 부수지 못했다. 충격으로 튕겨 나갔던 갑충이 언제 그랬냐는 듯 자세를 잡고서 달려들었다. 고든은 황당한 표정으로 녀석을 향해 다시 한번 모우터를 휘둘렀다. 이번에는 전력을 다하여 마력을 해머에 쏟아내었다.

콰아아아아앙--!!

요란한 소리와 함께 다시 한번 모우터와 녀석이 충돌했다. 이번에는 녀석의 머리를 감싸고 있던 껍질이 움푹 들어갔지만 여전히 깨지진 않았다.

"군집(群集)뿐만 아니라 학습 능력까지 있는 건가? 껍질의 강도를 더 높였어. 적에 따라서 변하는 건가? 그렇다면 성질변환 능력까지 갖췄다는 말인데."

나인은 여전히 탐구를 하듯 갑충을 살폈다. 타락을 연구하던 그였기에 눈앞에 새로이 나타난 마족의 생명체에 궁금증이 안 생길 수 없는 모양이었다.

그때였다.

파슥……! 파스스슥……!!

조금 전 거대한 갑충이 튀어나왔던 영혼샘에서 이상한 소리가 들렸다.

"하……."

고든 파비안은 자신도 모르게 낮은 탄성을 지르고 말았다. 그 안에서 뭐가 나타날지 이미 직감했기 때문이었다.

"……이게 다 몇 마리야?"

세리카 로렌은 가까이하고 싶지 않다는 듯 쏟아지는 거대한 갑충들을 바라보며 창백해진 얼굴로 말했다.

"오늘 제대로 몸을 풀겠군."

허세 좋게 말했지만 아직 한 마리도 제대로 쓰러뜨리지 못했던 고든은 어느새 빼곡하게 주위를 가득 채운 수십 마리의 거대한 갑충을 바라보며 살짝 긴장한 목소리로 말했다.

"크흠…… 너희들도 심심하지?"

"왜? 설마 천하의 고든 파비안이 도와달라는 말은 아니겠지? 혼자서 다 할 수 있다면서."

"흥, 농담한 것뿐이다."

멋쩍은 듯 말하는 고든을 밀리아나는 놀리듯이 말했지만 어느새 그녀는 검을 뽑아 들었다.

"멈춰, 밀리아나."

"응?"

"그런 걱정은 안 해도 될 겁니다. 고든."

"네가 나서겠다는 뜻이냐. 그렇다면 더 편하겠지."

카릴이 바닥에 잔뜩 떨어져 있는 작은 벌레 하나를 집어 들었다. 벌레를 뒤집자 여덟 개의 다리가 하늘을 향해 바둥거리듯 움직였다.

파슥!!

벌레를 쥔 손가락에 힘을 주자 녀석이 터지듯이 부서졌다.

"아뇨. 더 이상 싸울 필요 없다는 의미입니다."

"……그게 무슨?"

"이미 영혼샘이 연결되어 있거든요."

카릴의 말이 끝남과 동시에 고든은 주위의 풍경이 어느새 변했음을 깨달았다.

쿠그그그그…… 쿠그강……!!

무덤 속이었던 홀 안의 풍경은 온데간데없이 사라졌고 붉은 하늘과 시커먼 먹구름이 잔뜩 끼어 있는 널따란 초원 한가운데 그들은 서 있었다.

"마계……?!"

"어느새…….."

사람들은 그제야 깜짝 놀란 듯 주위를 둘러봤다.

"샘에서 나온 갑충들은 그저 마왕의 인사치레에 불과한 모양이로군. 여차하면 쓸어버릴 수 있겠지만…… 뭐, 굳이 그럴 필욘 없겠지."

카릴은 자신을 둘러싸고 있는 거대한 갑충들을 한 번 쓱 바라보더니 신경질적으로 검을 날렸다.

스캉-!!

얼음 발톱이 갑충의 머리에 박히면서 그대로 얼어붙었다.

카릴은 커다란 얼음덩이에 주먹을 꽂았다. 그러자 갑충의 얼음이 산산조각이 나면서 부서졌다. 고든은 자신이 전력을 다해 내려친 공격에도 뚫지 못한 갑충의 외피를 단 일격에 부숴버린 카릴의 모습에 할 말을 잃은 듯 바라봤다.

"썩 유쾌하지 않은 재회니 말이야."

카릴은 산산이 조각난 갑충을 밟아 버리며 앞을 바라봤다. 놀랍게도 그들의 앞에는 4명의 마족들이 서 있었다. 그 둘 중에는 낯익은 얼굴이 둘이나 있었다.

"저놈들은……."

밀리아나가 그 둘을 바라보며 살짝 인상을 찡그렸다.

"인사는 잘 받았다. 잘도 내 목을 날려 버리더군."

목을 좌우로 꺾으며 잡아먹을 듯 으르렁거리는 녀석은 바로 조금 전 카릴에게 머리가 터진 프로켈이었다. 그의 옆에는 역시나 사지가 절단되었던 홍각이 온전한 모습으로 서 있었다.

"마족 4기사라 칭하기에는 너무 약하던데 본체는 마계에 있었던 모양이로군."

카릴은 이해가 간다는 듯 차분한 어조로 고개를 끄덕이고는 말했다.

"그래 봐야 자격 미달이지만."

그는 그 둘을 지나쳐 앞으로 걸어가며 말했다. 그의 눈에는 이미 그 넷은 안중에도 없었고 오직 그 끝에 서 있는 한 남자에게 꽂혀 있었다.

"뭐……?!"

서걱- 쿵!!

홍각이 자신을 지나치며 내뱉은 카릴의 도발에 소리치며 그를 막기 위해 황급히 몸을 돌렸다. 카릴의 뒤통수를 향해 주먹을 내지르려는 순간 그는 줄이 끊어진 인형처럼 철푸덕 힘없이 주저앉았다.

"……어?"

그는 자신의 몸에 무슨 일이 일어났는지 알지 못하는 듯 일어나기 위해 안간힘을 썼다. 하지만 아무리 용을 써도 그의 시야는 높아지지 않았다. 어찌된 일인지 일어설 수가 없었다.

시선을 아래로 내린 순간 그는 있어야 할 두 다리가 없다는 것을 깨달았다. 깨끗하게 잘린 절단면에서는 피조차 흐르지 않았다. 마족의 기사들은 그 광경에 아무런 말도 하지 않고서 그저 그를 바라볼 뿐이었다.

"비켜."

카릴은 용뼈 무덤에서 보지 못한 나머지 두 마족의 어깨를 양손으로 밀쳤다. 굳은 얼굴로 그를 노려보는 마족들이었지만 그들은 어떠한 제지를 하지 않았다.

"놀랍군. 마계에 와서 이토록 의지를 굳건히 지킬 수 있는 인간을 또 만나다니 말이야. 하긴, 내가 남긴 유물들을 착용하고서도 멀쩡한 걸 보면 당연한 일인가?"

창백한 얼굴. 하지만 마족의 기사들과 달리 여유로운 얼굴로 카릴을 내려다보는 남자는 카릴을 향해 손짓했다.

"하가네다."

그가 자신을 소개하자 마족들은 모두 놀란 눈치였다.

"마왕께서 친히 존함을……."

프로켈은 뭔가 억울하다는 듯 입술을 깨물며 혼자 중얼거렸다.

"인간의 최상 경지라 하는 소드 마스터라 할지라도 마계에서는 내리누르는 마력에 숨을 쉬는 것도 어려운 일이다. 그런데도 불구하고 이곳에서 홍각을 베었다."

마왕은 뒤에 있던 옥좌에 걸터앉아 턱을 괴며 말했다.

"너희들이 모두 덤빈다 하더라도 이길 수 없는 인간이라는 말이겠지."

"……마왕이시여!"

"토를 다는 것은 불허한다. 그의 말대로 너희들이 낄 자리가 아니니 말이야."

카릴은 하가네를 바라보며 어깨를 가볍게 으쓱했다.

"그나마 말이 통하는군. 마왕."

전생에서도 그를 본 적은 없었다. 은은하게 내비치는 마력은 확실히 드래곤에게도 느낄 수 없었던 특유의 기운이었다.

"네게 묻고 싶은 것이 있다."

"내가 그에 대한 답을 해줄 이유가 뭐지?"

"이유는 없지."

카릴은 담담한 목소리로 말했다.

"의무일 뿐이니까."

부우우웅-!!

카릴은 바닥에 꽂힌 얼음 발톱을 뽑아내어 있는 힘껏 던졌다. 그의 오러가 담긴 검은 마치 부메랑처럼 회전하며 날아가 마왕의 옥좌에 박혔다. 새하얀 뺨 위로 붉은 실선이 그어지더니 주르륵 핏물이 흘러내렸다.

"다음은 목이다."

으름장을 놓는 카릴을 향해 하가네는 피식 웃는 듯 한쪽 입꼬리를 올렸다.

"너희가 인간계에 관여한 것이 어디까지지? 우든 클라우드란 놈들을 알고 있나? 제국과는 무슨 거래를 했지?"

카릴은 날카롭게 물었다.

"네놈도 신과 결탁한 것이냐."

"질문이 과하군."

하지만 그가 내뿜는 살기와는 달리 하가네는 여전히 여유로운 얼굴이었다. 흐른 피를 손등을 닦아내자 언제 그랬냐는 듯 뺨에 난 상처가 사라져 있었다.

"신과 결탁이라…… 네피림은 맹목적으로 신에 충성하고 악마족은 그런 그들을 적대시하지. 인간과 엘프, 드워프 역시 신을 바라보는 입장은 비슷하지만 마족은 다르다. 굳이 따지자면 우리가 가장 중립이라 할 수 있겠지. 우리는 그저 스스로를 최우선으로 하는 자들이니까."

마왕은 카릴의 공격에도 불구하고 의외로 침착한 모습으로 말했다.

"그 말은…… 필요에 따라선 신이 아닌 인간의 편도 설 수 있다는 말이지."

"줏대가 없는 놈들이로군."

"하지만 지금의 너에겐 좋은 일일 텐데. 우린 황제와 계약을 하지 않았다. 우든 클라우드? 어떤 자들을 말하는 것인지 감은 오지만 그들 역시 아니야. 하지만 우리의 계약은 이미 수백 년 전부터 인간과 이어져 왔다."

마왕은 어쩐지 묘한 웃음을 지었다.

"나는 너와 같은 자를 기다리고 있었으니까. 마계로 다시 찾아올 인간을."

"……뭐?"

카릴은 굳은 얼굴로 말했다.

"나의 거래는 250년 전부터 시작되었다. 내가 누구와 거래를 한 것인지 궁금하다고 했지?"

그는 말했다.

"카이에 에시르."

예상치 못한 이름이 마왕의 입에서 흘러나오자 냉정함을 유지하던 카릴조차도 믿을 수 없다는 듯 그를 바라봤다.

"궁금하겠지. 이름을 알게 되었을 때 해소되는 것은 없고

78 9급레스 펜스마스터 16

더욱 궁금해질 뿐일 것이라던 그가 남긴 말이 떠오르는군."

마왕은 천천히 자리에서 일어섰다.

"우리들은 힘을 숭배하는 종족. 강한 자를 따른다. 그것이 신이 되었든 인간이 되었든 말이지. 이후를 더 듣고 싶다면 증명해 보거라."

조금 전 샘에서 나타났던 갑충들이 바스슥……! 하는 소리와 함께 마왕의 주위로 몰려들기 시작했다.

"좋은 생각이야. 내가 하고 싶었던 말이다."

카릴은 그런 그를 향해 무미건조한 목소리로 대답했다. 그러고는 바닥에 쓰러져 있는 홍각을 검으로 가리키고, 마왕을 바라보며 말했다.

"넌 특별히 종아리 아래로 잘라주마. 무릎 꿇을 수 있도록 말이야."

"카이에 에시르라……."

카릴은 250년 전 마법사의 이름을 나지막하게 읊조리면서 마왕을 바라봤다.

"그가 이곳에 왔다는 것은 솔직히 놀랄 일이긴 하지만 스스로를 힘을 숭배하는 종족이라 말하는 네가 그와 계약을 했다는 것은 그에게 굴복했다고 이해해도 되겠지?"

그의 말에 마왕은 헛웃음을 지었다.

"좋을 대로."

"마계도 별것 아니군. 결국 인간 한 명에게 졌으니까."

위풍당당하게 말하고는 있었지만 전생에 이미 마족들의 강함을 겪었던 그였다. 비록 지금은 두 개의 용의 심장을 가지게 됨으로써 그들을 뛰어넘는 힘을 가졌지만 다른 이들은 달랐다. 아무리 카이에 에시르가 뛰어난 사람이라 할지라도 자신과 같은 기연을 가지진 않았을 테니까.

'250년 전 마법의 극의에 도달한 자라지만 나는 마도 시대의 대마법사도 알고 있다. 마도 시대는 250년 전보다 훨씬 더 마법이 융성했던 시기. 아무리 생각해도 카이에 에시르가 알른보다 특별하게 뛰어나다 보기엔 어렵다.'

그렇기 때문에 카릴은 더욱더 궁금해하지 않을 수 없었다.

8클래스에 도달한 마법사. 확실히 대단하긴 하다. 하지만 그의 실력을 아무리 높게 쳐줘서 생전(生前)의 알른 자비우스와 동급이라 하더라도 그 혼자서 마족의 기사들과 마왕을 상대할 수 있을까?

그럼에도 불구하고 그는 마왕과의 계약을 해냈다.

'어떤 내용인지는 아직 알지 못하지만.'

카릴은 자신의 도발에도 불구하고 느긋하게 결투 준비를 하는 그를 유심히 바라봤다.

자리에 앉은 채로 하가네가 손을 젓자 4기사 중 한 명인 아가레스는 한쪽에 세워두었던 거대한 외날검을 두 손으로 바쳤다. 대검을 건넨 아가레스는 차가운 시선으로 카릴을 바라봤다.

두 사람의 시선이 서로 교차되었다. 아가레스는 이글거리는 눈빛으로 자신을 바라보는 그를 의아하게 생각했으나 답을 찾을 순 없었다. 그도 그럴 것이 그를 향한 분노는 오직 카릴에게만 있었기 때문이었다.

신탁이 내려지고 타락과의 전쟁 중 선혈동굴을 통해 쏟아진 마족군들. 그로 인해서 인간은 막심한 피해를 입었다. 그 마족군의 선발대를 이끌었던 것이 바로 제1기사였던 아가레스였으니 카릴은 지금 당장에라도 그를 베어버리고 싶은 마음이 가득할 수밖에 없었다.

"뭐, 너는 일단 저놈 다음이겠지."

카릴의 말이 무슨 뜻인지 알지 못하는 아가레스는 그저 살짝 고개를 꺾으며 그를 바라봤다.

"오거라."

하가네가 외날검을 바닥에 꽂으며 말했다. 그러자 그의 주위에 있던 갑충들이 일제히 물어뜯기라도 하려는 듯 하가네의 전신을 감쌌다.

우드득……!!

그러자 조금 전까지만 하더라도 창백했지만 미남자의 얼굴을 하고 있던 그의 뺨에 날카로운 돌기들이 돋아나기 시작했다. 갑충의 껍질이 그의 몸을 감싸더니 마치 갑옷처럼 딱딱하게 변하였다. 투구 사이로 붉은 안광이 번뜩였다.

"서론이 길군."

카릴은 기다리기 지루하다는 듯 가볍게 손으로 입을 막으며 하품을 했다.

카드드득……! 콰강!!

하지만 그것도 잠시 어느새 두 사람의 검이 서로 맞물리며 쇠가 갈리는 소리가 들렸다.

마족의 기사들을 비롯해서 카릴의 일행들까지 두 사람이 언제 맞붙었는지 알아차리지 못했다.

극한의 극한을 넘은 속도.

콰아아앙……!! 쾅!! 쾅!!

그저 상공에서 뿜어져 나오는 연기 만이 그들의 자취를 남길 뿐이었다.

촤르르륵……!!

카릴이 공중에서 몸을 틀며 반대쪽 손으로 폴세티아를 펼쳤다. 그 안으로 손을 집어넣으려는 순간 하가네는 자신의 외날검을 두 손으로 움켜잡으며 위에서 아래로 그었다.

"그걸 꺼내긴 아직 이르지."

손목을 노린 검을 피하기 위해서 카릴은 뒤로 물러서며 폴세티아를 놓치고 말았다. 아래로 내려친 검이 직각으로 꺾이며 순간의 멈춤도 없이 카릴의 목을 노렸다.

황급히 카릴은 라크나를 움켜쥐며 자세를 취했다.

1번째 왕관 자세(Crown Posture).

외날검을 튕겨내며 반 발자국 앞으로 몸을 숙이며 카릴이 하가네의 허리를 노렸다. 폴세티아의 검을 시전하지는 못했지만 고서에서 흘러나오는 백금룡의 마력은 고스란히 라크나로 옮겨져 은회색이었던 검날은 이제 투명할 정도로 깨끗하게 빛났다.

서걱-!!

날카로운 소리와 함께 검이 그의 허리를 베었다. 단단하게 감싸져 있던 갑주가 단번에 부서졌다.

퍼엉……!! 펑! 펑! 펑!!

카릴이 폴세티아를 허공에 던지고서 라크나를 두 손으로 움켜쥐었다. 그러자 등 뒤에서 섬광을 뿜어내는 날개가 일순간 나타났다 사라지며 검에 스며들자 투명했던 검날은 다시 한 번 새하얀 백색으로 변했다.

2대 광야 중 하나인 빛의 라시스의 기운을 소환해 내자 하가네는 베인 허리의 상처 따위는 안중에도 없는 듯 살짝 굳은 얼굴로 카릴을 바라봤다.

탁! 타닥……!

카릴이 허공에서 발을 딛자 공기가 터지는 소리와 함께 그가 지그재그로 튀어 오르며 하가네를 향해 검을 그었다.

쫘드득-

카릴이 있는 힘껏 허리를 꺾었다. 검이 곡선을 만들며 정확히 하가네의 목을 향해 달려들자 그 순간.

"멈춰라!!"

아가레스는 날카로운 검을 둘 사이에 찔러 넣으며 카릴을 막아섰다. 기다렸다는 듯 프로켈의 창이 공중에 떠 있는 카릴의 등을 노렸다. 다리가 잘렸던 홍각이 주먹을 내질렀고 마족 4기사 중 마지막인 고르곤은 자신의 키보다 더 커다란 대검으로 카릴의 몸을 가르려 들었다.

순식간에 일어난 협격(挾擊).

도망칠 수 없도록 그물망처럼 촘촘히 카릴을 덮치는 검격은 그들이 마족 기사로서의 자존심을 버리고 오로지 그를 막기 위해서 전력을 다했음을 보여주는 일이었다.

"위험해!!"

밀리아나는 그 모습을 보며 황급히 마력을 끌어올렸다. 그녀의 팔과 다리에 비늘이 돋아났고 화린은 목에 걸고 있던 라이칸스로프의 의지를 꺼내 들었다.

"……!!"

하지만 그들의 발걸음이 떨어지기 전에 두 사람은 놀란 눈으로 상공을 바라봤다.

툭-

카릴은 가장 먼저 그를 막으려고 했던 아가레스의 얼굴을 밟고 서서는 라크나를 아래로 향하게 돌리고서 그의 쇄골 안쪽으로 검을 찔러 넣었다.

카가가가각……!!

그의 검이 빛을 일으키자 아가레스의 몸이 마치 태양 빛에 재가 되어 가듯 붕괴되었다.

아가레스의 몸을 부숴 버린 검을 아래에서 대각선 위로 올려치자 프로켈의 창이 라크나의 검날에 잘려 나갔고 공중에서 빙그르르 돌아가는 부러진 창날을 잡아 카릴은 그대로 고르곤의 허벅지에 박아 넣었다.

푸욱-!!

그와 동시에 허공에 남아 있던 아가레스의 검을 프로켈의 가슴에 찔러 넣었다. 마력이 담긴 그의 힘을 이기지 못하고 프로켈은 꼬챙이에 꽂힌 것처럼 그대로 검에 관통된 채로 튕겨 나갔다.

"컥……!!"

단말마의 비명이 터져 나왔다. 카릴은 멈추지 않고 홍각의 주먹을 피하며 그의 뒷목을 움켜쥐고서는 고르곤의 이마에 그대로 밀어 넣었다.

빠악-!!

두개골이 부서지는 소리와 함께 콰아아앙!! 하는 굉음을 동반하며 두 사람이 그대로 바닥으로 추락했다.

척-!!

카릴은 처박힌 두 사람을 밟으며 아래로 착지하고서 손을 앞으로 뻗었다. 그러자 기둥에 박혀 있던 얼음 발톱이 공중을 날아 그의 손에 착 감겼다.

수욱……!

그는 확인 사살을 하듯 쓰러진 마족 기사들의 등에 얼음 발톱을 차례차례 찔러 넣었다.

"훌륭하군."

"너의 약함 덕분에 애꿎은 저들만 죽었군."

카릴은 허공에 검을 그어 검날에 묻은 고르곤의 피를 닦아내며 말했다.

"충신들이니까."

하가네는 천천히 아래로 착지하며 말했다.

"무능한 왕임을 증명하는 것일 뿐이지. 고작 인간 마법사 한 명에게 당하는 놈들이니 별 볼 일 없는 건 어쩔 수 없는 일이겠지."

"마법사라……."

그때였다. 하가네는 카릴의 말에 묘한 웃음을 지었다. 그가 손을 뻗자 쓰러진 마족 기사들의 시체가 하나둘 빛이 나기 시작했다.

스르륵……!!

마치 영혼의 보옥처럼 시체들이 사라지고 그 안에서 만들어진 구체들이 하가네의 몸 안으로 흡수되었다.

[힘을 나눴던 모양이로군.]

알른은 그 모습에 경고하듯 카릴에게 말했다.

"아무래도 너는 백금룡의 심장을 폴세티아에 저장하면서 그의 기억을 공유하지는 못했나 보지."

"백금룡의 기억? 무슨 뜻이지?"

"염룡의 심장을 먹은 너는 아마 단편적이나마 그의 기억을 봤을 것이다. 만약…… 백금룡의 기억도 볼 수 있었다면 네가 가지는 의문이 조금은 해소가 되었을 수도 있겠지만."

하가네는 가볍게 어깨를 으쓱했다.

"그 또한 운명이겠지. 모든 일에 정답을 거저 얻을 수는 없는 법. 하나 네가 가진 주어진 단서를 통해 이곳에 인간이 남긴 것이 뭔지 알 수 있을지도 모른다."

주어진 단서. 그래 봐야 카이에 에시르에 대한 것은 결국 리세리아의 기억 속에서 봤던 것이 전부였다.

'내가 놓치고 있던 것이 있던가……?'

하가네의 말에 카릴은 다시 한번 그의 기억을 떠올렸다.

마법을 영창 하던 손. 불에 달궈진 듯 카이에 에시르의 손이 시뻘겋게 변했다. 그런 그를 리세리아는 물끄러미 바라봤다.

우-우-우-우-웅……!!

붉게 변한 손에는 날카로운 검이 쥐어져 있었다.

특이하게도 그는 마법사들이 쓰는 지팡이가 아닌 검을 쥐고 있었고 검의 안쪽 손잡이 중심에 박힌 녹색의 원석이 그의 붉은 기운을 흡수하든 빛을 뿜어내기 시작했다.

"……!!"

카릴은 그 순간을 떠올리며 마왕을 바라봤다. 하가네는 예상하기라도 한다는 듯 가볍게 손짓을 하며 계속하라는 듯 표했다. 마법사들 중에서도 이따금 검을 쓰는 자들은 있었다. 하지만 그 이유는 자신이 사용할 수 있는 마법의 단계가 낮아 스스로를 지키기 위한 호신용에 불과했다.

하지만 카이에 에시르는 달랐다. 그가 사용한 중첩마법에 매료되어 놓치고 말았지만 그는 분명 리세리아의 브레스를 검으로 갈랐다.

"설마……."

"나는 그와 계약을 하며 인간계에 내가 만든 3개의 유물을 남겼다. 거래란 언제나 등가교환. 그렇다면 그가 이곳에 남긴 것도 있어야 할 터이지."

마왕은 그를 바라보며 말했다.

"카이에 에시르의 정수……."

사실 그다지 깊게 생각하지는 않았다. 신화 시대의 유물을 가진 카릴이었으니 인간 마법사가 남긴 정수라고 해봐야 딱히 매력적인 것은 아니었다. 카릴은 이미 마법의 극의라 할 수 있는 대마도서 폴세티아를 가지고 있으니까.

하지만 그가 남긴 정수가 마왕이 마계와의 계약을 허락할 정도의 가치를 가진 것이라면…… 상황이 달라지는 일이었다.

"한 가지 묻지. 너희들은 어째서 그를 마법사라 생각하지? 누가 그를 마법사라 불렀지? 너인가? 아니면 너인가."

"……뭐?"

그 순간 카릴은 마치 망치로 머리를 맞은 것처럼 굳은 얼굴로 하가네를 바라봤다.

"카이에 에시르는 단 한 번도 스스로를 마법사라 칭한 적 없다. 그저 주위에서 그를 그리 불렀을 뿐."

마왕은 입꼬리를 올리며 말했다.

"그게 무슨 말이지?"

"이전에도 말했지만 궁금하면 네 힘을 증명해 보거라. 아직 나는 굴복하지 않았으며 네가 이긴 것은 기껏해야 마족의 기사들뿐이니까."

하가네는 옅은 웃으면서 아직 멀쩡한 자신의 다리를 가리켰다.

"잘라 버린다고 하지 않았는가?"

"마족의 왕은 다른 건 몰라도 세 치 혀를 놀리는 데엔 재주가 있는 게 분명하군."

"그래도 하나의 계를 통치하는 자이다. 입속의 혀를 놀릴 만큼의 실력은 있겠지."

"정령계의 주인인 정령왕들도 나와 계약을 했지."

"일곱이 모여 겨우 하나의 계를 다스리는 그들과 일인천하의 나를 비교하는가? 게다가 그 일곱도 모두 굴복시키지도 못했으면서."

하가네는 외날검을 들어 어깨에 올리며 말했다.

"자네야말로 세 치 혀를 놀리기 좋아하는 것 같은데."

콰앙--!!

그때였다. 카릴은 더 이상 그의 실없는 소리를 듣고 싶지 않다는 듯 바닥을 있는 힘껏 밟으며 달려갔다.

하가네가 그를 바라보며 들고 있던 검을 가볍게 돌리자 검날에서 붉은 촉수들이 튀어나왔다.

"혈검(血檢)."

외날검을 바닥에 꽂자 그의 발치를 시작으로 거대한 붉은 웅덩이가 퍼져 나갔다.

"모두 물러서!"

카릴은 위험함을 느끼고 본능적으로 소리쳤다. 그러자 부하들은 일제히 뒤로 물러서며 하가네의 발아래에서 퍼져 나가는 웅덩이와 거리를 벌렸다.

"과연 어디까지 네 힘을 보일 수 있는지 지켜보마. 하나 실망스럽다면 너는 이 자리에서 죽는다."

하가네의 검에 담긴 붉은 촉수들이 사방으로 뻗어 나가며 사람들을 덮쳤다. 카릴은 황급히 촉수를 검으로 쳐냈다.

"뭐 하고 있어!"

그 순간 밀리아나가 자신을 향해 날아오는 촉수들을 밟으며 그의 곁으로 달려와 있는 힘껏 그녀의 애검, 아크와 게일을 베었다.

촤아악……!!

핏빛 웅덩이에서 솟아난 촉수가 잘려 나가면서 그와 똑같은 붉은 핏물을 사방에 흩뿌렸다.

"집중해. 우리는 보호를 받기 위해 널 따라온 것이 아냐. 우리 몸은 우리가 알아서 지켜."

카릴은 그녀의 말에 피식 웃었다.

"알고 있다."

그러고는 웅덩이의 중심에 서 있는 하가네를 바라보며 고서의 담긴 검을 꺼내었다.

우-우-우-우웅……!!

폴세티아의 검이 나타나자 카릴의 심장이 빠르게 뛰기 시작했다.

파앗-!!

카릴의 모습이 사라짐과 동시에.

콰아아아앙--!!

하가네의 앞에서 강렬한 폭음이 터져 나왔다. 본능적으로 외날검으로 카릴의 공격을 막고서 그가 검을 가로로 그었다.

부웅-웅-!!

공기를 가르는 파공음과 동시에 마왕은 그 자리에 아무것도 남아 있지 않음을 깨달았다. 하지만 그는 눈을 돌리지 않은 채로 반대쪽 손을 뒤로 뻗었다. 그러자 웅덩이에서 솟아난 붉은 촉수들이 그의 뒤에 벽을 만들며 공격했다.

촤르르르륵……!!

하지만 촉수들마저 허공을 갈랐다. 분명 뒤에서 짙은 마력이 느껴졌음에도 불구하고 두 차례나 실패한 공격에 그는 결국 뒤를 돌아보고야 말았다. 촉수들이 뒤엉켜 있는 곳에는 다름 아닌 라크나의 빈 자루만이 있었다.

응축된 강렬한 마력의 정체는 바로 그 검이었다. 하가네는 급히 카릴의 위치를 찾기 위해 두리번거렸다. 그 순간 그의 발 아래에 있던 피 웅덩이가 부글부글 끓어 오르기 시작하더니 일순간 찬란한 금색의 빛을 뿜어내기 시작했다.

폴세티아, 고서 마법(古書魔法). 1번째 황금빛 기만(Golden Deception).

라크나의 응축된 마력에 반응하며 어느새 웅덩이 안에 던져진 폴세티아가 펼쳐지면서 마법이 시전되었다. 황금용 토스카가 남긴 유물인 폴세티아 안에는 그가 사용했던 마법이 남아 있었다.

쿠그그그그그그……!!

수십 다발의 빛기둥이 솟아오르며 하가네의 몸을 꿰뚫었다. 과거 토스카가 사용했던 마법과 달리 카릴의 폴세티아에서 쏟아지는 빛무리는 처음에는 황금색이었지만 이내 곧 은빛으로 변하였다. 백금룡의 마력으로 마법을 발동했기 때문도 있으나 카릴은 그 마법 안에 라시스의 힘까지 집어넣었기 때문이었다.

"으아아아악……!!"

타는 듯한 고통과 함께 하가네가 처음으로 비명을 질렀다. 하지만 카릴의 공격은 아직 시작조차 하지 않았다. 흐릿한 잔상과 함께 새하얀 냉기가 칼날에서 뿜어져 나왔다.

하가네는 등골이 오싹한 기분이 들었다. 그의 시야에 얼음 발톱이 새하얀 눈가루를 뿌리며 자신의 앞에 박히는 것이 보였다.

쩌적…… 쩌저적……!!

아슬아슬하게 피했다고 생각하는 순간 그가 만들어놓은 피 웅덩이가 얼음 발톱의 냉기로 얼어붙기 시작했다.

"다리."

카릴은 얼어붙은 웅덩이를 발판 삼아 거의 바닥에 닿을 정도로 허리를 숙이고서 반대쪽 손에 남아 있던 폴세티아의 검을 그었다.

4번째 여울 자세 (Riffle Posture).

5번째 똬리뱀 자세(Spirale Serpent Posture).

그가 순간적으로 여울의 가속도로 보이지 않을 정도로 빠르게 하가네의 다리를 베었다.

촤아아아악……!!

얼음 발톱이 만든 얼음 바닥에 잘려 나간 다리가 굴렀고 하가네의 몸이 기우뚱거리며 뒤로 쓰러졌다.

"이 정도로군. 6번째까지 갈 필요도 없어. 마왕이라고? 하가네, 네가 특별하다 생각하지 마라. 기껏해야 너 역시 신이 만든 무대 위에 살고 있는 피조물에 불과하니까."

카릴은 폴세티아의 검을 들어 그를 겨누었다.

꽈악-

그가 쓰러진 하가네의 어깨를 발로 지그시 밟으며 허리를 숙였다.

"강하군."

"당연한 소리."

"하나 내가 죽는다 하더라도 마계에 남아 있는 천만 군세가 너를 공격할 것이다. 자신 있나?"

"물론."

카릴의 말에 그는 자신도 모르게 실소를 내뿜고 말았다.

"역시나 카이에 에시르가 기대했던 자답군."

"그자가 누군지 나는 모른다. 자꾸 나와 연관시켜 말하지 마라. 기분 나쁘니까. 나는 나일 뿐이다."

"과연. 백금룡을 죽일 만큼 거만하기도 하고 말이지. 나르디 마우그…… 그는 신화 시대부터 충성스러운 자는 아니었지. 블레이더를 배신한 것처럼 언제라도 신을 배신할 녀석이었으니까. 녀석이 네게 죽었다고? 그 정도 그릇밖에 되지 않는 놈일 테지."

"너 역시 마찬가지다."

그의 신랄한 말에 마왕은 쓴웃음을 지었다.

"계약의 내용을 말해주마."

카릴은 말없이 그를 바라봤다.

"카이에 에시르는 계(界)의 운명에 관하여 내게 내기를 걸었다. 그가 인류의 대표는 아니었으나 인류의 미래를 결정지을 만큼의 위치에 선 존재이긴 했지."

"인류의 미래를? 그가?"

카릴은 이해가 가지 않는다는 듯 고개를 꺾었다.

"리세리아를 사냥하고 구 제국을 세운 개국공신이라는 것 역시 대단한 일이지만 기껏해야 인간의 영역에서 벌인 일. 그 자가 뭔데 인류의 결정권자 노릇을 할 수 있지?"

"그는 인간이나 조금 다른 인간이다."

"괴짜라는 말을 쓸데없이 포장하는군."

하가네는 카릴의 말에 옅은 미소를 지었다.

"그는 신탁에 대해서 알고 있었으니까. 물론, 언제라 명확히 알지는 못했어도 적어도 분명히 일어날 것임을 알았지."

그는 다른 이에게는 들리지 않을 작은 목소리로 속삭이듯 말했다.

"카릴 맥거번."

그가 이름을 부르며 허리를 들어 올렸다. 자신의 목에 겨누어진 폴세티아의 검날이 스치며 상처를 만들어냈지만 개의치 않았다. 아픔보다 더 중요한 말을 해야 하기 위함이었다.

"너는 시간을 거슬러 왔는가?"

카릴은 직설적인 그의 물음에 순간 대답을 하지 못했다. 하나 그의 침묵이 이미 대답이 되었다는 듯 하가네는 더 이상 묻지 않았다.

"카이에 에시르는 예견했다. 자신이 숨긴 염룡의 심장을 갖게 될 자는 마력이 없는 자일 것이며 그것을 얻기 위해서는 백금룡이나 자신의 동료였던 알테만이 관여하게 될 것이라고."

"……무슨 말인지 모르겠군."

카릴은 하가네의 말을 모른 척했으나 이미 그는 카릴의 반응은 상관없이 혼자 이야기를 하는 것인 양 손을 가볍게 저으며 말을 이어갔다.

"백금룡과 알테만. 그 둘과 그만한 인연이 있어 자신의 아인헤리에 찾아오게 될 자는 결코 동시대의 흐름 속에서 살아갈 자는 아닐 것이다. 그가 너무나도 자신만만히 얘기를 해서 처음에는 비웃었으나…… 네 표정을 보니 이제는 내가 놀랄 차례로군. 그것이 그가 만들어놓은 마지막 안배였으니까."

확실히 그의 말대로였다. 인간은 실험체로 삼으며 연구했던 백금룡이 자신에게 흥미를 보인 것도, 북부에 있던 알테만 역시 모두 마력이 없는 이민족과 관련이 있었으니까.

처음부터 카이에 에시르는 아인헤리를 이민족만이 찾아오도록 만든 것이다.

"너는 누구에게 아인헤리에 용의 심장이 숨겨져 있음을 들었지? 백금룡인가? 알테만인가."

카릴의 답을 듣기 전에 하가네의 질문 공세는 이어졌다.

"아마도 백금룡일 가능성이 높겠지. 알테만, 그 노예 엘프는 그 비밀을 발설할 깜냥도 없으니까."

"하고 싶은 말이 뭐지?"

"넌 단 한 번도 의심해 본 적은 없는가? 마력을 얻는 유일한 방법인 아인헤리에 숨겨진 용의 심장. 그것이 아인헤리에 있음을 백금룡이 어찌 알고 있는지 말이야."

하가네는 말했다.

"리세리아를 사냥한 카이에 에시르는 아인헤리에 용의 심장을 숨기고서 어째서 백금룡에게 그 사실을 알렸을까. 단순히 그가 예측불허의 괴짜이기 때문일까?"

그는 묘한 웃음을 띠었다.

"아니면…… 그자의 큰 그림이었을까."

"신탁 같은 헛소리를 지껄이지 말고 묻는 말에 대답이나 해. 그자와 무슨 계약을 한 거야!"

카릴은 신경질적으로 소리치며 하가네의 멱살을 움켜쥐었다.

신탁, 회귀, 미래……. 지금껏 숨겨 왔던 비밀들을 마치 기다렸다는 듯 말하는 마왕의 모습에서 그는 백금룡의 본모습을 알게 되었을 때보다 더 혼란스러운 얼굴이었다.

"250년 전에도 우든 클라우드는 있었다. 하급이지만 그들은 마족과도 연관이 있었지. 당연한 얘기지만 제국의 대마법사였던 카이에 에시르 역시 그들을 인지하고 있었다. 그래서 내게 조건을 제시했지. 아무도 마계를 찾아오는 사람이 없다면 그때는…… 우든 클라우드를 통해 마계의 문을 열고 마족이 인간계를 덮쳐도 좋다라고."

"미친놈. 누구 마음대로 너희들끼리 이러쿵저러쿵 그딴 계약을 해? 대륙이 너희들 것이야?"

카릴은 바득 이를 갈면서 소리쳤다. 신탁이 내려지고 타락으로 혼란스러워하는 틈을 타 일어난 마족의 침공이 결국 250년 전 계약으로 인한 것이라는 얘기였으니까.

인간과 타락의 전쟁 속에서 빈틈을 노린 마족의 침공으로 수많은 피해를 입었다. 물론, 인간, 타락 그리고 마족과의 삼파전에서 마족 역시 대륙을 차지하지는 못했으나 전장의 무대가 된 대륙은 폐허에 가깝게 파괴될 수밖에 없었다.

"네놈들의 땅은 무사히 남겨두고선 남의 땅을 망가뜨려?"

"그렇군. 너는 미래를 아는가 보군. 그 말을 들으니 궁금한 걸. 우리가 대륙을 침공한 것은 사실인 듯한데 그래, 우리는 승리하는가?"

하가네는 마치 놀리듯 말했다. 그 순간 끓어올랐던 분노가 싸늘하게 식으며 냉정을 되찾은 듯 카릴은 낮은 한숨을 토해내며 고개를 들었다.

"아니. 그냥 넌 오늘 내 손에 죽는 거지."

철컥-

카릴은 손을 들어 올렸다. 그러자 얼음 발톱과 라크나가 하가네의 양쪽 허리를 뚫고 박혔다.

"⋯⋯!!"

두 자루의 검이 자신의 복부를 찔렀음에도 불구하고 마왕의 표정은 변하지 않았다. 폴세티아의 검이 자신의 목에 겨누어진 순간 그는 카릴을 바라봤다.

"마족은 패배하는가 보군. 신탁의 내용이 무엇인지 모르겠지만…… 결국 인간과 마족은 신의 손에 자멸하는 운명이라면……."

하가네는 놀랍게도 폴세티아의 검날을 아무렇지 않게 움켜잡았다.

"카이에 에시르의 말이 어쩌면 맞을 수도 있겠어. 내 힘으로는 역부족이라는 말 말이지."

카릴은 그의 알 수 없는 독백에 더욱더 카이에 에시르란 자의 정체가 궁금해졌다.

'알테만…… 만약 블레이더의 이야기 말고도 중요한 비밀을 내게 숨긴 것이 있다면 너도 용서치 않겠다.'

그는 한 번 더 다짐하며 있는 힘껏 하가네가 잡은 검을 뽑았다.

촤아아악--!!

폴세티아의 검날을 잡고 있던 하가네의 손가락이 그의 힘에 무더기로 잘려 나갔다. 하지만 고통도 없는 듯 오히려 마왕은 잘린 손가락에서 흐르는 피를 혀로 음미하듯 핥으며 말했다.

"살고자 하는 욕망은 운명을 거스르게 만드는 힘이지. 계(界)의 주인으로서 나는 방법을 생각해 내야 한다. 그것은 정령왕들 역시 마찬가지겠지."

카릴은 검의 손잡이를 잡아당겼지만 마왕이 움켜잡은 검날은 꽉 낀 것처럼 빠지지 않았다.

"그러니 다시 한번 신화 시대를 일으켜도 괜찮지 않을까. 블레이더는 인간과 드래곤 그리고 정령만이 있었던 것은 아니니까."

"……뭐?"

"네가 정말로 시간을 거슬러 온 것인지 아닌지는 난 모른다. 하나 실패한 미래가 아닌 완벽한 미래를 이뤄낼 수 있는 자신이 있다면 그 배에 우리들도 태워다오."

"……!!"

예상치 못한 마왕의 제안에 카릴은 자신도 모르게 놀란 듯 그를 바라봤다.

"나를 죽인다라……. 선택지는 꼭 그것만이 있는 것은 아니지. 나는 네 수족이 될 수도 있다. 그렇다면 언약의 증표로 카이에 에시르가 남긴 정수가 있는 위치를 알려주마."

[믿을 수 없군…….]

[마왕이 정말로 무릎을 꿇기 위해 기다렸단 말인가?]

[거짓말이다! 저놈은 신화 시대 때에도 무슨 생각을 하고 있는지 모를 음흉한 녀석이었어!]

정령왕들은 마왕의 모습에 제각기 한 마디씩 털어놓았다.

[클클, 뭐 어때? 받아들여라, 카릴. 마왕의 피는 네 육체를 강하게 만들어줄 테니까. 너는 기껏 흡혈귀 따위 놈보다 더 음흉한 나를 가지고 있지 않느냐.]

마엘은 지금 이 상황이 재밌다는 듯 혀를 차며 웃었다.

"하가네."

카릴은 아래를 내려다봤다.

"마족은 피를 먹는다지?"

"물론. 피는 절대적인 힘이니까."

"그렇다면 충성의 맹세로 내게 네 피를 바쳐라. 할 수 있는가?"

"기꺼이."

하가네는 망설임 없이 검으로 자신의 손목을 잘라 내었다. 깨끗하게 잘린 손목에서 뿜어져 나오는 핏물이 공중에서 뭉치기 시작했다. 카릴은 그 구체를 집어 들었다.

우-우-우-웅……!

마왕의 피가 그와 공명을 하듯 떨리기 시작했다.

"맹약을 위한 시험을 벌인 것을 용서하소서. 마계는 인간계와 정령계에 뒤를 이어 당신을 따를 것입니다."

사람들은 그의 말에 할 말을 잃은 듯 그저 마른침을 꿀꺽 삼키며 바라볼 뿐이었다. 마계를 토벌할 생각으로 왔던 이곳에서 오히려 카릴이 마계를 자신의 수중 안에 넣을 것이라고 그 누가 상상이라도 했겠는가.

"정말 놀랄 녀석이로군……."

고든은 믿기지 않는다는 고개를 저었고 대마법사들은 여전히 카이에 에시르에 대한 의문을 놓치지 않은 듯 생각에 잠긴 모습이었다.

"이제 3개의 하늘이 당신의 손아래 놓일 것입니다."

그들의 놀람을 뒤로하고 만족스러운 듯 마왕은 입꼬리를 올리며 카릴을 우러러보듯 말했다.

"삼천(三天)의 왕이여."

그의 목소리가 놀란 사람들이나 고심에 빠진 마법사들이나 가릴 것 없이 선명하게 울렸다.

"좋다. 그 대가로 나는 네게 신의 피를 맛보게 해주마."

카릴은 눈빛을 빛내며 손에 든 구체를 삼켰다.

"이곳이 그가 계약을 하며 남긴 물건이 있는 곳입니다."

하가네는 마계 깊숙한 곳에 있는 보고의 문을 열며 말했다. 주위에는 인간계에서는 볼 수 없는 케르베로스와 히드라와 같은 SS급 몬스터들이 즐비했고 그들은 호시탐탐 먹잇감을 노리는 것처럼 카릴 일행을 내려다보고 있었다.

콰앙-!!

카릴이 신경질적으로 라크나를 휘두르자 검날을 타고 날아간 오러 블레이드가 마물이 있는 절벽을 베며 요란한 굉음을 만들었다. 그 소란에 녀석들은 황급히 도망치듯이 흩어졌다.

"애완동물들의 조련이 좀 필요하겠어. 마왕이 있는데 군침을 삼키는 놈들이라니."

"필요하다면 그리하지요."

하가네는 별것 아니라는 듯 가볍게 말했다.

하지만 그의 말에 카릴은 마물을 조련할 수 있는 마족의 힘을 다시 한번 확인하는 기회가 되었고, 신탁이 내려지고 타락과의 전쟁에서 마물을 쓸 수 있다면 더할 나위 없는 전력이 될 것이라 여겼다.

　"확실히 왕이 될 그릇입니다. 이 와중에도 우릴 도구로 쓸 생각을 하다니 말이지요."

　"어차피 놔둬 봐야 서로 물고 뜯기만 할 마물들이잖아. 사냥당해 먹힐 바에야 조금이나마 가치 있는 죽음을 맞이하게 해줄 뿐이지."

　"큭큭…… 그것참 감사해야 할 일이로군요."

　카릴의 말에 하가네는 피식 웃으면서 어깨를 으쓱했다.

　"그럼."

　그는 거대한 보고의 문을 천천히 밀었다. 문과 손바닥이 닿은 부분에서 마족 특유의 마법진이 만들어지더니 수십 갈래로 흩어지며 빛이 문 전체를 감싸자 문이 열리기 시작했다.

　"안에는 한 사람만 들어갈 수 있다. 나머지는 이곳에서 기다리도록. 나 역시 들어가지 않고 이곳에서 기다릴 것이니 불만은 없겠지."

　문이 열렸지만 안쪽에는 뭐가 있는지 보이지 않는 어둠뿐이었다. 하지만 단순히 어두워서라기보다는 빛 자체가 차단되어 완벽한 암실이 된 듯한 형태였다.

　"기다려. 저 안에 무슨 짓을 해놨을지 어떻게 알고?"

밀리아나가 경계하듯 하가네를 바라보며 말했다.

"걱정되나? 당신이 믿는 주군의 실력이 고작 함정에 당할 것이라고 생각한다면 오히려 내가 실망인걸."

"내가 따르는 자를 못 믿어서가 아냐. 마족 놈들의 음흉한 머릿속을 믿지 못해서지. 정말로 네가 카릴에게 충성을 맹세할지 나는 아직도 의심스럽거든."

"충직한 부하로군."

카릴은 그런 그녀의 모습에 옅은 미소를 지었다.

"단 한 번의 패배로 마계를 다스리는 왕이 세계를 통째로 넘긴다는 게 솔직히 쉽게 믿을 수 있을 것 같아?"

밀리아나는 검지와 중지로 자신의 두 눈을 가렸다가 다시 하가네를 가리키며 말했다.

"너는 내가 예의주시하고 있으니 허튼수작 부리는 순간 끝이야."

[나 역시 마찬가지다. 마족이란 족속들은 언제나 인간의 뒤통수를 치려고 하는 놈들이니까. 놈이 무슨 생각으로 너를 돕겠다고 했는지는 의심해 봐야 할 일이다.]

알른 역시 남들은 들을 수 없도록 카릴의 머릿속에다 말을 걸었다. 그와 동시에 두아트이 힘으로 만들어졌던 그의 형체가 무너지기 시작했다. 연기처럼 공기 중으로 흩어지며 카릴은 그의 의식이 자신에게로 들어왔음을 알았다.

[내가 따라가지. 얄팍한 수법으로 대가리를 굴리는 짓 따위

는 나 혼자서 감시할 수 있으니.]

"이거야 원, 물가에 내놓은 아이가 된 기분인걸."

카릴은 자신을 걱정하는 그들의 모습이 썩 기분 나쁘진 않은 듯 말했다.

"밀리아나. 걱정 마. 놈은 내게 피를 바쳤다. 마족의 피는 주종 관계를 의미하니까. 녀석의 명줄은 내가 쥐고 있는 것과 같아. 허튼짓을 하면 무사하지 못할 테니 괜찮아."

"카릴. 너는 상식적으로 저놈이 네게 마계를 정말 바쳤다고 생각해? 분명 네가 그를 압도하는 전투를 벌였다고는 하지만 고작 단 한 번의 싸움으로 자신이 살고 있는 세계의 운명을 결정한다? 내 상식선의 왕이라면 한 번의 패배를 인정하는 것이 아니라 어떻게든 복수의 칼날을 갈아야 하는 것이 맞다."

"그래."

거침없는 그의 대답에 오히려 그녀는 당황스러워하는 표정으로 바라봤다.

"나도 녀석이 나를 완벽히 따를 거라 생각하지 않아. 녀석의 시험은 아마 지금부터겠지."

당사자가 앞에 있음에도 불구하고 카릴은 아무렇지 않게 말했다.

"주종 관계를 맺고 난 다음부터가 진짜 나의 그릇을 떠보는 시험이란 게 정말 가증스러운 마족답지만 말이야. 이 안에 뭐가 있는지는 모르겠지만 그 결과에 따라 녀석은 내게 정말 충성을 할지 아니면 호시탐탐 신의 편에 다시 붙기 위한 배신을 준비할지 둘 중에 하나겠지."

카릴의 말에 하가네는 여전히 속내를 알 수 없는 야릇한 미소를 지으며 어깨를 으쓱했다.

"힘을 숭배한다? 말로는 멋져 보이지 하지만 결국은 새로운 강자가 나타나면 언제든 배신을 할 것이라는 뜻이니까."

"그런데 받아들여 준 거야? 저런 박쥐 같은 놈을?"

"응. 그때는 마계를 뒤엎어 버리지 뭐. 마왕부터 마계의 마물이란 마물의 씨는 전무 말려 버릴 테니까. 내가 못 할 거라 생각해?"

"아니."

밀리아나는 그제야 고개를 끄덕였다.

"마음이 좀 놓이는 답이네."

"그러니 걱정 마."

그녀는 물러서며 다시 한번 손가락으로 자신의 두 눈과 하가네를 번갈아 가리키며 경고를 하듯 노려봤다.

"이것 참…… 마왕의 체면이 말이 아니군."

하가네는 그 모습에 고개를 절레절레 저었다.

쿠그그그그그…….

보고의 문 안쪽에서 기묘한 울음이 들렸다.

"좀 이따 만나지."

카릴은 아무런 망설임 없이 그 안으로 걸음을 옮겼다.

[카릴.]

"왜?"

[오랜만이로군. 회색교장 이후로 이런 어둠 속은 말이야.]

얼마나 걸었을까. 오직 발걸음 소리만 들리는 어둠 속에서 알른 자비우스가 말을 걸었다.

"왜? 그때가 그리워서 하는 소리야?"

[그럴 리가. 천 년을 갇혀 있었던 그때는 생각조차 떠올리고 싶지 않은 기억이다.]

"그런데 왜?"

[어둠은 사람을 차분하게 만들어주지. 자신을 돌아보게 해 주기도 하고 생각의 끈을 길게 늘어뜨려 주기도 하지. 때로는 놓친 파편을 줍게 해주기도 하지.]

"무슨 의미야?"

카릴은 살짝 인상을 찡그리며 물었다.

[혼자가 될 수 있는 시간이라는 의미다. 물론 네 몸 안에는 많은 존재들이 몸을 담고 있지만…… 그들과는 이제 떨어질 수 없는 사이니까. 그래도 돌봐야 할 사람이 없다는 것만으로 도 생각에 잠길 수 있는 기회가 되는 것이지.]

"이제 와서 혼자의 시간은 필요 없어. 그런 시간은 지겹도록 가졌으니까. 천 년? 나는 그 이상을 지낸 것을."

알른은 카릴의 말에 쓴웃음을 지었다.

[하지만 대신 의심을 해볼 기회는 생길 테지.]

"의심?"

[마왕의 말에 이상한 점을 발견하지 못했느냐. 그는 카이에 에시르가 한 번도 자신을 마법사라 말한 적이 없다고 했다지. 하나 그 말은 뒤집어 생각해 보면……]

"그가 스스로를 검사라 칭한 적도 없다는 것이겠지."

카릴은 알른의 말을 먼저 대답했다.

"'마법사가 아니다'라는 말을 들었을 때 오는 충격으로 진실을 놓치고 이분법적인 생각을 하게 되니까. 물론 그게 놈이 노린 수작이겠지만."

[역시.]

알른은 혀를 내두르며 말했다.

[내가 괜한 걱정을 했군.]

"답은 언제나 1과 2에 있으리라 생각하지만 인간사는 항상 예상한 답과는 전혀 다른 3이란 결과를 만들어내니까. 백금룡의 일도 마찬가지고."

[그래. 하지만 그렇기에 인간사가 재밌지 않으냐. 너와 나는 백금룡이라는 존재에 의해 만나게 되었으니까. 그리고 그의 내막을 알아가는 과정에서 우든 클라우드, 교단 그리고 황제까지 얽히고설킨 일들이 많았지.]

카릴은 고개를 끄덕였다.

[이제 겨우 그 실타래를 풀었다고 생각한 순간 뜬금없이 또 다른 자가 나타났지. 그런데 이제는 우리가 겪은 현세의 일을 뛰어넘어 너의 전생을 예측하고 회귀를 위한 안배를 마련했다라니⋯⋯. 너는 그의 정체에 대해서 추측 가는 것은 없느냐.]

"별로 상관없어. 기껏해야 250년 전의 사람일 뿐. 그 이상도 그 이하도 아냐. 나는 단지 그것을 확인하려는 것일 뿐이지."

[시간을 거스른다는 것 말이다. 그것은 신이 만든 세계를 역행하는 행위이지. 누구나 한 번쯤 상상할 수는 있으나 실험해보지는 못하지. 왜냐면 신에게 도전하는 일이니까.]

알른은 낮은 목소리로 읊조렸다.

[아이러니하지만 마법사와 사제는 결국 한 줄기에서 파생된 것이니까. 제국이 이민족을 이단이라 칭한 이유도 결국 그들이 마력을 숭배하는 것에서부터 일어난 일. 즉, 신력과 마력은 물질적인 모습은 달라도 그 어떤 것을 숭배하든 결국 인간은 신의 아래에 있다는 걸 방증하는 것이겠지.]

그는 어쩐지 조금 화가 난 목소리였다.

마법사란 결국 인간이 신이 내려준 힘을 그대로 받아들이는 것이 아닌 스스로 그 힘을 발전시킴에 있어 존재성을 확립시키고자 하는 자들이었으니까.

그러나 조금 전 알른의 말은 스스로 아무리 발버둥 쳐도 결국 신의 손바닥 안에 있을 수밖에 없다는 것을 스스로 인정하는 말이었으니까.

"하지만 마력이 종족을 구분 짓는 신의 축복이 아니라는 것을 우린 알지. 그저 신령대전의 배반자들에게 내린 신의 가짜 대가일 뿐이야."

카릴은 알른에게 더 이상 신에 대해 이야기 하고 싶지 않다는 모습을 내비쳤다.

"신이 인간을 만들었다면 어쩔 수 없는 일이다. 반역이란 약자가 강자에게 대항하는 것이니까. 이미 만들어진 굴레는 인정해야겠지."

[그렇겠지. 다만 내가 궁금한 것은 카이에 에시르가 어찌하여 시간의 역행에 대해서 추측할 수 있었느냐 하는 것일 뿐. 그가 만약 검으로 용사냥을 가능할 정도의 검사라면 적어도 소드 마스터의 경지에 도달한 자이겠지. 그런 자가 8클래스의 마법에 도달했다? 그게 무슨 의미인지 너는 알겠지.]

알른의 말에 카릴은 고개를 끄덕였다.

"용의 심장 없이도 나와 같은 수준의 그랜드 마스터가 되었다는 뜻이겠지."

[너는 그게 가능하다고 보나? 미래를 알고 염룡의 심장이 있었기에 가능했던 일을 말이야.]

카릴은 그의 말에 고민에 빠질 수밖에 없었다.

'카이에 에시르란 자는 도대체 누구지?'

그건 정말 예상치 못하게 봉착한 문제였으며 지금까지의 행보를 본다면 그의 동료였던 알테만도 그의 정체를 제대로 알지 는 못할 가능성이 높았다.

다만…… 억지와도 같은 말도 안 되는 연관성일 수도 있겠 지만 카릴은 계속해서 한 가지 걸리는 것이 있었다.

지금까지 회귀한 이후 카이에 에시르를 포함하여 그가 예상 치 못했던 일이 딱 두 번 있었다. 백금룡의 배신이라든지 교단 과 우든 클라우드의 내통 같은 것은 알지 못했던 일이더라도 여러 사건을 해결하면서 충분히 가능할 수 있었던 것들이다.

'하지만 천년빙동이 두 개였다는 것은 카이에 에시르가 검 사였다는 것만큼이나 전혀 준비하지 못했던 사실이다.'

단지 그가 예상하지 못했던 일이기 때문에 두 일을 연관 지 어 생각한다는 것은 억지일 뿐이었다.

카릴은 백금룡의 사건 이후 더 이상 단순한 추측으로 일을 그르치지 않고자 언제나 주의했다.

'이곳으로 돌아가면 알테만은 만나 진실을 밝히고 그 다음 고든이 말했던 또 다른 천년빙동에 가야겠지.'

카릴은 생각을 정리한 듯 앞을 바라봤다. 여전히 칠흑과도 같은 어둠뿐이었지만 그는 본능적으로 목적지에 다가왔음을 직감했다.

우-우-우-우-웅…….

그때 어둠 속에서 미세한 떨림이 들렸다. 카릴은 저 안에 뭔 가가 카이에 에시르가 남긴 정수가 있음을 알았다.

저벅- 저벅- 저벅-

마치 수면 위에서 뭍으로 들어온 것처럼 조금 전까지는 들리지 않았던 그의 발걸음 소리가 울렸다.

"……이게 뭐지?"

카릴은 눈앞에 있는 뭔가를 바라봤다.

그건 작은 조각이었다. 손톱만 한 크기에 육각면체가 공중에 뜬 채로 제자리에서 빙글빙글 돌고 있었다.

"그가 남긴 정수라는 것이 검이라든지 마법 같은 것이 아니었나 보군."

그는 조금 실망스러운 듯 낮은 한숨을 내쉬면서 긴장을 풀며 말했다.

[놀랍군.]

[이게 실존할 수 있다니…….]

[어떻게…….]

하지만 그와는 달리 정령왕들은 작은 그 조각을 바라보며 믿을 수 없다는 듯 중얼거렸다.

[어째서 이게 여기에 있는 거지?]

라미느가 떨리는 목소리로 물었다.

[나야말로 묻고 싶은 일이로군. 우리의 차원에 율라가 존재하는데 또 다른 조각이 있다니 말이야.]

그러자 마엘마저 당황스러운 듯 작은 조각을 향해 답하자 카릴의 궁금증은 더욱 커졌다.

"너희들은 이게 뭔지 알고 있나 보지?"

[알다마다.]

[이것은 우리를 태어나게 만든 균열의 힘이니까. 그야말로 세계를 구축하는 힘이라 할 수 있다.]

카릴은 작은 보석 같은 조각의 초라한 모습과 달리 거창하기 짝이 없는 그들이 설명에 오히려 입술을 씰룩였다.

"세계를 구축한다니 그게 무슨 말이야? 이 작은 조각이 신이라도 된다는 소리야?"

[그보다 더 대단하지.]

"……뭐?"

[신력과는 다르다. 그것은 신 개인이 세계에 발산하는 힘이지. 일종의 특성이라고 보면 된다. 하지만 차원력은 그보다 더 상위의 것이니까.]

"신의 힘보다 더 위라니……?"

마엘은 잠시 말을 멈추었다가 뱉어냈다.

[차원력(大元力). 우리는 그 힘을 그리 칭한다.]

처음 들어보는 명칭에 카릴은 고개를 갸웃거렸지만 그 이름이 들려오는 순간 정령왕들 사이에서 술렁임이 느껴졌다.

디멘션 스파이럴(Dimension Spiral). 그건 신이 태어나기 이전. 신화 시대를 뛰어넘은 태초라는 시간에 존재하던 파편이었다.

"차원력……?"

카릴은 되물었다.

[그래. 너도 알다시피 이 세계를 창조한 율라가 유일신은 아니다. 그 역시 원류가 있음에 신화 이전에 태초가 있을 수 있는 것은 당연한 일이겠지.]

"신보다 더 위의 힘이라…… 신살을 목표로 하는 자들에게는 참 끔찍한 이야기가 아닐 수 없겠지만…… 반대로 생각하면 신도 완전무결하지 않는다는 것을 방증하는 얘기겠지."

[그래.]

카릴은 이해했다는 듯 마엘에게 답했다.

"그야말로 이 차원력이라는 것이 신이 한 명이 아니라는 다른 증거로군. 교단의 교리로만 남아 있었던 전설이 아니라 사실이란 말이지."

그는 리세리아의 레어에서 찾았던 비석에 적혀 있었던 글귀와 교단의 첫 구절이 같음을 떠올리며 그 내용을 다시 한번 상기했다.

"태초의 신 아래 넷의 자식이 있었으니 그들은 차원을 두고 경쟁하였으며 그중 하나는 사라지고 셋 중 둘이 만나 열일곱의 자식을 잉태하였다."

[잘 기억하는구나.]

"이래 봬도 신탁을 이행했던 10인을 이끌었던 리더다. 마력이 없는 이민족이 그들을 이끈다는 것에 많은 말들이 있었지만 그 당시 율라는 나를 리더로 지목했지. 지금 생각하면 그조차 천박한 장난이 아닐까 생각되지만."

[신의 생각은 이해하려 하면 안 되지. 그들은 변덕스러우니까. 그들 역시 선대가 그러하듯 인간들처럼 경쟁하였으며 그중 다섯이 소멸하였으며 남은 열둘의 신 중 하나가 바로 지금의 율라니까.]

"우리는 그래도 스스로를 위해서 직접 싸운다. 하지만 신의 경쟁 속에 장기 말이 된 것이 인간이지. 싸우고 파괴하는 것. 그것이 더러운 신의 습성이고 그로 인해 죽어 나가는 것은 우리들이야."

마엘은 그의 말을 이어받았고 카릴은 이글거리는 눈빛으로 대답했다.

"그건 경쟁이 아니다. 장난일 뿐이지."

[글쎄. 파괴 속에서 창조가 일어나는 법이니까. 혼돈 속에서 균열이 일어나고 정령이나 마족과도 같은 새로운 종족이 탄생하기도 하지.]

"혼돈을 방법이라 칭하지 마라. 파괴가 창조라고? 웃기는 소리! 너희는 입으로는 혼돈과 파괴를 칭하면서 신령대전 패배 이후 패배의 규율을 지켜야 하고 맹약을 수호해야 한다고 인간에게 강요한 주제에."

카릴이 으르렁거리듯 그의 대답을 반박하자 마엘은 살짝 고개를 꺾으며 기다란 혀를 내밀었다.

"내가 너희를 풀어주고 난 뒤에야 율라에게 송곳니를 보일 수 있게 되었잖아? 내가 없었다면 어땠을까? 그건 그저 겁을 먹은 자들의 핑계에 불과해."

[클클⋯⋯.]

마엘은 혀를 차듯 웃었다. 그의 웃음은 꽤나 자조적으로 느껴져 카릴의 말을 인정하고 반박하지 않겠다는 듯 보였다.

"그런데 어째서 이게 여기에 남아 있는 거지? 네 말대로라면 차원력이란 신이 가진 힘이 아닌 신에게 부여되는 힘. 율라가 남긴 것이라 할 수 없을 텐데⋯⋯."

우우우우웅⋯⋯.

카릴이 작은 조각에 손을 가져가자 그것이 마치 공명하듯 가볍게 그의 손바닥 위에 원을 그리며 떠올랐다.

"⋯⋯!!"

그 순간 그는 자신도 모르게 눈을 동그랗게 떴다.

"쿨럭!!"

그와 동시에 무릎에 힘이 빠진 듯 비틀거리며 탄성과도 같은 헛기침을 뱉어냈다. 아주 잠깐이지만 조각이 닿는 순간 그의 머릿속에 수많은 정보들이 쏟아지듯 밀려들었다.

그것은 알른의 지식의 보고를 열었을 때와는 비교도 되지 않는 홍수와도 같은 압박이었으며 폴세티아를 펼쳤을 때 느꼈던 충만함과는 다른 두려움에 가까운 느낌이었다.

[호오⋯⋯ 신이 아닌 네가 조각에 닿고도 죽지 않다니. 그거야말로 더 놀랄 일이겠지.]

"미친, 그게 지금 할 소리야? 죽는지 안 죽는지 시험했다는 거냐?"

카릴은 신경질적으로 소리치며 마엘을 불러냈다.

촤르르륵……!!

그의 손목을 타고 나타난 푸른 뱀의 모가지를 움켜쥐자 녀석은 숨이 막히는 듯 고통스러운 표정으로 혓바닥을 내밀었다.

"뒈지고 싶어? 아직도 네 위치가 어딘지 자각하지 못했지? 잘 대해주니 여전히 내 육체를 탐할 수 있다고 생각해?"

[크…… 크큭.]

[진정해라. 카릴. 신화 시대의 맹독인 녀석의 말은 악마보다 더 악랄하지만 녀석이 말한 대로 널 죽이고자 하는 것이라면 우리들이 막았을 테니까.]

"그럼? 이게 무슨 짓거리지? 나를 시험한 것이 아니라 하더라도 결과적으론 내가 이 조각을 버틸 수 있는지 보려고 했던 거잖아."

[카릴. 네가 예상하지 못한 일들에 대해서 당혹스러움은 알지만 그럴수록 침착해야 한다.]

그 순간 알른 자비우스가 그의 옆에 나타나며 말했다.

"지금 내가 진정할 수 있겠어?"

[너는 미래를 알지만 운명을 아는 것은 아니다. 이미 네가 알고 있는 미래와는 전혀 달리 흘러가기에 네가 모르는 저편의 비밀을 만날 수 있는 것이다.]

라미느는 어둠 속에서 폭염왕의 형상으로 주위를 밝히며 나타났다.

　[그래, 네 말대로다.]

　[우리도 확인했어야 했다.]

　[하지만 널 죽이고자 한 것이 아니다. 가능성을 알고 있었으니까.]

　"가능성?"

　[네가 차원력의 조각을 다루는 것은 불가능한 일이 아니었거든. 너는 용의 마력과 더불어 블레이더의 피를 가졌으며 폴세티아의 힘으로 차원력을 구축할 수 있을 테니까.]

　라미느의 말을 두아트가 받았다.

　[마엘 역시 그 이유 때문이었을 것이다. 머리로는 이해돼도 아무리 그래도 인간이 정말로 차원력을 다룰 수 있을까에 대한 의문 말이다.]

　[클클…… 애초에 이곳에 디멘션 스파이럴이 남아 있다는 것 자체가 말이 안 되는 일이지. 하나의 차원에는 하나의 차원력만 존재해야 하는 법인데 말이야.]

　마엘은 그를 비웃듯 웃는 목소리로 말했다.

　[켁……!!]

　카릴은 뱀의 모가지를 신경질적으로 비틀었고 마엘은 괴상한 비명을 질렀다.

　[우연이 겹쳐 이런 기적과도 같은 일이 벌어졌으나 우연을

쟁취하기 위한 준비가 없었다면 불가능한 일이었겠지.]

라미느가 카릴의 등을 가볍게 누르며 어깨 위에서 손을 뻗어 조각을 잡았다.

[보거라.]

카릴이 조각의 안을 바라봤다. 그 안에는 소용돌이처럼 뭔가가 떨리듯 회전하고 있었다.

카릴은 만환(卍環)을 펼쳤다. 그러자 시야가 확장되면서 조각 안에 있는 소용돌이가 더욱 선명하게 보였다. 하지만 그럼에도 불구하고 작디작은 소용돌이의 실체는 완벽하게 확인할 수 없었다.

작지만 광활한. 눈으로 담을 수 없는 크기.

아이러니하지만 그것 말고는 지금 자신이 보고 있는 무언가를 설명할 방법이 없었다.

"……우주?"

[정확히는 차원이지. 디멘션 스파이럴 속에는 하나의 차원이 담겨져 있으니까. 차원은 붕괴를 해서 또 다른 차원을 만든다. 그렇게 영역은 확장되고 율라 이외의 신들이 관장하는 또 다른 차원이 존재하는 것이지.]

"미치겠군……. 라미느, 네 말은 이것이 있다면 신이 될 수 있다는 말인가?"

[불가능한 일도 아니지.]

두근-

카릴의 심장이 순간 떨렸다.

[하지만 너는 안 된다. 우리도. 설령 드래곤이라든지 마족이
라 하더라도 말이야.]

하지만 그것도 잠시 라미느의 말에 카릴은 순식간에 떨림이
식어 버리는 기분과 함께 인상을 찡그렸다.

"어째서?"

[카이에 에시르란 인간이 이것을 어떻게 발견한 것인지는 알
지 못하지만 그는 마왕에게 이걸 넘겼다. 종족 중에서도 가장
음험한 종족, 그것도 마왕이 이 매력적인 힘을 두고도 왜 가지
지 않고 보관만을 하고 있었을까.]

카릴이 그를 바라봤다.

[이유는 간단하다. 사용할 수 없으니까.]

"마왕과 나를 동일시하는 것은 기분 나쁜 일인걸. 그가 못
한다고 해서 나 역시 할 수 없으리라 생각하면 곤란하지."

[너의 능력을 폄하하려는 것이 아니다. 이건 강함 이외의 문
제니까.]

라미느는 옅은 미소를 지었다.

[인간이든 드래곤이든 마족이든 결국 신이 만든 피조물. 그
것은 블레이더도 마찬가지다. 주덱스가 만들어낸 검술이라든
지 절대 마법인 대마도서 폴세티아 역시 결국 신의 힘 아래에
존재하는 것. 우리들이 아무리 강해도 절대적 강함의 존재인
신의 하위일 뿐이지.]

"하지만 너희는 그런 신에게 반기를 들었잖아."

[그리고 실패했지.]

"무슨 의미로 하는 말이지? 너는 나 역시 실패할 것이라 말하고 싶은 건가?"

[아니. 그 반대다. 그렇기 때문에 우리는 확인을 하고 싶었던 것이기도 하지.]

우-우-우-웅……!!

라미느가 손을 들어 올리자 조각이 다시 한번 천천히 회전하기 시작했다.

[신은 차원력을 쓸 수 있지만 차원력을 쓰기 위해서 꼭 신이 되어야 한다는 것은 아니니까. 창조는 곧 붕괴이다. 디멘션 스파이럴은 그 힘을 담고 있기에 허락된 힘이 아니면 모두 붕괴시킨다. 하지만 너는 이 조각에 닿았음에도 살아 있지.]

두근-

카릴은 그의 말에 심장이 뛰는 것을 느꼈다.

"설마……."

[그래. 우연이 겹쳐서 만들어낸 기적이란 것이 말이야. 네가 용마력과 정령력, 블레이더의 핏줄 그리고 폴세티아를 가지고 있지 않았더라면 이 조각을 만지는 순간 재가 되어 소멸되었을 것이다.]

"……."

[용마력이 차원력을 버티게 해주었고 정령력이 그 힘을 순화

시켰으며 비록 반란을 하였으나 신의 추종자였던 블레이더의 핏줄이 조각이 너를 받아들이게 해주었으며 폴세티아가 차원이 아닌 이 세계에 저 힘을 발현하게 해준 거니까.]

"운이 좋았다는 말이군."

[그 운을 만든 게 너니까. 네가 일궈낸 성취지.]

라미느의 말에 카릴은 옅은 미소를 지었다. 가장 먼저 그와 계약을 했던 폭염왕은 정령왕들 중 누구보다 그의 변화와 성장을 지켜본 자였다.

"하지만 그래 봤자 인간은 신의 영역엔 들어갈 수 없다는 말이잖아."

[신이 되고 싶은가? 내가 아는 너는 그런 것을 원하는 자가 아닐 텐데. 네가 결국 힘을 가진 자들이 그러하듯 힘에 취해 더 강한 힘을 원하는 것이라면 우리들은 너를 따르지 않았을 것이다.]

"라미느. 아직도 날 몰라?"

카릴이 그를 향해 피식 웃었다.

콰득-

그러고는 놀랍게도 처음에는 손에 닿는 것만으로도 기절할 듯한 충격을 받았던 카릴이 이번에는 아무렇지 않게 조각을 움켜쥐었다.

"내가 이것을 다룰 수 있는지 네가 궁금했던 것처럼 내가 신의 영역을 궁금해하는 이유는 언제나 하나의 목표 때문이다. 신이 되고 싶은 욕망 따윈 없어. 하지만 신을 죽이고 싶은 욕망은 있지."

좌아아악⋯⋯!! 콰강⋯⋯!!

말이 끝남과 동시에 칠흑 같았던 어둠이 마치 커튼이 젖혀지는 것처럼 사라지며 새하얀 빛이 그 안으로 쏟아졌다.

"질문을 바꾸지. 내가 신이 되지 않는다 하더라도 이 조각이 신을 죽일 무기는 될 수 있을까?"

[물론.]

마엘은 기다렸다는 듯 말했다.

"그렇다면 나는 이것을 내 것으로 만들겠다."

콰득-!!

더 이상의 설명은 필요 없다는 듯 카릴이 움켜쥐고 있던 손에 힘을 주었다. 그러자 조각이 산산이 부서지며 사방에 빛가루를 흩뿌렸다.

"카릴?"

보고의 입구 앞에서 기다리고 있던 밀리아나는 문이 열리자마자 황급히 그의 이름을 불렀다.

"돌아가자."

아무렇지 않은 얼굴로 나온 그의 모습에 오히려 기다렸던 사람들이 당황스러운 듯 서로를 바라봤다.

"괜찮아?"

"별일 없었습니까?"

사람들이 그를 향해 물었지만 카릴은 그저 고개를 저을 뿐이었다.

"하가네."

"말씀하시지요."

"카이에 에시르를 만난 자는 너와 알테만 두 사람뿐이다. 하지만 그는 동료였던 알테만에게 너와의 계약을 알리지 않았겠지."

"그런 것으로 알고 있습니다."

카릴의 말에 하가네가 답했다.

"그렇다면 그가 남긴 힘이 무엇인지는 너만이 알고 있다는 말일 터. 너는 카이에 에시르가 그것을 어떻게 얻었는지도 알고 있는가?"

"아닙니다. 하지만 한 가지 말씀을 드리자면…… 그는 영역 밖의 사람이라는 것입니다."

"영역 밖의 사람…… 평범한 인간은 아니라는 말이로군. 아니, 인간이긴 한 건가?"

하가네는 여전히 묘한 얼굴로 그를 바라볼 뿐이었다. 어느 정도 예상은 했으나 하가네의 반응에 카릴은 좀 더 확신에 찬 얼굴로 고개를 끄덕였다.

'디멘션 스파이럴(Dimension Spiral). 그건 분명 차원의 힘이 담긴 조각이다. 곧 신의 힘이기도 하단 말이지. 하지만 이미 율

라라는 신이 있는 이 차원에서 또 다른 조각이 있을 순 없는 법. 그건 다른 차원의 물건임이 틀림없어.'

카릴은 생각을 정리했다. 문제는 카이에 에시르라는 자가 어떻게 다른 차원의 파편을 이곳으로 가져올 수 있었는가였다.

그는 눈빛을 빛냈다.

발상의 전환. 마법을 익히고 난 뒤부터 언제나 꼬리표처럼 따라오는 말이었다.

'다른 차원의 물건을 가져온 것이 아니라 그자가 다른 차원의 존재일 수도 있지.'

두근-

그러자 카릴의 심장이 빠르게 뛰기 시작했다. 하지만 그 역시 추측에 불과할 뿐이었다. 그는 또 다른 비밀과 조우하게 되는 흥분감은 최대한 절제하며 자신을 냉정하게 유지하도록 노력했다.

'역시 해답은 그자의 정체를 밝히는 것뿐이겠지.'

단서는 있다. 하가네가 말한 영역 밖의 존재라는 것. 그리고 그가 얻은 조각.

카릴은 지금 자신이 품고 있는 의문에 대하여 어쩐지 천년 빙동에서 새로운 단서를 얻을 수 있지 않을까 하는 생각이 들었다.

"이것을……."

하가네는 품 안에서 작은 병 하나를 꺼내었다.

"왕을 기다리는 동안 동료에 대한 일을 들었습니다. 짐작이 가는 부분이 있습니다. 검은 포자에 의한 것이라면 이걸 그들의 이마에 바르면 깨어날 것입니다."

카릴이 그의 말에 밀리아나를 바라보자 그녀는 고개를 끄덕였다.

"내가 알기로 검은 포자는 강력한 환각을 보여주는 효과를 가지고 있다고 한다. 혹여 내가 알지 못하는 포자의 특성이 있는 건가? 어째서 우든 클라우드는 너희들에게서 그걸 얻어 재배하려 했지?"

"환각이라…… 확실히 그것이 열매의 주된 효과이긴 하지만 굳이 사용법을 물으신다면 여러 가지 다양합니다. 환각이란 결국 정신의 문제니까요."

탁-

그가 손가락을 튕기자 그의 육체에서 검은 연기가 나타나더니 하나의 인영으로 빚어졌다. 낯이 익은 얼굴이었다. 마족 4기사 중 한 명인 아가레스였다.

"그는 마계의 식물들은 관장하는 마족입니다. 우든 클라우드와 거래를 한 것은 아마 이자겠지요. 안 그러느냐."

"맞습니다. 그들은 검은 포자를 가지고 신을 만들겠다 하였습니다."

"……신?"

"인간만이 생각할 수 있는 가증스러운 발상이지만 꽤나 홍미로운 일이기도 하였습니다. 환각이란 결국 허상을 만들어내는 것."

"허상을 숭배하기라도 하게 하려는 것인가."

"대륙 전역의 사람들이 모두 같은 환각을 보게 된다면 더 이상 그건 허상이 되지 않을 겁니다. 실재하지 않으나 실재하게 되는 것일 테니까요."

"지독한 소리군."

"그들은 검은 포자를 대륙 전역에 퍼뜨릴 생각이었다는 것은 틀림없습니다."

광신교(狂信敎). 카릴은 아가레스의 보고에 단번에 전생에 대한 기억을 떠올렸다. 공국이 사라진 이후, 제국 천하가 되었을 때 우든 클라우드의 라엘 스탈렌은 블루 로어라는 광신교도들을 이끄는 수장이 되었다.

'어떻게 블루 로어가 탄생했는지는 확실하게 알 수 있게 되었군.'

하지만 그 수장이었던 라엘은 죽었다. 이제 해야 할 일은 남은 잔당들을 박멸하는 것일 뿐일 것이다.

카릴은 굳은 얼굴로 다시 되물었다.

"너는 어째서 그들과 거래를 했지? 너 역시 뭔가 얻는 것이 있기에 계약을 한 것일 텐데."

"제물입니다."

아가레스 대신 하가네가 카릴의 질문에 대답했다.

"그들은 검은 포자를 재배하는 대신 정해진 달에 제물을 보내기로 하였습니다."

"당연한 말이겠지만 그 제물은 인간을 뜻하겠지."

"그렇습니다."

서걱-

카릴은 아가레스의 몸통을 검으로 갈랐다. 그의 검이 움직였다는 것조차 인지하지 못한 채 그저 눈을 크게 뜬 채로 아가레스는 그대로 허리가 잘린 채로 바닥에 굴렀다.

"네 힘으로 만들어진 분신이라면 이렇게 한다 한들 죽지 않겠지. 마족이 인간을 제물로 삼는 것은 종족의 특성상 당연한 일이라 할지라도 듣고 있으니 화가 치미는걸."

"지당하신 말씀이십니다."

하가네는 아무런 반박도 하지 않은 채 그저 고개를 끄덕였다. 그러나 자신의 분신과도 같은 마족 기사가 사라졌다는 것은 그만큼 그도 타격을 입었다는 것을 의미했다.

"마족은 인간의 깊은 내면을 들여다볼 수 있지. 그렇다면 인간을 선별하는 것도 우리들보다 너희가 나을 것이다."

"하시고자 할 명령이……?"

하가네는 입술에 살짝 흐르는 핏물을 닦아내며 물었다. 확실히 조금 전 카릴에게 입은 타격이 생각보다 컸던 모양이었다.

"네게 인간계에 남아 있는 우든 클라우드를 모두 없애라 명하겠다."

"기꺼이 그리 하겠습니다. 지금 당장 몽마(夢魔)들을 풀어 그
들의 씨를 말리겠습니다."

하지만 하가네는 자신이 느낀 고통보다는 일격에 마족 기사
를 양분해 버린 카릴의 힘에 더욱 매료된 표정으로 고개를 끄
덕였다.

"문을 열어라."

그의 말이 떨어짐과 동시에 마계의 상공에 차원문이 생성되
었고 카릴은 망설임 없이 그 안으로 들어갔다.

우우우우우웅……. 우우우웅…….

카릴은 천천히 눈을 떴다. 그러자 익숙한 풍경이 눈앞에 드
리워졌고 주위를 훑자 그의 뒤에는 마계에 함께 다녀온 사람
들이 서 있었다.

"돌아온 건가."

"조금 허무한 느낌인걸."

"마계를 발아래에 두고 왔는데 허무하다니."

"딱히 우리가 한 게 없으니까."

밀리아나의 말에 고든 파비안은 피식 웃었다.

"이제 어떻게 할 생각이냐."

"해야 할 일은 많습니다. 당신이 말한 천년빙동에도 가야 할

것이고 카이에 에시르가 남긴 힘도 적응하는 데 시간이 걸리겠죠."

카릴이 손바닥을 펼치자 그 위로 투명한 조각이 빛을 발하며 나타났다.

"흐음…… 이게 그의 정수라는 것이냐."

고든은 신기한 듯 조각을 바라봤다.

"표정을 보아하니 그 이상의 설명은 하지 않으려는 것 같군."

"잘 아시네요. 내가 또 다른 천년빙동에 대해서 물어도 당신이 대답하지 않을 것과 같겠죠."

카릴의 대답에 고든은 피식 웃으며 어깨를 으쓱했다.

"좋다. 필요한 일은? 내가 널 도울 것이 있느냐."

"다른 건 없습니다. 하지만 시간이 된다면 크웰 맥거번을 만나주십시오. 티렌에게 말을 해두기는 했지만 아마 저택에서 움직이지 않으시겠죠."

"내가 말 한다고 너를 따를까?"

"내게 충성을 바치라는 의미가 아닙니다. 단지 내가 언급하는 날에 궁으로 와주었으면 합니다."

"네가 정한 날?"

고든은 카릴을 바라봤다.

"새해가 되는 밤."

"흐음…… 그래 봐야 한 달 정도밖에 남지 않았군. 그런가. 어느새 시간이 그리 흘렀군."

전란을 지내고 난 뒤. 사람들은 그의 말에 어느새 시간은 흘러 겨울이 지나가고 있음을 깨달았다.

"뭐, 말을 전하는 것뿐이라면 어려운 일은 아니로군. 비공정을 통해 가는 길에 녀석의 저택에 들르도록 하지. 육지에 너무 오랫동안 있었던 모양이니까."

"칼립손이 좀 더 비공정을 보강했을 겁니다."

"들던 중 반가운 소리군. 나는 헤어질 시간이군. 용병은 빠져주도록 하지. 이제부터는 네 자유국의 시간이니까."

고든은 가볍게 손을 흔들며 말했다.

"권왕 그 노인네에게 안부나 전해주게. 창고의 술을 비우느라 아직도 이곳에 있을 테니까."

"그러도록 하죠."

카릴은 옅게 웃으며 그를 떠나보냈다.

'곧 다시 만날 겁니다.'

하지만 오직 카릴만은 앞으로 일어날 일을 떠올리며 재회의 장소가 전장이 되리라는 것을 알았다.

"쿨럭⋯⋯!! 쿨럭⋯⋯! 헉⋯⋯!!"

성으로 돌아온 카릴이 가장 먼저 한 것은 하가네가 준 약을 수안과 이스라필에게 사용한 것이었다.

"오오……!!"

"괜찮으십니까?!"

하가네의 말대로 두 사람은 어렵지 않게 깨어났고 그제야 모두가 안도의 한숨을 내쉬었다.

"여…… 여긴?"

이스라필은 메마른 목소리로 주위를 둘러보며 말했다.

시녀가 따뜻하게 데운 물을 가져다주었고 간신히 넘기던 그는 자신의 앞에 서 있는 검은 형상에 황급히 자리에서 일어서려 했다.

[쓸데없는 짓 하지 말고 누워 있어라.]

"스승님……."

알른 자비우스는 이스라필을 바라보며 혀를 찼지만 그래도 그가 깨어난 것에 마음이 놓이는 모습이었다.

"주군. 어떻게 여기에……."

수안은 힘겹게 일어나며 카릴을 향해 무릎을 꿇으며 인사를 했다.

"그래, 넌 해야지. 정신이 드냐?"

이스라필이 어쩔 줄 몰라 하며 수안을 바라봤고 알른은 '하여간 성격은…….' 하며 혀를 찼지만 카릴이 하지 말라고 하더라도 수안의 성격상 가만히 누워 있을 리가 없다는 걸 알기에 오히려 분위기를 맞춰 준 것임을 모두 잘 알았다.

"선혈동굴을 조사하라고 했지 누가 저주 따위에 걸리라고 했지? 수안 하자르. 권왕이 아니었다면 죽은 목숨이었어."

"……죄송합니다."

"그럼. 죄송해야지. 기껏 힘들게 키워놨더니 활약을 제대로 하지도 못했잖아. 너희들이 잠들어 있는 사이에 전쟁은 끝났다."

"그, 그게 정말입니까?!"

"아아……."

수안과 이스라필은 자신들이 있는 곳이 과거 제국의 황궁이라는 것을 깨달았고 놀라는 이스라필과 달리 수안은 의외로 빠르게 그 사실을 받아들였다.

"면목이 없습니다."

"하지만 전쟁은 끝나도 전투는 끝나지 않았다. 우리는 앞으로 있을 더 큰 전쟁에 준비해야 한다. 몸을 쓰지 않아 근육도 엉망이 되었어. 다시 처음으로 돌리는 데만 해도 시간이 걸리겠지. 회복하는 데 이틀 주마."

"……하루 안에 일어나겠습니다."

"그러던지. 권왕이 아직 이곳에 있다. 너는 그에게 네 권법을 완성하도록 해."

카릴은 가차 없이 그에게 말했다. 몇 달을 넘는 시간 동안 의식을 잃고 있었던 수안이었다. 회복 기간은 오히려 그보다 더 길어야 할지 모르는 일인데도 불구하고 고작 하루의 휴식 시간밖에 주지 않았다.

툭-

카릴이 앤섬에게서 뭔가를 받아 그의 앞에 던졌다.

다름 아닌 청귀, 칼두안의 건틀렛이었다.

"거암 군주 막툰은 정령계로 몸을 은신했다. 그를 만나기 위해서는 결국 정령계의 문을 열어야 하지. 하지만 그러기 위해서는 아이러니하게도 모든 정령의 힘이 필요하다."

수안이 그가 건넨 건틀렛을 움켜잡았다.

"청귀는 3대 위상 중 대지의 힘을 가진 신수다. 일시적이지만 거암군주의 빈자리를 그 힘으로 대체 할 수 있겠지. 네 건틀렛이 정령계를 연결하는 차원문을 여는 열쇠가 될 것이다. 내가 무슨 말을 하고자 하는지 알겠지?"

"건틀렛을 완벽하게 다룰 수 있도록 하겠습니다."

"다음은 없다. 정령계의 문을 열기 위해서 사용되는 정령의 힘은 자칫 목숨마저 위험할 수 있는 일이니까. 이번만큼은 결코 실수를 용납하지 않겠어."

"알겠습니다."

수안은 창백한 얼굴로 카릴의 말에 고개를 끄덕였다. 아직 제대로 회복도 되지 않은 사람에게 가혹한 명령이었지만 오히려 그의 명령이 수안 본인을 채찍질할 수 있는 계기가 될 것이었다.

"그리고 에이단."

"네."

카릴은 뒤에 서 있던 그에게 기다란 상자를 건넸다. 에이단이 그것을 열자 그 안에 두 자루의 검이 들어 있었다.

"이건 블레이더의 5대 무구 중 마지막인 쌍검, 뇌격(雷擊)과 뇌전(雷電)이다. 알른의 말에 의하면 이건 마도 시대에 만들어진 것이 아닌 그 이후에 새로 만들어진 것이라더군. 진짜엔 번개 정령왕 우레군주 쿤겐이 봉인되어 있다고 한다."

에이단은 카릴이 준 두 자루의 검을 뽑았다. 한 자루는 작은 단검이었고 또 한 자루는 그보다 큰 스몰 소드의 길이었다.

"네 마력의 속성은 바람이지만 번개와 합이 나쁘지 않고 단검을 다루는 데에 있어서는 월야(月夜)와 견주어도 뒤지지 않으니 네게 그것을 맡기겠다."

월야의 명칭이 카릴의 입에서 나오자 지그라는 조금 아쉬운 듯 에이단이 들고 있는 검을 바라봤다. 하지만 마력이 없는 그로서는 아쉽지만 쌍검을 다루기에 역부족이었다.

"수안과 마찬가지로 정령계의 문을 열기 전에 너희들은 내가 얻지 못한 두 정령왕의 빈자리를 채워야 할 것이다."

"명심하겠습니다."

에이단과 수안의 대답을 듣고 난 뒤 카릴은 천천히 고개를 끄덕였다.

[너 역시 마찬가지다. 잘되었군. 육체가 힘들 때 더 오히려 감각은 예민해지고 정신은 날카로워지니까. 네 녀석은 한나절만 쉬고 바로 수업이다.]

"소, 송구스럽습니다. 스승님."

분위기를 감지한 알른이 장난스럽게 이스라필에게 말했고

어쩔 줄을 몰라 하는 그의 모습에 무거웠던 공기가 조금은 가벼워지는 것 같았다.

"그리고 마지막으로……."

카릴은 벽에 걸린 달력을 가리켰다. 겨울을 의미하는 마지막 달력 한 장만이 남아 있었다.

"곧 신을 맞이해야지."

"……신이요?"

"그래. 앤섬. 제단을 세워라. 하늘 위에서도 알아볼 수 있을 정도로 거대하고 화려하게. 이제 곧 신의 사자가 우리를 찾아올 것이다."

앤섬 하워드는 카릴의 명령에 놀란 듯 그를 바라봤다.

"그리고 잊지 말고 제단 옆에 관 하나를 세워두도록 해."

영문을 모르겠다는 앤섬의 얼굴을 바라보며 카릴은 나지막한 목소리로 말했다.

"관짝 크기는 넉넉하게 짜둬. 네피림 등에 달린 날개는 꽤 크거든. 뭐, 접어서 들어가지 않으면 잘라 버리면 되겠지만."

해가 바뀌는 겨울. 카릴은 이제 기다렸던 그 날이 다가옴을 다시 한번 상기하였다.

신(神) 사냥이 도래한다.

카릴은 마계에서 돌아온 이후 몇 가지 계획을 빠르게 처리했다. 그 이유는 북부에 남아 있는 비밀인 천년빙동에 가기 위한 준비였다.

아마 그가 북부에서 돌아오게 되면 그때는 신탁이 내려졌던 심판의 날이 도래할 것이었기 때문이다.

"부서졌던 레볼의 수리는 이제 끝났다고 합니다. 윈겔 경의 보고로는 칼립손 님과 레볼, 아스칼론에 새로운 기능을 추가했다고 합니다."

"흐음, 어떤?"

"아직은 미완성이기 때문에 확실하게 끝난 뒤에 보고 드리겠다고 했습니다."

"알겠어. 그리고?"

"수도의 시민들을 비롯해서 타투르의 상권의 안정화 그리고 유사시에 대피할 요새의 구축이 현재 진행 중입니다. 전쟁 이후의 혼란도 이제는 거의 사라졌다고 봐도 좋을 겁니다."

카릴은 고개를 돌렸다.

굳은 앤섬의 얼굴 옆으로 티렌이 보였다.

"훌륭하군. 하지만 대피 훈련은 계속해야 한다. 수도가 가장 안전한 곳이기는 하지만 2차, 3차의 대피 요새는 필요해. 사태가 발발했을 때 능숙하게 이동할 수 있어야 하고."

그의 예상대로 티렌은 내정가로서 뛰어난 수완을 보여주고 있었다. 귀족임에도 불구하고 백성들이 가장 필요한 것이 무엇인지 단번에 알아차렸고 전쟁 이후 도래할 수 있었던 혼란과 함께 반발이 있었던 귀족들을 한꺼번에 통합시켰다. 확실히 전쟁에 제국의 재상 자리에 오른 인물다운 행보였다.

그 와중에 몇몇 귀족들은 본보기로 목숨을 잃기도 했지만 그의 강경한 방책은 확실한 효과를 보였다.

"폐하께서는 이제 대륙을 통일하셨습니다. 과연…… 유사시를 대비하는 방책은 옳으나 무엇을 위한 대피 훈련입니까? 수도를 비워야 할 정도의 위험은 설령 상대가 드래곤이라 할지라도 일어나지 않을 것 같습니다만."

이미 대륙에 존재하는 최강자인 드래곤들을 무릎 꿇게 하고 제국을 차지한 카릴이었기에 그는 더 이상 설명이 필요 없는 유아독존의 위치라 할 수 있었으니까.

"새로운 전쟁을 위한 것이다. 지금까지의 상식과는 전혀 다른 전쟁이지. 전장은 온 대륙을 넘어 지하와 하늘까지 모두 쓰여질 것이다."

"……?"

티렌은 그의 말에 이해가 가지 않는다는 얼굴이었다. 그리고 그것은 앤섬 역시 마찬가지였다.

"두 사람은 잘하고 있어. 아직은 설명을 할 때가 아니지만 곧 너희뿐만 아니라 모두에게 알릴 것이다."

앤섬은 수안과 이스라필을 깨웠던 그날 카릴이 자신에게 명령했던 것을 떠올렸다. 그 자리엔 티렌은 없었다.

'네피림의 강림.'

신의 종족이라 할 수 있는 그들이 지상으로 내려온다는 말은 귀를 의심케 하는 말이었다.

'주군께서는 마계에서 뭔가를 발견하신 것일까?'

전생을 알고 있기에 예측하고 있는 미래였지만 앤섬으로서는 타당한 추측이었다. 그리고 그것을 알기에 카릴도 그에 대하여 굳이 설명하지 않고 오해로 남겨두고 있었다.

그게 사람들을 부리기에 더 좋은 방안이었으니까.

"알겠습니다."

앤섬은 허리를 숙이며 대답했다.

"하나 곧 즉위식이 거행될 예정입니다. 그동안 황도를 보수하느라 미루었던 일이나…… 형식적인 것이지만 그래도 대대적으로 대륙에 널리 알려야 할 일입니다. 이스리필 님께서 깨어나셨으니 전 대륙을 아울러 마경을 소환할 수 있겠지요. 온 백성이 폐하의 즉위를 보게 될 것입니다."

"흐음."

멀게 느껴지는 네피림의 등장보다 앤섬은 눈앞에 있는 그동안 미뤄왔던 일 중에 가장 중요한 것을 이제 해야 할 때라고 생각했다.

"날짜는 언제로 잡으시는 것이 좋으실까요? 신의 생각으로는 최대한 빨리 잡으시는 것이 좋을 듯싶습니다만."

"굳이 즉위식이 필요하다 생각하지는 않았지만…… 앤섬,

자네 말을 듣고 나니 적당한 날이 생각났어.”

“오…… 그러십니까? 언제로 하면 좋을까요?”

앤섬이 카릴의 말에 반색하며 되물었다.

“제단이 완성되는 날.”

그 순간 카릴은 의미심장한 표정으로 말했다.

[날 불렀다지.]

카릴은 자르카 호치를 바라봤다. 겨울의 차가운 밤공기가 성벽 위에 서 있는 그의 뺨을 때렸다.

“자르카. 나는 당분간 북부로 간다. 그곳에 나와 함께 가야겠다.”

[북부? 아아…… 그 예의 천년빙동을 말하는 건가. 하지만 그곳은 이민족만이 갈 수 있는 곳이라 하지 않았던가?]

“이제 와서는 무의미하지. 이 전부가 나의 발아래에 놓였으니. 너는 사자(死者)를 다룰 줄 아니까. 너도 알다시피 천년빙동 안에는 신화 시대에 잠들어 있는 존재가 있다.”

[그렇다면 나보다는 나인 다르혼이 더 낫지 않을까. 그 역시 뛰어난 흑마법사인데.]

자르카의 말에 카릴은 고개를 저었다.

“그는 타락을 다루는 데는 능숙하지만 사령술과는 별개의 일이다. 게다가 네 심장을 유지하고 있는 묵시의 목걸이. 그것의 힘이 필요하기 때문이다."

"그 보석을 그에게서 뽑을 생각이라면 하지 않는 게 좋을 거야. 너는 분명 다른 방법을 찾는다고 내게 얘기했을 텐데."

그때였다. 어둠 속에서 들려오는 목소리의 주인공은 다름 아닌 케이 로스차일드였다.

"둘 사이가 꽤나 돈독해진 모양이야. 뭐, 좋은 일이지. 걱정 마라, 케이. 네게 말한 것은 지킬 테니까. 묵시의 목걸이는 마왕의 힘이 담긴 유물이다. 천년빙동을 깨우기 위해서는 그 정도의 힘이 필요하다는 걸 말하는 것일 뿐."

[뭐…… 나를 자유롭게 해준 것이 너이니 나는 당연히 네 말을 따를 것이다. 하지만 의외인걸. 나는 차라리 황가의 무덤에 있는 올리번을 사자로 만들어 네 수하로 부리기 위해서 나를 부른 것이라 생각했는데.]

카릴은 자르카의 말에 쓴웃음을 지었다.

"그런 악취미는 없어."

[그럼 왜 그 시체를 얼려두었지? 그의 심장을 얼음 발톱이 찌른 후 너는 순간적으로 녀석을 동결시켰다. 뭐…… 죽음이라는 결과를 바꿀 수는 없겠지만 적어도 시체를 온전하게 보전할 수 있도록 해둔 거지. 덕분에 궁정마법사란 노인네가 아직도 들락날락하며 그 시체 앞에서 흐느끼던걸.]

자르카는 감정 없는 목소리로 말했지만 그의 물음은 사실 카릴의 모든 부하들이 가지고 있던 의문이었다. 죽은 자를 다시 벤다는 불필요한 악행을 저지르지 않아도 되는 것은 당연한 이야기지만 그렇다고 온전히 보존하고 있다는 것도 조금은 말이 안 되는 일이었다.

[적이지만 황제에 대한 예우인가? 글쎄…… 나는 딱히 네가 그런 것을 지키는 인간이라고는 생각하지 않는데.]

"그것과는 별개의 문제다."

카릴의 눈빛이 흔들렸다.

[자르카. 주제넘은 물음이다.]

그의 전생을 알고 있는 알른 자비우스는 황급히 자르카의 말을 막았다.

이상하게 여기는 것이 당연한 일이었다. 전생에 그들은 친우였다지만 지금은 그 어떤 접점도 없었으니 말이다.

"아니. 괜찮아."

카릴은 오히려 알른을 막으며 말했다.

"내가 녀석의 시체를 얼려서 온전하게 역대 제국의 황제들이 묻혀 있는 무덤에 둔 것은 단순히 녀석을 특별히 생각해서가 아니다."

[그럼?]

"녀석의 몸 안에 흐르는 피 때문이지."

[피……?]

"그래. 나는 황가의 피가 필요하다. 내가 녀석의 시체를 얼

린 것은 녀석을 위해서가 아니라 그 몸 안에 있는 피를 원해서
였다."

그의 말에 오히려 질문을 한 자르카가 아닌 알른이 놀란 표
정으로 카릴을 바라봤다.

[설마…….]

그때였다.

"쉿."

카릴이 검지를 들어 그의 입술 위로 가져가며 입을 모았다.

"아직 때가 아니야."

그는 알 수 없는 눈빛으로 알른에게 말했고 그 눈빛을 바라
본 알른은 자신도 모르게 어깨가 파르르 떨렸다.

"북부에 다녀오겠다."

카릴은 어깨에 두르고 있던 망토를 감싸며 얼굴을 가렸다.

[크르르르르……!!]

그 순간. 성벽 위로 붉은 비룡이 날갯짓을 하며 오랜만의 재
회를 반기는 듯 낮게 울었다.

"북부 초입 안쪽 세 번째 협곡."

카릴은 고든이 했던 말을 떠올리며 고개를 들었다. 험난해
보이는 산맥들이 즐비하게 이어져 있는 눈보라가 치는 비탈길

을 바라보며 그는 낮은 목소리로 중얼거렸다.

"……여기인가."

확실히 전생에 크웰이 자신에게 이야기해 줬던 장소가 아니었다. 뿐만 아니라 고든이 알려주지 않았다면 이런 숨은 길이 있다는 것도 몰랐을 것이다.

[사람이 다닐 만한 길은 아니군.]

그의 뒤에 있던 자르카 호치는 까마득한 낭떠러지를 바라보며 말했다.

"괜찮아. 어차피 인간 같지 않은 자들만이 이곳에 올 테니까."

[가령 너와 같은?]

"그리고 또 있지."

그때였다.

"기다렸습니다."

카릴은 들려오는 목소리에 어쩐지 예상했던 인물이라는 듯 고개를 끄덕였다.

"네가 올 줄 알았다."

두 번째 천년빙동과 카이에 에시르의 정수가 그가 예상하지 못했던 사건이라면 회귀 이후 유일하게 예상하지 못했던 인물이 한 명 있었으니까.

"데릴 하리안."

그의 옆에는 숲에서 봤었던 신수 알카르가 여전히 함께 서 있었고 여전히 웃고 있는 듯한 처진 눈매에서는 속내를 짐작하기 어려웠다.

"여전하군."

"폴세티아를 발동하시는 것을 봤습니다. 확실히 기대했던 대로군요. 카릴 님만이 신화 시대의 유물을 쓸 수 있으리라 생각했습니다."

데릴 하리안은 옅은 미소를 지으면서 말했다.

"하나…… 검이라니. 정말 상상조차 하지 못한 일입니다. 고서 안에서 발현한 최초의 마법은 사용자에게 가장 적합한 마법이라고 알려져 있었는데. 마법사들인 저희들은 절대로 할 수 없는 것이겠지요."

스릉-

그때였다. 카릴은 어느새 폴세티아를 손에 쥐고 그 안에서 꺼낸 검을 그의 목에 겨누고 있었다.

"그래? 그럼 그 마법이 어떤지 궁금하겠네. 경험하게 해줄까. 보는 것보다 잘 썰리거든."

자르카 호치는 그럴 줄 알았다는 듯 어깨를 으쓱했다.

"하하, 그럴 리가요. 백금룡의 비늘도 잘라 버린 검이라는 걸 잘 알고 있습니다. 부디 정중히 사양하겠습니다."

그는 폴세티아의 검을 보고도 당황하지 않았다.

"능구렁이 같은 것은 여전하군."

카릴의 말에 데릴 하리안은 피식 웃었다.

여유로운 태도는 처음과 같았지만 그때와 다른 점이 있다면 그가 지금 입고 있는 로브는 지금까지 입었던 백색의 것이 아니라는 것이었다. 핏빛과도 같은 적의(赤衣)를 입고 있었다.

"그런데 이건 또 무슨 놀이지."

카릴은 그런 그를 바라보며 조금 신경질적인 목소리로 물었다.

"이번엔 카이에 에시르 흉내라도 내는 거냐."

마법사에게 있어서 로브를 입는 것은 그저 하나의 의상을 입는 것이지만 붉은색은 특별했다.

최초의 용사냥꾼. 그가 입었던 옷이기 때문이다.

마도 시대의 7인의 원로회는 마법사들에게 신적인 존재였다면 카이에 에시르는 영웅이었다. 다가갈 수 없다 여기는 영역에 도달할 수 있음을 증명해 준 인간이기에 마법사들은 암묵적으로 붉은 로브를 입지 않았다.

"제가 어찌 그분을 따라 할 수 있겠습니까. 그저 제게 남겨진 소임을 다할 뿐입니다."

"네게 남겨진 소임? 사라진 신수를 부활시키려는 것이 카이에 에시르와 무슨 상관이지?"

"그것과는 별개이나 또한 하나로 얽힌 일이기도 하지요. 마계에 다녀오셨다고 들었습니다. 카이에 에시르의 정수를 얻으셨습니까?"

"네가 그건 또 어떻게 알지?"

데릴 하리안은 카릴의 물음에 그저 어깨를 가볍게 꺾을 뿐이었다.

"우든 클라우드보다 네놈들을 먼저 솎아내는 것이 필요하겠군."

"그럴 필요는 없을 겁니다. 이곳에서 돌아오신다면 저희들은 당신을 따를 테니까요."

"넌 마치 저 안에 뭐가 있는지 아는 듯한 말투로군."

"모릅니다. 다만 저희는 기다렸습니다."

데릴 하리안은 천천히 고개를 숙이며 그에게 말했다.

"적법한 왕이 될 자격을 갖춘 자를."

카릴은 그의 마지막 말이 고든이 했던 말과 똑같다는 것을 깨달았다. 그리고 이 순간이 마지막 베일에 감춰진 비밀과 조우할 때라는 것을 직감했다.

▶**Chapter 3**◀

　오랜만에 황도가 분주했다. 격변의 시대는 이제 종결되었고 광장에는 활기가 넘쳤다. 언제 전쟁이 있었느냐는 듯 몇 달이 지난 지금 황도는 예전 모습을 되찾았고 오히려 새로이 맞이할 축제에 들떠 있었다.

　"기둥은 이쪽으로!!"

　"깃발은 좌측부터 차례대로 세운다! 열과 오를 확실하게 맞춰!!"

　"넵!!"

　제국 시절 광장에 있던 분수대가 사라지고 그곳엔 거대한 제단이 세워졌다. 인부들은 막바지 작업으로 분주했고 펄럭이는 깃발은 저마다 특유의 문양이 새겨져 있었다. 라니온 연합의 세 깃발과 북부 이민족 부족들의 깃발 그리고 남부와 공국의 깃발까지 합쳐져 제단 뒤에는 수많은 깃발이 바람에 펄럭이고 있었다.

"약속한 한 달이 다 지나갔는데 도대체 주군께서는 왜 보이지 않으시는 거지."

두샬라는 완성된 제단을 바라보며 낮은 한숨을 내쉬었다.

"정말 즉위식을 거행해도 될까?"

밀리아나 역시 마찬가지로 걱정스럽기는 마찬가지였고 제단 옆에 세워진 커다란 관은 어쩐지 을씨년스러운 느낌까지 들게 했다.

"주군께서 정하신 날짜입니다. 이미 라니온 연합의 사람들이 모두 집결된 상태이며 공국도 이미 국경을 넘었다고 합니다. 그들의 마도 전차라면 반나절이면 당도하겠죠."

앤섬 하워드는 애써 그들의 불안감을 떨쳐내려는 듯 대답했다.

"마도 전차? 아아…… 그걸 말하는 거지? 이번에 윈겔이 만들었다는 달리는 쇠마차. 마부가 없이도 움직인다지?"

"네. 그렇습니다."

"속도도 카르곤보다 빠르다던데 한번 보고 싶은걸. 그런데 이제 공국도 이름을 바꿀 때가 되었지 않아? 언제까지 그 명칭으로 불러야 하지?"

"주군께서 돌아오시면 아마 개정하시리라 생각합니다. 제가 말씀드리도록 하겠습니다."

앤섬은 밀리아나의 말에 고개를 끄덕였고 그녀는 이제 곧 다가올 즉위식 시간에 불안한 듯 하늘을 바라봤다.

"도대체 뭘 하고 있는 거야. 그 인간은."

그녀가 만환을 펼치자 저 멀리에서 황도를 향해 몰려 들어오는 사람들이 행렬이 잡혔다.

"주인공이 아직도 모습을 보이지 않으니 원⋯⋯."

저 수많은 사람들이 이곳에 모이는 이유는 단 하나였다. 바로 오늘이 대륙의 주인을 선언하는 날이기 때문이었다.

스아아아악⋯⋯!!

그때 겨울 한낮의 백색의 태양 빛이 순간 가려지며 하늘을 바라보던 밀리아나의 눈에 뭔가가 포착되었다.

쿠웅-!!

태양을 가렸던 거대한 날개는 엄청난 속도로 상공에서 지상으로 떨어졌다.

의문은 이내 곧 놀라움으로 바뀌었다.

저벅- 저벅- 저벅-

모두의 시선이 하늘에서 떨어진 남자에게 향했고 그는 까마득한 높이였음에도 불구하고 아무렇지 않은 듯 천천히 걸음을 옮겼다.

촤르륵⋯⋯! 착!!

펄럭이던 거대한 날개가 접혔다. 신기하게도 남자의 등에는 2쌍의 날개가 달려 있었고 양쪽에 두 개씩 4개의 팔이 돋아나 있었다. 무척이나 수려한 외모였지만 인간으로서는 가질 수 없는 날개와 팔에 그가 지상의 존재가 아님을 모두 알았다.

"말도 안 돼……."

"문헌으로만 남아 있던 게 아닌가?"

"실제로 존재하다니……."

그의 등장으로 즉위식의 주인공이 바뀌었다.

"……네피림?"

누군가 이제는 잊혀진 신의 종족의 이름을 읊조렸고 남자는 무표정한 얼굴로 제단 위에서 인간들을 내려다보았다.

"야."

그때였다.

"누구 마음대로 그 위에 올라가 있는 거야?"

어느새 밀리아나가 그의 등 뒤에서 그의 목에 검을 겨누고서 말했다.

"당장 꺼져."

그 순간 남자는 고개를 돌렸다. 그의 시선에 그녀는 자신도 모르게 몸이 굳어버리는 기분이었다. 공포라든지 하는 것에서 오는 떨림이 아니었다. 인정하고 싶지 않지만 그의 움직임 하나하나에서 신성함이 느껴졌고 마치 신을 조우한 것처럼 경외심에 그녀의 몸이 굳어버린 것이었다.

"놀랍군. 나를 마주하고도 무릎을 꿇지 않는 인간이 있다니."

그 순간 남자는 손을 뻗었고 광장에 있던 모든 사람들이 다리에 힘이 풀린 듯 주저앉아 버렸다. 느껴지는 압박감에 고개를 들지 못했고 마치 절을 하듯 그들은 남자를 향해 무릎을 꿇었다.

빠득-

오직 밀리아나만이 그가 만들어낸 압박에서 버티며 뽑은 검을 내리지 않았다. 하지만 그녀의 검 끝은 이미 파르르 떨리고 있었다.

"흐음."

남자는 그 모습에 다시 한번 흥미롭다는 얼굴로 그녀를 바라봤다.

"그렇군. 엘프의 피가 몸에 흐르는 건가. 그렇다면 이해되지. 엘프란 지상의 종족 중 유일하게 신의 은총을 나눠 받은 종족이니까."

그는 옅은 미소를 지었다.

"하나 고작 땅에 붙어사는 족속들이 받은 은총 따위야 우리와 비할 바가 못 되지. 오만하구나."

콰직……! 쾅!!

남자가 자신의 목을 겨눴던 밀리아나의 검을 손가락으로 팅기자 그녀가 탄환처럼 밀려나며 광장의 건물에 박혔다.

"그대가 인간의 왕인가. 그렇다면 단 한 번의 오만은 용서하겠다. 왕이란 모름지기 그래야 하니까."

"뭔 개소리야. 내가 모시는 왕은 나처럼 약하지 않아."

밀리아나는 건물의 잔해들을 털어내고는 입가에 흐른 피를 닦아내며 말했다.

"그리고 너 같은 허접하고도 다르거든?"

남자는 그녀를 향해 어이없다는 듯 웃었다.

"인간이지만 거침없군."

"다시 경고한다. 인간계에 관여하지 않았던 네피림이 왜 이 땅에 발을 들여놓았지?"

착-!! 차악-! 척! 척! 척!!

그녀의 말이 끝나기가 무섭게 성벽에 서 있던 병사들이 네피림을 향해 활을 겨누었고 광장에 있던 야만족의 전사들과 자유군들이 일제히 무구를 들어 그를 겨누었다.

"이건 질문이 아니라 경고야."

"나의 위압에서 벌써 일어나다니 정말 재밌는걸. 그렇군. 청린으로 보호하고 있던 건가. 더러운 균열의 찌꺼기로 만든 무구라……. 과연 인간에게 어울리는 것이다."

수천 명의 병사가 자신을 에워싸고 있음에도 불구하고 남자는 여전히 여유로운 얼굴로 그들을 내려다보았다.

"이 대륙이 어째서 인간의 땅이지?"

"뭐?"

"이곳은 신의 땅이다."

남자의 날개가 살짝 움직였다. 낮은 음성이 마치 나팔처럼 광장 안에 울려 퍼졌고 그의 네 개의 팔에 두 자루의 검과 두 개의 방패가 나타났다.

파앗-!!

그녀의 인영이 흔들리듯 사라졌고 그와 동시에 남자의 주위로 날카로운 검과 창날이 남자를 향했다. 세리카 로렌과 가네스의 창, 미하일과 나인 다르혼의 마법 그리고 화린과 수안의 주먹이 그물처럼 그의 주위 모든 방향을 노렸다.

쾅! 콰가가강……! 쾅! 쾅! 쾅!!

요란한 소리와 함께 그들의 일격이 남자를 덮쳤다.

"……피해!!"

하지만 그 순간 밀리아나가 소리쳤다.

콰아아아아아아아아앙--!!

남자를 둘러싸고 있던 사람들이 강렬한 충격에 튕겨져 나갔다. 믿을 수 없는 것은 모두가 소드 마스터와 대마법사급의 인원들이라는 것이었다.

"흐음."

그는 쓰러진 자들을 바라봤다.

"무슨 힘이……."

"설마 드래곤보다 더 강하다는 건가?"

"네피림이란 종족이 모두 저 정도로 강한 자들인 건가……."

단 일격에 불과했지만 그의 위용은 전율로 다가왔다. 기뻐해야 할 즉위식이 난장판이 된 것도 모자라 오히려 습격에 가까운 피해에 사람들은 혼란에 빠질 수밖에 없었다.

"인간들이여. 나는 신의 사자로서 그대들에게 신의 전언을 전하러 왔다. 신탁을 받들어라."

그가 천천히 손을 올렸다.

"나의 이름은 역천사(Virtus) 바이트람. 이제 곧 타락이라는 균열의 마물이 신이 창조한 이 땅을 습격할 것이다."

차르르르륵……!!

그의 말이 끝남과 동시에 상공에서 오로라와 같은 황금빛 장막이 펼쳐졌다. 동시에 그 안에 탑의 형상이 나타났고 그 안에서 쏟아지는 마물들의 환영이 마치 실제처럼 선명하게 사람들의 눈에 새겨졌다.

"으아악!!"

"으, 으…… 아아악……!!"

광장에 있던 시민들은 비명을 지르며 날아다니는 환영에 놀라 도망쳤으며 몇몇 사람들은 그 자리에서 주저앉아 공포에 울고 떨었다.

"이게 무슨……."

앤섬 하워드와 두샬라는 갑작스러운 혼란에 당황한 듯 어찌할 바를 몰라 하고 있었다.

"그대들은 지금부터 신탁을 받들어 타락으로부터 인간을 지켜라."

"인간을 지켜? 그건 인간이 할 일이지 네가 이래라 저래라 할 이야기가 아닐 텐데."

그 순간 바이트람의 머리 위에서 목소리가 들렸다.

[크르르르르……!!]

붉은 비늘을 가진 비룡이 상공에서 선회하듯 날아오르자 모두의 시선이 그곳으로 집중되었다.

"……주, 주군!!"

비룡 위에 서 있는 익숙한 얼굴. 카릴의 등장에 모두가 놀란 듯 소리쳤다.

"시간은 딱 맞았나 보군. 그런데 내 즉위식에 왜 네놈이 설쳐?"

"도대체 어디서 뭘 하다 이제 오는 거야!"

밀리아나는 그를 바라보며 화가 난 듯 소리쳤지만 입꼬리는 이미 웃음으로 올라가 있었다.

"그전에……."

스릉-

카릴은 검을 뽑았다. 대마도서인 폴세티아에서 뽑아낸 검은 신기하게도 검집에서 뽑은 것처럼 날카로운 쇳소리를 냈다.

"여기가 왜 신의 땅이야?"

그가 비룡의 고삐를 잡아당기자 붉은 비늘이 바이트람의 얼굴 앞에서 날갯짓을 멈추었다.

"내 땅이지."

카릴은 입꼬리를 올리며 말했다.

쿵-

그는 비룡의 머리 위에서 내려오며 천천히 제단을 걸어 올라갔다.

"……뭐?"

바이트람은 조금 전 밀리아나와 병사들 앞에서와 같은 오만했던 표정이 아닌 짐짓 진지한 얼굴로 카릴을 바라봤다. 그의 시선은 조금 전 카릴이 뽑아낸 폴세티아의 검에 집중되어 있었다.

"……검이 변했다?"

눈썰미가 좋은 밀리아나는 바이트람이 카릴의 검을 경계하고 있다는 것을 알아차렸고 그 검이 지금까지와는 다른 형태임을 깨달았다.

[놀라지 마라. 인간 계집.]

"계집? 뭐라는 거야. 건방지게 시체 인형 따위가. 부숴서 무덤으로 돌아가게 해줘?"

자르카 호치는 으르렁거리며 대답하는 밀리아나의 모습을 보며 헛웃음을 지었다.

[그 성깔은 여전하군. 하긴, 그 정도는 돼야 네피림에게 검을 드리웠겠지.]

"아직 진짜 실력을 발휘하지도 않았거든?"

그녀는 말이 끝나기가 무섭게 양쪽 팔에 마력을 집중했다. 그러자 그녀의 두 손목에서 드래곤의 비늘처럼 단단한 비늘이 돋아나더니 양팔을 감싸고 타고 오르며 어깨와 가슴까지 뒤덮었다.

"범위가 더 늘었군요. 대단하십니다."

처음에는 한쪽 팔만 가능했던 변이가 이제는 상체를 모두 덮을 정도였으니 그 짧은 시간에 그녀는 엄청난 성취를 거두었던 것이라 할 수 있었다.

"넌 또 뭐야?"

밀리아나는 데릴 하리안을 바라보며 눈을 흘겼다.

"신경 쓰지 않으셔도 됩니다. 그저 관객일 뿐이니까요."

돌려 말하는 데릴을 향해 밀리아나는 경계의 눈빛을 보냈지만 그 둘을 자르카 호치가 가로막으면서 말했다.

[놀랍긴 하지만 그 정도는 별거 아니다. 북부에서 그가 얻은 것에 비하면 말이지.]

"……뭐?"

서걱-

그때 뼈가 잘리는 섬뜩한 소리와 함께 밀리아나의 앞에 커다란 고깃덩어리가 떨어졌다. 그 순간 그녀의 얼굴 위로 붉은 핏물을 머금은 커다란 깃털들이 떠올랐다.

"앤섬. 관을 크게 만들라고 했었는데 생각보다 작은걸. 아니면 저 네피림의 날개가 쓸데없이 너무 큰 건가? 접어서는 안 들어가겠어."

밀리아나는 자신의 검이 닿지도 못했던 네피림이 지금 한쪽 날개를 잘린 채 주저앉아 있음을 확인했다.

"크…… 크아아악!!"

놀랍게도 조금 전까지만 하더라도 오만했던 바이트람의 얼굴이 고통으로 가득했다.

"잘라 버려야지."

우우우웅…….

카릴은 비틀거리며 쓰러진 바이트람의 어깨에 발을 올리고 서 지그시 녀석을 눌렀다. 그러고는 나머지 한쪽 날개를 양손으로 잡았다.

"큭……! 크윽?! 네놈……!! 그만둬!!"

우지끈-!!

하지만 바이트람의 외침이 들리지 않는다는 듯 카릴은 그대로 그의 나머지 날개를 비틀어 부러뜨렸다. 마치 거목이 부서지는 듯한 요란한 소리가 들렸고.

"으으…… 으아아아악!!"

말로 할 수 없는 고통이 여실히 느껴지는 비명이 제단에 울려 퍼졌다.

스릉-

카릴은 바닥에 꽂아 두었던 검을 다시 꺼내었다. 잘린 날개에서 흘러 내리는 핏물이 제단의 바닥을 적셨고 바닥에 꽂혀 있던 검날에 스며들 듯 물들었다.

우우우우웅…….

그가 들고 있는 폴세티아의 검이 지금까지 보지 못했던 에메랄드빛을 뿜어내고 있었다.

"도대체……"

밀리아나는 믿을 수 없다는 듯 그를 바라봤다. 북부로 떠난 한 달 동안 무슨 일이 있었는지는 알 수 없지만 분명한 것은 그가 더 강해져 돌아왔다는 것이었다.

"괴물이 이제는 정말 신이 되어 돌아온 건가."

그녀는 자신이 얻은 용족화의 성취가 우습게 느껴질 정도로 그의 압도적인 모습에 전율을 느꼈다.

"앤섬. 지금부터 즉위식을 거행한다. 아주 좋은 제물이 왔으니 말이야. 역사상 누구도 하지 못한 가장 성대한 즉위식이 될 것이다."

카릴은 날개를 잃고 바닥을 기다시피 하는 바이트람의 등을 발로 밟고서 폴세티아의 검을 겨누었다.

"네피림의 피로 저 위에 있는 자에게 고하겠다."

에메랄드빛의 검날이 역천사의 목에 닿았다.

"내가 이 땅의 주인임을."

서걱-

그 순간 카릴의 검이 바이트람의 목에 박혔다.

타닥…… 타닥……. 타다닥…….

깃대에 박혀 있는 거대한 천사의 날개에 붙은 불꽃은 몇 날 며칠이 되어도 꺼지지 않고 타고 있었고, 제당 위에 세워진 깃대의 날개에서 피어오르는 연기는 신기하게도 바람에 영향을 받지 않는 듯 곧게 하늘 위로 뻗어 오르고 있었다.

"신기하군. 꼭 하늘 위로 돌아가는 것 같아."

"비슷해. 네피림의 영혼은 율라와 직결되어 있으니까. 다른 종족들과 달리 그들은 신이 직접 빚었다고 하거든."

"그걸 어떻게 알아?"

"신에게 들었어."

"……뭐?"

밀리아나는 카릴의 말에 어이가 없다는 듯 웃었다.

"가끔 실없는 소리를 한다니까. 너는."

그녀의 반응에 카릴은 그저 어깨를 으쓱하며 아무렇지 않은 듯 답했다. 그의 뒤에 서 있는 자들 역시 그녀와 똑같은 감상인 듯 보였다.

성벽 위엔 제법 많은 사람이 모여 있었다.

"신탁이 내릴 것이라는 게 정말일까?"

"아마도. 그들은 신의 사자니까. 누구보다 신의 말을 가장 먼저 듣는 자들이거든."

"마물이라…… 그 네피림이 보여준 환상이 앞으로 일어날 미래라면 그 마물들을 뱉어내는 거대한 탑은 어디에 나타나는 걸까."

"글쎄. 중요한 건 탑의 위치가 아니라 전쟁 이후 겨우 찾은 평화가 다시 깨진다는 것이 문제겠지."

"평화라…… 애초에 인간에게 평화란 사치일지도 모르겠군."

밀리아나의 말에 카릴은 쓴웃음을 지었다. 그 평화라는 것을 지키기 위해 죽을힘을 다하여 회귀했건만 마치 영원히 가질 수 없는 신기루와 같은 게 아닐까 하는 생각이 들었기 때문이었다.

"해볼 만한 싸움이야. 지금까지 이렇게 만반의 준비를 끝내고 치를 수 있는 전쟁이 어디 있어. 안 그래?"

"그렇군."

카릴은 그녀의 말에 고개를 끄덕였다.

그녀의 말대로였다. 전생의 절망적인 상황에서 치렀던 숱한 싸움에 비한다면 지금은 훨씬 더 가망이 보이는 싸움이니까.

'그래. 비록 그 확률이 여전히 극히 낮다 하더라도 적어도 전생에 비한다면 지금이 낫지.'

카릴은 밀리아나의 말에 힘입어 마음을 가다듬었다.

"다행이라면 주군께서 직접 황도를 공략하신 덕분에 저희의 피해가 최소화되었다는 점이겠군요. 우연이지만 우리에겐 아주 큰 이득이 아닐 수 없습니다. 앞으로 일어날 전쟁을 대비하는데 수월하게 되었으니까요."

카릴은 앤섬의 말에 쓴웃음을 지었다. 그는 언제나 적군과 아군을 가리지 않고 최소한의 피해만으로 승리하기 위해 노력했는데 그 이유가 바로 모두 이 신탁 대전을 대비하는 것이었으니까. 단지 우연이라는 것이 앤섬이 오해하는 부분일 것이다.

"아니면 이것마저 계획에 있었더라면 주군께서는 신마저 속이실 수 있는 지략가이실 겁니다."

"그렇게 생각해?"

"물론입니다."

"난 그렇게 대단한 사람이 아니야. 단지 남들보다 조금 더 먼저 예측할 수 있는 행운이 있었을 뿐이지."

앤섬 하워드는 고개를 저었다.

"삶에서 행운이란 자신이 가질 수 없는 것을 가졌을 때뿐입니다. 가령 태어날 때의 핏줄 같은 것 말이지요. 하지만 태어난 이후의 미래는 자신의 노력에 의한 것입니다."

"누구는 귀족으로 태어나 무능한 자라도 편히 살고 누구는 평민으로 태어나 재능이 있는 자라도 시궁창에 구른대도? 뭐가 자신의 노력 여하에 달린 거란 말이냐. 웃기는 소리."

"그러니 귀족으로 태어난 자는 행운아라는 말이겠지요."

으르렁거리듯 말하는 밀리아나의 위압에도 불구하고 앤섬은 담담한 얼굴로 말했다.

"그런 부조리는 뒤엎어 버려야지."

"그것이 노력입니다."

"야."

밀리아나가 불만 가득한 눈빛으로 그를 바라보며 뭐라 말하려 했다.

"성공하면 영웅이 될 것이며 실패하면 그저 반역자의 오명을 쓸 뿐이죠. 그만큼 주군께서 이루어내신 것이 어려운 일이라는 뜻이기도 하겠습니다."

하지만 그보다 먼저 나온 앤섬의 대답에 그녀의 말문을 막았다.

"내가 미래를 안다면? 그래서 쉬이 이 자리에 오른 것이라면."

"글쎄요. 예지안을 말씀하시는 겁니까? 이따금 점성술사들

중에 미래를 볼 수 있는 자들이 있다고 하더군요."

"그런데?"

"그들 중 왕이 된 자는 없지요. 미래를 안다고 하더라도 자신의 미래를 바꿀 수 있는 자는 극히 드뭅니다. 이 자리, 그리고 따르는 저희들까지. 주군의 노력이자 성취 그리고 능력의 산물입니다."

카릴은 그의 말에 옅은 미소를 지었다.

"저는 잊지 못할 겁니다. 대륙 전역에 펼쳐진 마경에서 주군께서 권좌 위에 오르시고 그것을 본 모든 대륙의 백성들이 고개를 조아렸습니다."

두 사람의 대화를 듣던 이스라필이 카릴이 즉위하던 그 날의 감동을 떠올리고 벅차오른 목소리로 말했다.

"그 광경은 오직 우월한 눈으로 대륙을 볼 수 있는 저만이 알 수 있는 장관이겠죠."

"그사이에 우월한 눈을 쓸 수 있는 개수가 배로 늘었더군."

"부끄러운 실력입니다. 대마법사의 반열에 오르신 분이 두 분이나 계시니……. 아카데미의 훈련실을 빌려 많은 도움을 받았습니다."

"두 명? 세르가는 여전한가 보군. 카딘이 그를 설득하면 좋겠는데……."

"그딴 허약한 녀석이 뭐가 필요해."

타투르에서 세르가와 격전을 벌였던 밀리아나는 코웃음을

치며 말했다.

"이제 곧 신탁으로 인한 전쟁이 시작될 거야. 그의 실력은 썩히기 아깝고 게다가 그라면 미하일과 함께 아카데미와 울카스 길드 그리고 불멸회와 여명회를 엮는 중심이 될 거야."

이스라필은 카릴의 말에 고개를 끄덕였다.

"미하일? 그놈은 세르가란 녀석보다 더 허약한 놈인걸. 차라리 세리카에게 맡기는 게 낫겠지. 어려도 강단이 있으니까."

"그래. 네 말도 틀리진 않지. 아마도 내가 아는 마법사 중에 가장 유약한 녀석임은 틀림없어."

"그런데 왜?"

"그가 가장 강한 마법사니까."

밀리아나는 카릴의 말이 이해가 가지 않는다는 듯 고개를 갸웃거렸다. 그도 그럴 것이 카릴의 밑에는 내로라하는 마법사들이 수두룩했기 때문이었다.

반면 가장 강하다고 하기에는 지금껏 미하일이 해온 일들은 시원찮았다. 여명회에 인정을 받고 카이에 에시르가 남긴 마법서를 얻은 것은 대단한 일이지만 전사인 밀리아나의 눈에는 그저 한없이 무른 녀석일 뿐이었다.

그럼에도 불구하고 카릴은 미하일에 대해 여전히 관대했으니 그녀로서는 불만이 아닐 수 없었다.

"그렇게 생각하지 않나? 너희들."

그때였다.

"미하일의 재능을 알아볼 수 있는 자는 아마도 드래곤밖에 없을 테니까."

전생에 백금룡이 그의 진면목을 알아봤던 것처럼.

카릴이 고개를 돌리자 가장 뒤쪽에 서 있는 세 사람이 고개를 끄덕였다.

"……그저 혜안에 감탄할 따름입니다."

중후한 목소리. 심장을 울리는 듯한 그 목소리는 인간의 것이 아닌 골드 드래곤, 에누마 엘라시의 것이었다.

그들의 손등에는 작은 문신이 새겨져 있었고 양 손목에는 둥근 고리가 잠겨 있었다.

추종의 고리 칼립손이 새로이 만든 작품이었다.

효과는 단순했다. 사용자가 원할 때 강렬한 폭발을 일으키는 고리였다. 사실 드래곤인 그들에게 노움이 만든 세공 마법이 일으키는 폭발이야 아무런 위험이 되지 않았다.

하지만 그들에게 새겨진 문신은 달랐다. 폴세티아를 통해 카릴이 직접 고안해 낸 마법이었다. 추종의 고리가 폭발하는 순간 그들이 문신에 새겨져 있는 마법이 발동하게 된다.

그 효과 역시 단순하다. 그들의 심장이 강렬한 폭발을 일으키며 터지는 것.

제아무리 대마법사의 마법이라 할지라도 드래곤에게 효과를 줄 수 없다. 하지만 카릴은 달랐다. 그의 마법은 폴세티아를 통해 구현된 것이기 때문이었으니까.

"하지만 아무리 재능이 뛰어나다 하더라도 싸우고자 하는 의지가 없다면 무의미합니다."

"그건 걱정하지 않아도 돼. 언제든 그 의지가 생길 순간이 있을 테니까. 비록 조금 늦더라도 말이지."

카릴은 세리카 로렌을 바라보며 말했지만 정작 그녀는 그의 시선을 눈치채지 못한 듯 보였다.

"정말로 신에게 대적할 생각입니까."

에누마 엘라시는 조심스럽게 물었다. 드래곤은 신을 따르는 종족. 카릴에게 굴복하였으나 그들의 마음은 여전히 신에게 있었다.

"내가 너희들에게 건 조건이 있지."

"……싸움에 개입하지 말 것."

"그래. 드래곤인 너희들에게 인간을 위해 싸우라 강요하지 않는다. 백금룡의 심장으로 너희를 굴복시킬 수 있으나 그것은 완벽한 충성이 아니니까. 하지만 스스로의 목숨을 보전하고자 한다면 적어도 신을 돕는 행위는 하지 말아야 할 것을 명심해라."

"알겠습니다."

카릴의 말에 세 드래곤은 고개를 끄덕였지만, 표정은 썩 좋지 않았다. 자신들의 명줄을 인간이 쥐게 되었으니까.

그런 인간이 네피림을 죽였다. 과연 신의 분노가 자신들을 향하지 않을 것이라는 보장이 없는 상황에서 그들은 어느 편에 서야 할지 몰랐다.

[클클클…… 고민하는 꼴이라니.]

알른은 그 세 명을 바라보며 히죽 웃으며 카릴의 머릿속에서 말했다.

[신의 편에 서자니 네게 죽을 것이고 네피림과의 전쟁을 방관하자니 신에게 죽을지 모르고. 천 년을 넘게 살아온 드래곤이라 할지라도 풀지 못할 난제로구나.]

카릴은 그의 말을 들으며 옅은 미소를 지었다.

"정말로 신탁이 내려지는 것입니까? 아뢰옵기 황공하오나 주군께서는 어찌 그것을 아셨는지요."

앤섬이 조심스럽게 그에게 물었다. 즉위식부터 네피림이 지상으로 내려오리란 것까지 모두 계획된 것이 아닐까 생각했기 때문이었다.

"나는 마계에서 디멘션 스파이럴을 얻게 되었다. 그것은 차원을 구성하는 힘의 본질. 그리고 나는 그 힘에 얽힌 비밀을 북부에 있던 천년빙동에서 찾았다."

"차원이라니…… 설마 창조의 힘을 말씀하시는 것입니까? 그것은 오직 신만이 사용할 수 있는 것인데."

"맞아.

"허……"

"주군께서 자리를 비우셨던 이유가……"

카릴의 말에 사람들은 저마다 낮은 탄성을 지으며 말했다.

"그곳에서 무엇을 찾으셨습니까?"

앤섬의 물음에 카릴은 천천히 고개를 들어 밤하늘을 바라봤다.

"적법한 왕이 되기 위한 힘."

나지막한 목소리. 그의 대답에 사람들은 조금 의아한 듯 그를 바라봤다.

"이미 주군께서는 이 대륙의 주인이자 저희의 왕이시지 않습니까. 자고로 왕의 자리란 누구에게 허락을 받는 것이 아니라 스스로 쟁취하는 것이라 생각합니다만……."

두샬라의 매혹적인 목소리가 밤에 울렸다. 하지만 그녀의 말에 카릴은 오히려 한쪽 입꼬리를 올리며 웃음을 지었다.

"이 땅이 아니다."

"……네?"

그때였다.

"저게 뭐지……?"

키누 무카리는 하늘을 가리키며 굳은 목소리로 말했다. 그가 가리키는 방향으로 모두의 시선이 움직였다.

"뭐가 보입니까?"

"음?"

몇몇 사람들은 그저 까만 밤하늘밖에 찾을 수가 없어 어리둥절했지만 소드 마스터의 만환에 견줄 만큼 뛰어난 시력을 가진 키누 무카리는 상공에서 점차 형상을 갖추기 시작하는 거대한 성을 바라보며 더욱더 얼굴이 굳어졌다.

커다란 반구 위에 4개의 탑이 사방으로 세워져 있는 그것은 마치 작은 건축물처럼 보였다.

밀리아나를 비롯해 만환을 쓸 수 있는 소드 마스터들은 키누 다음으로 상공에 나타난 건물을 확인할 수 있었다.

"죽은 네피림의 불꽃이 드디어 닿은 모양이로군."

카릴만이 그 건물의 정체를 알고 있는 듯 그 이름을 읊조렸다.

"천공성(天空城)."

"설마…… 네피림의 군락을 말씀하시는 겁니까?"

앤섬 하워드는 문헌에서 봤었던 그 이름을 떠올리며 카릴에게 물었다.

하지만 다들 예상하고 있었으리라. 역천사의 죽음 앞에 이제 그들의 본진이 찾아오리라는 것을.

"두려워하지 마라."

카릴의 음성이 신기하게도 언령(言靈)처럼 사람들의 마음을 울렸다.

"놀랍군……."

카딘 루에르는 올리번에게서 느꼈던 그 힘을 카릴에게서 받자 믿을 수 없다는 듯 그를 바라봤다. 언령(言靈)의 힘이란 고대에 존재했던 힘이기에 문헌을 연구하는 마법사들만이 그 존재를 인식하고 있기 때문이었다.

대마법사인 그가 올리번을 황제로 추대했던 이유 중 하나도 그가 언령의 힘을 가지고 태어났기 때문이었다.

언령(言靈)이란……. 오직 지도자만이 가질 수 있는 힘이라 여겨져 왔으니까.

[클클클…….]

그런 그의 반응이 이해된다는 듯 알른은 옅은 웃음을 터뜨렸다.

"그리고 나의 독단으로 벌어진 전쟁에 의심하지 말아라. 이제부터 내가 천년빙동에서 찾은 적법한 왕의 자격이 무엇인지 보일 것이니 그 의심은 사라질 것이다."

마치 카딘 루에르의 의문을 알고 있는 것처럼 카릴은 말했다.

"무기를 꺼내라."

카앙-!! 스르릉……!! 창-!!

카릴의 말에 사람들은 한 치의 망설임 없이 각자의 무기를 잡았다.

"적법한 왕의 자격."

스아아아아악……!! 쇄아아악……!!

천공성이 점차 형태를 드러냄과 함께 커다란 백색의 날개를 펼친 천사들이 지상을 향해 날아오는 것이 눈에 들어왔다. 카릴은 그들을 바라보며 나지막하게 말했다.

"그것은 신좌(神座)의 주인이 될 자격을 말하는 것이다."

카릴은 천사들을 바라보며 나지막하게 마왕의 이름을 읊조렸다.

"하가네."

우-우-우-우-웅……!! 쏴악……!!

그러자 성벽 위, 뒤편 공간이 일그러지며 아공간의 문이 생성되었다.

"네."

마계를 가보지 못했던 사람들은 그 안에서 걸어 나오는 마왕의 모습에 상공에 천공성이 나타났을 때보다 더 깜짝 놀라지 않을 수 없었다.

"저 배경…… 어딘가 익숙한데?"

밀리아나는 마왕이 서 있는 풍경이 이상하게 낯설지 않음을 깨달았다.

"피아스타?"

그녀의 말에 앤섬은 고개를 끄덕였다. 선박장에 배들이 정박해 있는 그곳은 확실히 항구도시인 피아스타였다.

차원문이 열리고 그 안은 당연하게도 마계일 거란 예상과 달리 마왕은 놀랍게도 인간계에 버젓이 있었던 모양이었다.

문에서 걸어 나온 마왕의 손에는 아직 열기가 가시지 않아 김이 나고 피가 주르륵 흘러내리는 잘린 머리들이 들려 있었다.

"부르셨습니까."

그리고 그의 등장보다 더 놀라운 것은 그가 카릴의 앞에 한쪽 무릎을 꿇고서 마치 그의 신하처럼 인사를 한다는 것이었다.

"우든 클라우드에 대한 처리는?"

"보시는 바와 같이."

하가네는 자신의 손에 들려 있는 시체의 머리를 들어 올리며 말했다.

그의 손에 있던 주검 중에 낯익은 얼굴들을 알고 있었기에 앤섬은 짐짓 놀란 표정을 지었다.

"저들은……."

다름 아닌 레디오스와 더글라스. 그뿐만이 아니었다. 잘린 머리 중엔 과거 공국의 귀족들이 있었는데 모두가 과거에 프란 루레인을 따르던 시절 봤었던 우든 클라우드의 일원이었다.

"알려주신 놈들의 머릿속을 헤집어놓았더니 윗선을 찾는 것은 어려운 일이 아니더군요. 뭐…… 아직도 많지만 말입니다."

"기사들에게 명할 줄 알았는데 직접 움직였군?"

"겸사겸사…… 인간계의 공기도 마시고 말입니다. 이렇게 카릴 님도 뵐 수 있으니 좋은 일 아니겠습니까."

하가네는 웃으며 말했지만 카릴은 그의 말에 코웃음을 쳤다.

"헛소리. 인간의 영혼을 노린 건 아니고?"

"그건 작은 부산물에 불과합니다."

그의 말에 마왕은 여전히 여유로운 얼굴로 능숙하게 대답했다.

"그런데 저를 부르신 이유가 설마 저것 때문입니까?"

하가네는 하늘을 올려다봤다. 네피림들이 강림을 하는 모습을 보면서도 그의 얼굴은 썩 놀란 표정이 아니었다.

'신탁의 순서가 바뀌었다.'

카릴 역시 하늘 위에 떠 있는 성을 바라보며 생각했다.

전생이었다면 바이트람이 신탁의 의지를 예고하고, 그 이후 그의 명령에 따라 세운 제단 위로 율라의 현신과 함께 신탁이 내려진다. 신탁의 10인이 뽑혔을 때 파렐이 등장하고 그 안에서 타락이 쏟아졌었다. 이후 타락을 섬멸한다는 이유로 네피림들이 인간계에 강림한다.

그들은 철저하리만치 타락을 섬멸했다. 인류는 그들을 신의 은총이라 여기며 환호하였으나 그건 거짓된 희망이었다.

'놈들은 우리가 죽든 살든 상관없이 오직 타락을 죽이기 위해서만 싸웠지.'

그들에게 있어서 인간의 목숨은 그저 벌레와도 같았으니까. 백 명이 죽든, 백만이 죽든 단 한 마리의 타락을 잡을 수만 있다면 그들은 무슨 일이든 서슴없이 자행했다.

'네놈들 역시 인간의 적일 뿐이다.'

카릴은 그때 깨달았다. 네피림들을 내렸던 순간 환호했던 인간의 모습을 바라보며 율라는 얼마나 많은 비웃음을 지었을까.

빠득-

카릴은 자신도 모르게 분노에 이를 갈았다.

하지만 바뀌었다. 신탁이 내리기 전에 네피림의 천공성이 먼저 나타났다는 것은 율라의 의지와는 별개로 그들이 인간에게 바이트람의 죽음에 대하여 논하러 왔다는 증거였다. 애초에 인간을 깔보는 족속인 그들에게 그의 죽음은 결코 돌이킬 수 없는 치욕스러운 일일 터.

네피림들에 의해 가장 큰 피해를 받았던 이유는 그들을 아군이라 여겼던 것이기 때문이다.

그렇기에 처음부터 적으로 인식하게 만드는 것. 카릴이 노린 계획이었다. 물론, 자신이 네피림과의 전쟁의 방아쇠를 당겼다는 것은 부정할 수 없는 사실이며, 자신의 행위로 인해 사람들은 불안할 수밖에 없었다.

'깡그리 치워주마.'

하지만 지금까지 그래왔듯 이 불안을 잠재울 수 있는 방법은 오직 결과를 내는 것뿐. 승자의 위치에 선다면 지금의 불안함은 그저 잠깐에 불과한 일이었다.

카릴의 눈빛이 빛났다.

"하가네. 일전에 네게 따로 부탁했던 것이 있지. 묵시의 목걸이에 있는 보석을 대신할 수 있는 것이 있느냐고 물었던 것 말이다."

"물론 기억하고 있습니다."

"완성되었나?"

"네."

"그런데 정말로 이것을 쓰실 생각이십니까? 제가 생각하기엔 너무나도 아까운데 말입니다. 돼지 목의 진주라고나 할까요."

하가네는 묘한 미소를 지으면서 말했다.

"쓸데없는 소리 하지 말고 완성품을 내놓기나 해."

마왕은 어깨를 으쓱하며 품 안에서 작은 상자를 꺼내었다.

"케이."

카릴은 묵시의 목걸이라는 말이 나오자마자 긴장하고 있는 그녀를 불렀다.

"너는 지금 당장 자르카 호치의 영혼석에 사용된 묵시의 목걸이를 빼고 이걸로 바꾸도록 해."

"이건……."

"백금룡의 뼈로 만든 거다. 거기에 합성된 최상급 속성석을 갈아서 넣었으니 묵시의 목걸이에 사용된 재료보다 훨씬 더 좋은 것들이지. 게다가 그걸 만든 하가네의 마법이 고스란히 들어 있기도 하고 말이야."

"아……."

그녀의 눈빛이 가볍게 떨렸다.

쿠웅--!!

그때였다. 벼락이 떨어지는 것 같은 강렬한 소리와 함께 보석을 들고 있는 카릴의 앞에 뭔가가 떨어졌다.

"네가 인간의 왕인가."

"대화 중이다. 가리지 말고 꺼져."

카릴은 천천히 고개를 들었다. 그의 세 배는 될 것 같은 거대한 거인이 그를 내려다보고 있었다. 등에는 바이트람과 같은 날개가 있었는데 그 크기는 바이트람의 것과는 비교도 할 수 없을 정도로 거대했고 무려 3쌍의 날개가 펄럭이고 있었다.

쿵……! 쿵!! 쿵!!

그와 동시에 거인의 뒤로 세 명의 천사들이 더 상공에서 내려왔다. 그 충격으로 무너질 듯 성벽이 흔들렸다. 신의 존속이라 불리는 네피림 중에서도 신에게 직접 선택받았다 불리는 4대 천사. 그들은 대천사라 불리며 일전에 찾아온 사자(使者), 바이트람과는 비교도 할 수 없는 강력한 힘을 가진 자들이었다.

그중에서도 카릴은 지금 자신의 앞에 서 있는 거인을 지그시 바라봤다.

대천사들의 수장. 심판자(審判者), 주덱스(Judex).

교단의 교리에 명시되어 있는 명실상부한 신의 사자인 그는, 아이러니하게도 신살의 반역을 저질렀던 최초의 블레이더와 이름이 같았다. 어쩌면 이것마저 율라의 잔혹한 놀이에 일부분일지도 모른다는 생각이 들었다.

"4대 천사가 모두 찾아온 것도 모자라 천공성을 소환할 정도로 역천사의 죽음이 너희들을 분노케 한 일인가?"

카릴은 위압적인 거인의 모습에도 아랑곳하지 않고 말했다.

"아니면 옳다구나, 기회라 생각하고 기다렸다는 듯 찾아온 건가."

"네놈……."

"전자든 후자든 상관없다. 한 판 붙길 원한다면 상대해 줄 테니까."

카릴은 폴세티아의 검을 머리 위로 겨눴다.

[진정해라.]

[4대 천사의 수장이다. 이들은 검으로 쉬이 죽일 수 있는 흔한 네피림과는 다르다. 너도 알지 않느냐. 천년빙동에서 우리가 알게 된 비밀을.]

[그는 오직 타락의 힘으로만 죽일 수 있다는 것을.]

정령왕들은 주덱스에게 폴세티아의 검을 겨누고 있는 카릴에게 나지막한 목소리로 말했다.

"알 게 뭐야. 죽지 않으면 죽고 싶어질 정도로 패버리면 되지."

하지만 조심스러운 그들과 달리 카릴은 오히려 그들의 말에 코웃음을 쳤다.

"크아아아아--!!"

"캬아악--!!"

그때 주덱스의 뒤에 있던 세 명의 네피림들이 더 이상 참을 수 없다는 듯 카릴을 향해 날아들었다.

"전투 준비!"

동시에 앤섬 하워드는 황급히 소리쳤다. 천공성에는 4대 천사 이외에도 끊임없이 네피림들이 소환되어 지상으로 내려오고 있었다.

차앙-! 차아앙--!!

카릴의 뒤에 서 있던 사람들도 저마다 자신의 무구를 들고 쏟아지는 네피림들을 향해 달렸다.

퍼엉……! 펑! 펑! 펑!!

허공을 밟으며 카릴이 지그재그로 공중에서 방향을 꺾으며 튀어 올랐다.

퍼억-!!

카릴이 3명의 네피림 중 가장 선두에 있던 녀석의 얼굴을 손바닥으로 움켜쥐면서 뒤로 집어 던졌다.

콰아아아앙!!

"……!!"

꽝음과 함께 한 명이 밀려 나갔고 그를 노리며 달려들었던 나머지 두 명의 네피림들은 순식간에 사라진 카릴의 위치를 찾기 위해 두리번거렸다.

쫘드드득……!!

카릴이 있는 힘껏 허리를 꺾었다.

"흐아악!!"

하지만 그 순간을 놓치지 않고 4대 천사 중 한 명인 마론이 카릴을 향해 창을 찔러 넣었다. 동시에 또 한 명인 카라논이 거대한 철퇴를 부웅-!! 하고 돌리며 그의 머리를 향해 날렸다.

"크으으악!!"

그리고 조금 전 카릴에 일격에 나뒹굴었던 엘라니온이 입가에 흐르는 피를 닦아내고서 분노에 찬 으르렁거림과 함께 대검을 머리 위로 들어 올려 있는 힘껏 카릴을 향해 베었다.

엄청난 맹공. 성벽 위에 소드 마스터들조차 육안으로 쫓을 수 없을 정도의 속도였다.

카가가가각……!!

카릴의 검이 에메랄드빛 섬광을 발산하더니 그대로 마론의 창을 베어버리고 아래로 내렸던 검을 꺾으며 철퇴를 쥐고 있는 카라논의 손목을 베었다.

퍼억!!

동시에 엘라니온의 명치를 나머지 주먹으로 있는 힘껏 쳐올리자 그의 몸이 부웅하고 공중으로 떠올랐다.

"컥……!!"

단말마의 비명이 터져 나왔다.

카릴의 모습을 다시 찾았을 땐, 그는 이미 마론의 목에 검을 겨누고 있었으며 양팔이 잘린 카라논은 그의 앞에 무릎 꿇고 있었으며 한쪽 발아래 쓰러진 엘라니온을 밟고 있었다.

모든 것은 고작 몇 초 안에 일어난 일이었다.

"율라의 면전에 던져 줄 선물이 하나 더 추가할 수 있겠군."

툭-

카릴은 가만히 서 있는 주덱스를 향해 잘려 나간 카라논의 손목을 주워 던지며 말했다.

"……."

주덱스는 그런 그를 바라봤다.

"아프냐?"

카릴은 엘라니온의 등을 밟고 있던 발을 지그시 비비며 물었다.

"큭! 크으윽……!!"

"네놈들이 아무렇지 않게 방패막이로 썼던 인간들은 더욱 고통스러웠다."

"무슨……!!"

엘라니온은 카릴의 말이 무슨 뜻인지 이해가 가지 않는다는 듯 소리쳤다.

서걱-

하지만 카릴은 대답 대신 있는 힘껏 마론을 겨누고 있던 검을 베며 자신의 손을 엘라니온의 입안에 쑤셔 넣었다.

"웁……!! 우웁……!!"

그러고는 넣은 손을 위로 잡아당기자 입을 닫지 못한 채 괴상한 소리를 내면서 녀석은 카릴의 손을 빼기 위해서 안간힘을 썼다. 잘려 나간 마론의 머리가 바닥에 떨어졌다.

"네놈들이 원하는 걸 들어주마."

우득-!!

카릴이 엘라니온의 입안으로 집어넣었던 손에 힘을 주며 빼내었다.

"크아아아악!!"

그러자 고통에 찬 비명과 함께 새하얀 이빨 몇 개가 바닥에 떨어졌다.

"율라를 불러."

"네…… 네놈……!!"

엘라니온이 몸을 부르르 떨며 소리쳤다.

"그토록 따르는 네놈들의 신이 과연 나를 보고 면전에서도 아무렇지 않게 신탁을 내릴 수 있는지 지켜볼 테니까."

그의 전신에서 흐르는 차가운 살기가 느껴졌다.

"왜? 그게 너희들이 원하는 일이지 않나? 그러니 하라고 할 때 하는 게 좋을 거야."

그 자리에 누구도 그의 말에 반박할 수 없었다. 찰나에 불과한 시간에 카릴은 어느새 이 공간을 지배하고 있었다.

"네놈들은 땅에 사는 우릴 하찮게 여기지. 하지만 내 말을 거역한다면 앞으로 평생 바닥을 기도록 네놈들 날개 하나하나 전부 뽑아버릴 테니까."

악귀(惡鬼) 같은 눈빛은 신의 은총을 받은 천사들마저 공포에 떨게 하기에 충분했다.

▶**Chapter 4**◀

"인간 주제인 네가 입에 담을 이름이 아니다."

압도적인 카릴의 힘에도 불구하고 주덱스는 여전히 표정 하나 변하지 않은 채로 말했다.

"그래? 얼굴도 보여주지 않는 주제에 누구 마음대로 우리를 이랬다저랬다 시키는 거지?"

"가소로운 것. 너희가 밟고 있는 이 땅과 너희가 숨 쉬고 있는 공기를 만들어주신 창조주에게 그따위 망발을 하다니. 네 놈이 아무리 강해진다 한들 서 있을 땅이 없고 숨 쉴 수 있는 공기가 없다면 존재할 수 있을 성싶으냐!!"

그때였다.

"큭."

주덱스의 날카로운 일갈에 이번에는 카릴이 한쪽 입꼬리를 올리며 웃었다. 지금까지와는 달리 그의 반응에 무표정했던 주덱스의 얼굴도 조금은 굳어졌다.

"창조주?"

카릴은 어이가 없다는 듯 물었다.

"너. 정말로 신의 종족인가? 아니지. 신의 은총을 받은 종족이니 무조건적으로 신의 말을 믿는 멍청한 놈들일지도 모르지."

"무슨 헛소리를 지껄이는 거지?"

"네피림이여. 너는 진실을 마주할 용기는 있나? 네가 믿고 있는 기억이 정말 진실이라 장담할 수 있는가?"

저벅- 저벅- 저벅-

카릴은 밟고 있던 네피림들을 뛰어넘어 주덱스를 향해 다시 한번 걸음을 옮겼다.

"신의 은총? 물리적인 강함이 축복이라 여기지 마라. 너희들의 강함은 한낱 미천한 일부일 뿐이니까."

주덱스는 차갑게 그를 내려다봤다.

"의심이란 인간만이 가지는 죄악이다. 아둔한 너희들을 위해 교단을 세우고 윤리를 전파하였으나 역시 땅 위의 족속들은 어쩔 수 없구나."

굳었던 얼굴이 다시 돌아오자 주덱스의 표정은 다시금 가면을 쓴 것 같이 차가웠다.

"우리는 신의 명에 따라 움직일 뿐. 역시…… 추악한 악행을 저지른 살인자다운 부조리한 핑계이구나."

"악행?"

"교단을 붕괴시킨 네 녀석의 행위를 신께서 모르실 것이라 여겼느냐. 그럼에도 불구하고 신은 네게 한 번의 기회를 더 준 것이다. 하지만 그 마지막 기회마저 너는 바이트람을 죽임으로써 무용지물로 만들었지. 신을 따르는 자들을 박해하고 더 나아가 이 대륙의 위기를 알린 신의 사자를 죽인 벌을 받아야 할 것이다."

카릴은 주덱스를 향해 같잖다는 듯 말했다.

"율라가 그리 말하라 시키더냐. 아니면 그저 네 녀석들의 개인적인 원한을 신이라는 핑계로 정당화시키려는 것이냐."

그는 말했다.

"그렇게나 대단하신 분이라면 주둥이로 나불거리지 말고 직접 그대의 피조물들을 위해 싸우라 전해."

손가락으로 주덱스를 가리키고서 천천히 그 손가락을 바닥으로 향했다.

"네놈들론 안 돼."

"놈!! 감히……!!"

주덱스는 지금까지 냉정함을 유지했던 것과 달리 율라에 대한 모독을 듣자 더 이상 참을 수 없다는 듯 소리쳤다.

"무엄하다--!!

빠득-

하지만 그가 분노하면 분노할수록 주덱스를 바라보는 카릴의 눈빛은 더욱더 이글거렸다.

촤아아아악--!!

주덱스가 거대한 팔을 허공에 한 번 긋자 손끝의 경계를 따라 빛무리들이 반짝이더니 수십 개의 빛줄기가 조금 전 카릴이 있었던 자리에 쏟아졌다.

"피해!!"

카릴의 외침과 함께 성벽에 있던 사람들이 일제히 흩어졌다.

콰가가가강!! 콰가강!!

주덱스가 쏘아낸 빛무리는 마치 레이저처럼 수십 개의 선이 되어 무엇이든 닿는 족족 잘라 버렸다. 두꺼운 황도의 성벽이 두부처럼 수십 갈래로 조각이 되어 잘렸다. 그와 동시에 그가 다시 한번 손을 위로 뻗자 천공성이 움직이는 소리와 함께 성 아래에서 황금빛의 빛이 아래로 쏟아졌다.

우우우우우웅……!!

지면이 떨리는 소리와 함께 놀랍게도 쓰러졌던 엘라니온이 일어서며 대검을 움켜잡았다.

"……."

두 팔이 잘려 나갔던 카라논의 양팔이 다시금 자라나 거대한 철퇴를 바닥에 끌며 걸어왔고 머리가 잘린 마론의 몸뚱이가 천천히 일어서더니 바닥에 구르고 있던 자신의 머리를 잘린 목에 맞추었다.

촤르르륵……!!

마치 혈관들이 알아서 끼워 맞춰지는 것처럼 기괴한 소리와 함께 머리와 목이 서서히 말끔하게 붙더니 천천히 눈을 떴다.

"흠."

그러고는 고개를 좌우로 꺾으며 카릴을 바라봤다.

"네놈들 솔직히 말해봐. 너네 같은 괴물들에게 천사란 이름이 어울린다고 생각하나?"

카릴은 부활한 네피림들을 향해 기가 차다는 듯 말했다. 그도 그럴 것이 그들이 부활하는 모습은 신성하다기보다 오히려 언데드들을 보는 듯한 느낌이 더 컸기 때문이었다.

"승산 없는 싸움을 하겠다는 말이로군. 발버둥 쳐보거라. 비참한 피조물들이여."

"그래?"

카릴은 낮게 말했다.

"뒤나 잘 봐."

화르륵……!

그 순간 공간이 일그러지더니 어둠 속에서 날카로운 검날이 튀어나왔다.

"……!"

아슬아슬하게 주덱스의 날개를 스치며 에이단의 쌍검이 허공을 갈랐다.

"10점."

카릴은 그런 그를 바라보며 낮은 목소리로 말했다.

부우우웅--!!

날아오른 주덱스를 찍어 누르듯 동시에 수안의 권격이 아래를 향해 쏟아졌다.

쾅! 쾅! 콰아아앙!!

공중에서 폭발이라도 일어난 것처럼 사방으로 울려 퍼지는 폭음. 하지만 그의 공격은 주덱스의 몸을 둘러싸고 있는 보호막을 깨지 못했다.

"너도 10점."

수안의 등 뒤로 날카로운 두 자루의 창이 그를 노렸다. 가네스와 세리카 로렌의 창이 날개를 베었다고 느껴진 순간 안타깝게도 창의 궤도에서 흐릿하게 날개의 잔상이 사라지고 주덱스는 이미 하늘 위로 떠 오른 상황이었다.

"5점."

쿠웅……! 쾅! 쾅! 쾅!!

그 순간 공중에 떠오른 주덱스를 노린 날카로운 칼날 바람이 요란한 굉음을 터뜨리며 폭발했다.

"흠…… 10점."

일순간이지만 주덱스의 몸이 휘청거렸다. 그 빈틈을 놓치지 않고 밀리아나의 쌍검이 주덱스를 향해 쇄도했다.

"흐아아아아!!"

디곤 쌍검술 1결-홍월풍(紅月風).

두 자루의 검날이 마치 불꽃을 일으키는 것처럼 붉게 빛났고 붉은 비늘이 양팔을 감싸자 마치 그녀의 몸이 화염을 머금은 꽃을 보는 듯했다.

쾅! 쾅!! 콰가가가각……!!

"흡……!!"

쉴 새 없이 쏟아지는 검격에 주덱스의 몸이 뒤로 밀렸지만 일순간 내지르는 주먹에 밀리아나는 그저 풍압만으로 튕겨 나갔다.

"15점."

공중에서 빙글빙글 구르며 떨어지는 그녀를 베이칸이 받아 냈고 그의 어깨를 밟으며 화린이 공중으로 뛰어올랐다.

"크…… 크아아아아아!!"

화린의 몸이 크게 부풀어 오르더니 이내 곧 거대한 야수의 모습이 되어 날카로운 울부짖음을 토해냈다. 손끝에서 튀어나온 발톱으로 주덱스의 날개를 움켜쥐고서 그녀는 있는 힘껏 그의 목덜미를 물어뜯었다.

"……."

하지만 주덱스의 몸은 여전히 실드로 보호되고 있었고 그녀의 이빨은 닿지 못했다.

퍼억-!!

주덱스는 고개를 돌리지도 않은 채로 팔꿈치로 화린의 복부를 후려쳤다.

"컥!!"

일격을 당한 그녀의 옆구리가 너덜너덜해질 정도로 짓이겨져 있었다. 마치 벌레가 파먹은 것처럼 옆구리가 터져 커다란 구멍이 뚫렸다.

"크르르르르!!"

하지만 그녀는 떨어지기 직전에 주덱스의 날개를 움켜쥐고 는 물어뜯었다.

콰직!! 쩌적······!!

"퉷!!"

화린은 보호막으로 보호되지 못한 날개의 찢긴 살점을 뱉어 내며 상공을 향해 가운뎃손가락을 들어 보였다. 그녀의 입가 에는 아직 떨어지지 않은 깃털이 지저분하게 붙어 있었다.

"네년이······!! 감히!!"

자신의 몸에 상처를 준 것을 용납할 수 없다는 듯 주덱스는 신의 종족과는 어울리지 않게 욕지거리를 내뱉었다. 찢긴 날 개의 상처는 순식간에 아물었지만 그는 고통보다 자존심이 상 한 것이 더 큰 듯싶었다.

"······30점. 거칠지만 너답군."

카릴은 그런 그녀를 바라보며 쓴웃음을 지으며 말했다.

스르릉······!!

그때였다. 하가네의 혈검이 사방으로 가시를 뿜어내며 주덱 스의 뒤를 노렸다.

"큭······!! 크윽!!"

"주덱스!!"

3명의 네피림들이 황급히 하가네를 막으려 무구를 들어 그에게 달려들었다.

스앙……! 쾅!!

하지만 하가네는 발아래에 생성된 피 웅덩이 속에서 핏빛 가시들을 뽑아내 그들에게 쏘아 보냈다.

카앙!! 캉!! 츠즈즈즈즈……!!

"10점 주마. 마왕이란 이름이 아깝다고 생각하지 않나? 하가네."

4대 천사들을 동시에 상대하는 하가네였지만 카릴은 오히려 그런 그를 향해 신랄하게 말했다.

"하하……."

카릴의 말을 들고서 하가네는 쓴웃음을 지으며 고개를 저었다.

"부하들을 앞세워 싸우는 자가 진정한 왕이라 할 수 있는가. 그들의 공격을 점수나 매기고 있다니……. 오만함이 하늘을 찌르는구나."

"왜? 너희가 모시는 잘난 신도 똑같은 짓을 하고 있는 것 아니냐? 네놈들을 앞세워 부릴 뿐이잖아."

"닥쳐라!!"

주덱스는 얼굴을 구기며 소리쳤다.

"녀석들의 공격이 같잖아 보이던가? 그렇게 생각하는 너야말로 오만하군."

"……뭐?"

"저들도 알고 있다. 아무리 안간힘을 써도 네 목을 벨 수 없다는 것. 하지만 애초에 널 죽이는 것이 목표가 아니었어."

순간, 주덱스의 눈빛이 흔들렸다.

"그들의 목표는 단 하나였거든. 바로 네 보호막을 깨기 위한 것. 내 검이 네 목에 박힐 수 있도록 말이야."

카릴은 주덱스를 향해 말했다.

"공격은 아직 안 끝났어."

파직……! 캉!!

"뒈져."

나인 다르혼의 낮은 음성과 함께 그의 손에 있는 작은 구체가 주덱스의 허리에 박혔다.

타락의 응축. 오직 불멸회만이 유일하게 타락에 대하여 연구를 했으며 그를 흑마법이라는 체계로 발전시켜 암흑력이라는 마법으로 구축시켰다. 명실상부 나인 다르혼은 대륙에서 살아 있는 마법사 중에 타락의 힘을 다룰 수 있는 유일한 마법사였다.

"……!!"

공간이 뒤틀리듯 검은 구체안으로 빨려 들어가며 주덱스의 보호막이 유리가 부서지는 것처럼 산산이 깨졌다.

"100점이로군."

카릴은 옅은 미소를 지으며 그대로 검을 밀어 넣었다.

"하나하나는 네게 보잘것없어 보이겠지. 하지만 그 끝은 완전할 수 있다. 인간이란 원래 불완전하게 태어났으니까."

쑤욱-!!

폴세티아의 검이 주덱스의 목젖이 있는 정 가운데를 정확하게 꿰뚫었다.

서걱- 촤아아악!!

검날이 뒷목을 뚫고 관통하자 핏물이 터져 나오며 쏟아졌다.

"쿨럭……!! 쿨럭!!"

주덱스는 카릴의 검을 두 손으로 움켜잡았다.

"너희들처럼 힘자랑을 하려는 협격이 아냐. 한 발 한 발 차근차근. 인간이 강한 이유는 목표를 위한다면 흙탕물에서도 구를 수 있기 때문이다. 네놈들처럼 모두가 잘난 맛에 주인공이 되려 하지 않아."

"……네놈!!"

핏물을 토해내며 주덱스의 몸이 휘청거렸다. 카릴은 그런 그를 향해 있는 힘껏 더욱더 검을 밀어 넣었다.

"네 오만을 탓하며 죽어라."

[검을 거두라.]

그때였다. 중력이 수십 배가 되는 것처럼 하늘에서 들려오는 목소리가 사람들을 압살하기라도 하려는 듯 짓눌렀다.

"신…… 신이시여!!"

밤임에도 불구하고 상공에서 쏟아지는 새하얀 빛이 마치

날이 밝아진 듯 온 세상을 비추었다. 주덱스는 영화롭다는 표정으로 내리는 빛을 향해 얼굴을 일렁이며 외쳤다.

"왔군."

카릴은 그 빛을 바라보며 날카롭게 웃었다.

[신탁을 받들라.]

심장을 찌르는 듯한 신의 음성에 사람들은 저마다 숨을 쉴 수 없을 정도로 거대한 압박을 느꼈다.

스르릉--!!

그 순간 카릴은 주덱스의 목에 박아 넣었던 검을 빼고서 그를 발로 밀었다. 뿜어져 나오는 피를 막기 위해 양손으로 목을 감싸고 있는 주덱스에게서 눈길을 돌려 카릴은 손가락에 끼고 있는 반지를 빼내었다. 그와 동시에 입고 있던 갑옷을 벗어 일렁이는 오로라의 앞에 내던졌다.

퉁-

극격의 갑주가 바닥에 튕기며 요란한 소리를 냈다.

"신탁?"

카릴은 물끄러미 보석을 바라보더니 있는 손아귀에 힘을 주었다.

파스스슥……!!

그러자 손에 끼고 있었던 통탄의 부정이 힘없이 가루가 되며 부서졌다. 천천히 손바닥을 아래로 뒤집었다. 반지의 잔해들이 마치 잿가루가 날리듯 바람에 흩뿌려지며 흩어졌다.

"거절한다."

카릴은 손을 털며 보란 듯이 말했다.

"여기……!!"

케이 로스차일드는 자르카 호치의 심장에서 뽑아낸 묵시의 목걸이의 보석을 들고 성벽 위로 황급히 돌아오다 그만 발을 멈추었다.

그녀는 할 말을 잃은 듯 하늘을 바라봤다. 로스차일드 가문의 골렘술은 일종의 사령술과 같은 것. 대대로 그들은 죽음을 불사하고 시체 속에서 답을 찾고자 했던 자들이었다.

그런 가르침 속에서 자라난 케이 역시 신의 섭리를 부정하는 것에서부터 자신의 삶을 찾았다. 그도 그럴 것이 신의 강림은 그저 동화책에서나 나올법한 전설일 뿐 그 누구도 직접 목도한 자가 없었으니까.

시체는 발아래 있지만 신은 보이지 않는다.

로스차일드 가문의 가훈은 그 자체로 신을 부정하는 문장의 완성이었다. 그리고 그것은 그다지 오래되지 않았지만 그녀가 살아온 평생의 자존심 같은 것이었다.

바로 조금 전까지.

꿀꺽-

그녀는 자신도 모르게 마른침을 삼켰다. 몸이 긴장한 듯 굳어버리고서는 움직일 생각을 하지 않았다.

"신……."

입에서 흘러나온 말.

영화롭다. 그것 이외에 다른 것으로 지금 눈 앞에 펼쳐진 광경을 설명할 방법이 없는 것 같았다.

하늘에서 떨어지는 빛무리. 형체를 알아볼 수 없으나 선명하게 느껴지는 온기는 겨울의 차가움을 온데간데없이 사라지게 만들었고 마치 무(無)의 공간에 있는 것처럼 아무것도 느낄 수 없게 했다.

분명했다. 지금 자신의 눈앞에 신이 강림한 것이다. 그녀는 처음으로 범접할 수 없는 존재에 대하여 새로이 느꼈다.

[떨지 마라.]

그때였다. 케이는 얼음장같이 차가운 손이 자신의 어깨 위에 오르자 가볍게 몸을 떨었다.

[내 주인 된 자가 고작 이런 일로 굳어서야 쓰나. 너는 사령의 왕이 되고자 하지 않았나?]

자르카 호치였다. 지금까지의 모습과는 달리 그의 얼굴엔 생기가 돌았지만 그와 반대로 육체는 차갑다 못해 얼어붙을 지경이었다. 그의 심장 안에는 하가네가 가져온 새로운 보석이 끼워져 있었고 숨을 쉴 때마다 그의 살갗을 뚫고 진짜 심장처럼 붉게 뛰었다가 사그라들었다.

[그렇다면 더더욱 신의 존재에 반(反)해야겠지. 생명을 관장하는 것이 신이라면 우리는 죽음의 길을 택했으니까.]

"……."

[지금 단 한 사람만큼은 신의 앞에서도 꼿꼿하게 허리를 세우고 있지 않으냐.]

짝-!!

케이는 자르카 호치의 말이 끝나자마자 자신의 두 뺨을 사정없이 때렸다.

"당신 말이 맞아."

그녀는 그를 바라봤다.

"하지만 꼴사납게 다리가 떨어지지 않아. 아마도 신의 위압 때문이겠지."

하지만 부끄럽지 않았다. 공포를 뛰어넘는 경외심을 느끼는 것은 신의 피조물인 인간으로서 당연한 일이자 어길 수 없는 절대 규율이었으니까.

"당신은 괜찮아?"

[마계의 주인인 마왕의 보석 때문인지는 모르겠지만 그럭저럭 움직일 순 있다. 마계의 힘은 역시나 율라의 제약에 저항할 수 있는 것 같군.]

그는 케이에게 말했다.

"그럼 날 도와줘. 이 보석을 그에게 전해 줘야 해."

그녀는 두 손에 쥐고 있던 보석을 다시 한번 힘을 주어 움켜쥐면서 말했다.

[도와줘? 누차 말하지만 너는 나의 주인이다. 그러니 부탁이 아니라 명령을 해라.]

자르카 호치는 케이 로스차일드를 자신의 어깨 위에 앉히고는 말했다.

콰아아아아아아앙--!! 콰가가강--!!
"감히……!! 신의 앞에서 검을 거두지 않다니. 죽음이 두렵지 않은가!!"

주덱스는 믿을 수 없다는 듯 카릴을 바라봤다. 율라의 언령이 내려지고 난 이후 모든 인간이 그 힘에 억눌려 움직이지 못하고 있는 순간에도 카릴만큼은 아무렇지 않게 자신들을 향해 검을 긋고 있었다. 아니, 오히려 분노가 원동력이 되는 것처럼 이글거리는 눈빛으로 조금 전보다 더 속도를 올렸다.

"죽음? 두렵지."

카릴은 검을 고쳐 쥐며 말했다.

"그러니까 난 살 거다."

주덱스는 처음으로 자신을 바라보는 카릴의 눈빛에서 오싹함을 느꼈다.

"뭐 저런 괴물 같은……."

와아아아아아아아아아--!! 와아아아아아아--!!

그때 엄청난 함성과 함께 천공성에서 내려오던 네피림들이 일제히 지상을 향해 쏟아졌다.

"크아아아!!"

"죽어라!!"

"신의 앞에 무릎 꿇으라!!"

그들의 함성에 힘을 얻은 듯 마론, 카라논, 엘라니온이 동시에 각자의 무구를 들어 올리며 소리쳤다. 까마득한 네피림의 숫자는 하늘을 뒤덮을 정도였고 그들의 백색 날개는 이제 성스러움을 뛰어넘어 징그러울 정도였다.

"상공에 네피림!!"

"방패병은 전열을 가다듬어라!! 궁수부대, 마법병대 사격 준비!!"

하지만 자유군의 병사들 역시 날아오는 적을 향해 일사불란하게 움직였다. 공포와 위압은 여전했지만 그 힘에 휩쓸리는 것이 아니라 수십, 수백 번 훈련했던 대로 그들의 몸이 움직이고 있었다.

쾅!! 쾅!! 콰아아아앙--!!

거대한 타워 실드로 무장한 병사들의 성벽을 막았고 실드 사이 사이에서 날카로운 화살촉이 빛과 함께 하늘을 향해 쏘아졌다.

숙! 수숙!! 쇄아아아아악--!!

수천 발의 화살이 일제히 하늘을 향해 쏘아졌고 그와 동시에 기다렸다는 듯 울카스 길드와 불멸회 그리고 아카데미의 마법사들까지 합쳐진 마법병대의 불꽃이 그 뒤를 따랐다.

화르르륵……!!

화살촉에 마법병대의 불꽃이 닿는 순간 화살촉이 맹렬하게 타올랐고 순식간에 수천 발의 불화살이 되어 네피림을 향해 날아들었다.

콱! 콰직……! 콰가각!!

네피림의 날개를 관통한 화살에서 붙은 마법 화염은 그대로 녀석들의 날개를 태웠고 네피림들은 당황한 듯 추락하기 시작했다.

"우리의 공격이 먹힌다……! 쏴라!!"

"상위 네피림이 아니라면 문제없다!!"

"인간의 저력을 보여줘라!!"

키누 무카리를 비롯하여 톰슨과 나인 다르혼 그리고 어느새 카딘 루에르까지 합류한 원거리 부대의 지휘관들은 각자의 부대를 향해 외치며 그들의 전의를 불태웠다.

"전군 전열!!"

드르르르르르……!! 철컥!!

성문의 도개교가 열리며 그 안으로 금빛 갑옷을 입은 금기사단을 선두로 제국의 기사단들이 일제히 말 위에서 검을 뽑았다. 제국 총기사단장이었던 벨린 발렌티온이 외쳤다.

"모두 들어라."

그는 무척이나 지친 얼굴이었지만 눈빛만큼은 맹렬하게 번뜩이고 있었다.

"우리는 패배했고 우리의 주군은 사라졌으며 우리의 나라는 없어졌다. 하지만 우리가 지켜야 할 백성은 여전히 이곳에 있다."

철컥-! 쿵!!

기사들이 자신의 검을 가슴에 가져다 댔다. 갑옷이 부딪히는 소리가 들렸다.

"나 역시 그러하기에 새로운 왕을 따르라는 말을 하지 않는다. 하나 그 역시 우리에게 충성을 강요하지 않는다. 우습지 않은가. 그의 눈에 우리의 힘은 보잘것없는 것일지 모르지."

벨린 발렌티온은 천천히 성안의 마을을 가리키며 말했다.

"하나 우리는 왕의 명령을 떠나 기사로서 해야 할 일이 있다. 그것이 무엇인지 너희들은 알겠지."

"네!!"

"싸우자. 절대로 성안으로 놈들이 침입하지 못하게 하라!!"

벨린 발렌티온은 황급히 고삐를 잡아당기며 말 머리를 돌리며 소리쳤다.

"진격하라!!"

와아아아아아아아……!! 와아아아아……!!

하늘에서 떨어지는 네피림의 함성만큼 지상에서 울리는 기사들의 외침이 대지를 흔들 정도로 떨려오기 시작했다.

"네놈들……!!"

4대 천사들은 생각했던 것 이상으로 거센 저항에 당황하면서 더 이상 카릴뿐만 아니라 인간군까지 막아야 하는 상황에 놓이자 그들은 어찌할 바를 몰랐다.

"마론, 카라논. 너희들은 네피림 1, 3군단을 이끌고 지상의 인간군을 섬멸하라. 그리고 엘라니온 너는 나머지 군단을 이끌고 저자를 막아라."

"주덱스께서는……."

"나는 신탁을 전파할 것이다."

그는 하늘을 가리켰다. 밤하늘에는 새하얀 빛이 오로라처럼 일렁이고 있었다.

"신탁이 내려지고 신의 말씀이 대지를 울리게 된다면 미천한 인간들은 명령을 따를 수밖에 없을 테니."

"알겠습니다."

"넵."

주덱스의 명령이 떨어짐과 동시에 그들은 제각각 흩어졌다.

"신을 받들겠습니다."

그는 오른쪽 손을 왼쪽 가슴에 얹고는 천천히 고개를 숙였다. 그러자 하늘에서 쏟아지는 빛이 그에게 집중되기 시작했다.

"막아라!!"

"누구도 주덱스 님의 곁에 다가가지 못하게 하라!!"

엘라니온은 대검을 들고 카릴을 향해 달려들었다. 그의 명령을 듣자 수백의 네피림이 일제히 카릴을 향해 날갯짓했다.

"누구 마음대로?"

그때였다.

"고작 너희 따위가 카릴을 막을 수 있을 것이라고 생각해?"

"……!!"

엘라니온은 등 뒤에서 들리는 목소리에 황급히 고개를 돌리며 대검을 그었다.

부우우웅……!!

놀랍게도 휘두른 대검의 넓은 면 위로 상반신이 드래곤의 비늘로 덮여 있는 밀리아나가 지면 위에 서 있는 것처럼 그의 검을 움켜쥐었다.

카극……! 카그그극……!!

두 팔을 감싼 비늘이 대검과 맞물리면서 마치 쇠가 갈리는 소리가 들렸다.

우지끈-!!

그녀는 엘라니온의 마력에도 아랑곳하지 않고 오히려 대검을 움켜쥔 손에 힘을 주었다. 그러자 놀랍게도 그의 두꺼운 대검 안으로 그녀의 손가락이 파고들기 시작했다.

"감히……!!"

엘라니온은 그녀를 떨어뜨리기 위해 대검을 이리저리 흔들었지만 오히려 그럴수록 그녀의 손가락이 그의 대검을 더욱 꽉 파고들었다.

쩌적……!!

두꺼운 대검이 뚫린 손가락을 중심으로 금이 가기 시작했다. 그녀는 움켜쥔 대검을 잡아당기며 그대로 몸을 날렸다.

"……!!"

네피림의 등 뒤에 매달린 그녀는 그대로 그의 목을 팔로 움켜잡았다.

"너희들이야말로 그의 곁에 다가갈 생각하지 마라. 커다란 비둘기 새끼들아."

"큭……!! 크륵!!"

엘라니온은 그녀를 떼어내려 했지만 예상치 못한 완력에 당황한 듯 그저 그녀의 두 팔을 잡아당기며 발버둥 칠 뿐이었다.

'무슨 힘이……!'

고작 인간 한 명을 떨어뜨리지 못한다는 것에 그는 당혹스러울 수밖에 없었다.

"처음 만난 놈 덕분에 내가 좀 이를 갈았거든."

그녀는 이를 바득 갈며 소리쳤다.

"디곤!! 보고만 있을 것이냐!! 기사단 녀석들에게 질 수 없다!! 전장에서 우리는 언제나 일착이었다!"

와아아아아아아아--!! 와아아아아아--!!

그녀의 외침에 이끌리듯 디곤이 그들의 말인 카르곤을 이끌고 질주하기 시작했다.

"너희가 무시하던 인간에게 발목을 잡힌 기분이 어때."

카릴은 네피림들 사이를 유유히 걸어 주덱스의 앞에 섰다.

"네피림의 지도자인 주덱스. 오직 너만이 신의 힘을 쓸 수 있지. 하지만 그런 너라도 신의 힘을 받들기 위해서는 의식을 치러야 해서 시간이 필요하지."

"……."

"과연 네게 신의 힘을 받아들일 수 있을 만큼의 시간이 주어질까? 신의 은총이 빠를지 아니면 내 검이 빠를지 한번 봐야겠군."

"네놈……."

카릴은 있는 힘껏 폴세티아의 검을 휘둘렀다.

그때였다.

[멈추어라.]

빛나는 머리카락, 빛나는 얼굴, 빛나는 전신. 눈이 부실 정도로 빛나는 모습에 오히려 현실감이 없어질 정도였다. 굳이 설명하지 않아도 자신을 막아선 빛의 인영이 율라의 현신이라는 것을 알 수 있었다.

"드디어 행차하신 건가. 모습을 보는 것은 처음이로군."

카릴은 앞을 바라봤다.

"시, 신이시여……!!"

주덱스는 몸 둘 바를 모르겠다는 듯 황급히 고개를 숙였다.

"퉷-"

그리고 카릴 역시 침을 뱉으며 신을 조우한 감상을 짧게 표현했다.

"여기!!"

그 순간 포물선을 그리며 날아오는 작은 보석 하나. 카릴은 그것을 낚아챘다.

신탁의 세 유물 중 마지막. 카릴은 물끄러미 자신의 손바닥 안에 있는 보석을 바라봤다.

"인간에게 내릴 신탁이 뭐지?"

보석을 움켜쥐며 그는 율라에게 말했다.

[불필요한 오해로 인하여 그대들이 싸우는 것에 참으로 비통하구나. 이제 곧 세계의 균열이 생기고 파렐이란 거대한 탑이 나타날 것이다.]

율라는 입을 열지 않고 마치 머릿속으로 말하듯 그 주위에 있는 모든 이들에게 그녀의 목소리가 들렸다.

[이것은 우리의 세계뿐만 아니라 차원의 전역에서 일어나는 대격변. 그대들은 서로에게 검을 겨누는 것이 아니라 함께 힘을 합쳐 싸워야 할 것이다.]

카릴은 그녀를 이글거리는 눈빛으로 바라봤다. 당장에라도 쥐고 있는 검으로 그녀의 목을 베어버리고 싶었지만 본체가 아니라는 것을 알았다.

"그래? 당신 말대로 이 세계의 위기라면 싸워야겠지."

"……뭐?"

예상치 못한 카릴의 대답에 오히려 주덱스는 놀란 듯 그를 바라봤다.

"하지만 같이는 아냐. 날개 달린 저놈들 대신에 차라리 천공성을 내놔. 그게 조금이나마 도움이 될 테니까."

그 순간 카릴은 입꼬리를 올리며 먹잇감을 바라보는 맹수의 눈빛으로 말했다. 그는 조금 전 케이가 던진 보석을 주덱스의 면전에 들이밀며 말했다.

"자, 천공성의 값으로 이걸 주지."

"미, 미친놈……!!"

주덱스는 어이가 없어 할 말을 잃고 말았다.

"감히 신의 앞에서 그따위 망발을 아무렇지 않게 내뱉다니……!!"

"망발? 난 단 한 번도 가벼이 말한 적 없는데."

쩌득-

카릴은 쥐고 있던 보석에 힘을 주었다.

"잘 들어. 난 언제나 진심이다. 네놈들과 농담 따먹기나 할 만큼 친하다고 생각하지 않거든."

그는 주덱스를 향해 말했다.

"내놓지 못하겠다면……."

그의 검에 오러가 맹렬하게 타오르기 시작했다.

"빼앗아야지."

"천공성을 빼앗는다?"

주덱스는 카릴을 내려다보며 말했다.

"말할 가치가 없는 미친놈이로군. 신께서 인간과 함께 타락을 멸하라 명하였으나 그 자리에 너는 없을 것이 분명하다."

카릴은 손가락으로 귀를 후볐다. 그러고는 후- 불면서 그를 바라보며 말했다.

"함께? 내 귀가 이상한 건지 아니면 네 혀가 이상한 건지 짚고 넘어가야 할 것 같은데."

"……뭐?"

"너는 정말로 우리와 함께 싸울 생각이 있었나? 신의 종속이라는 놈들이 거짓을 고하면 안 되지. 설령 본체가 아닌 허상에 불과하다 하더라도 신의 앞에서 시커먼 속내를 감추려 들어?"

그 순간 주덱스의 한쪽 입꼬리가 올라갔다.

"우리와 함께 싸울 수 있는 것을 영광으로 여겨라. 우리가 타락과의 전쟁에서 승리를 쟁취할 것이니."

콰직-!!

그와 동시에 카릴이 손을 들어 주덱스의 울대를 있는 힘껏 찍어 눌렀다.

"함께란 말, 하지 말라고 경고했을 텐데? 너희들은 인간을 그저 버러지로 알 뿐이지. 신의 족속? 은총을 받아 태어난 네 놈들은 인간을 그저 도구로밖에 생각하지 않지 않느냐!!"

충격에 뒤로 밀려나는 주덱스는 그의 어깨에서 피어오르는 살기를 느끼며 소리쳤다.

"감히……!! 인간 주제에!! 이제 곧 내려질 신탁과 타락을 쏟아낼 파렐이 이 세계를 끔찍하게 바꾸게 될 것임을 네깟 것이 알 리가 없지!! 소수라도 살아남기 위해서 너희들은 우리의 명령 아래 움직여야 할 것이다!"

"어디 한번 해봐."

카릴은 그의 일갈에도 기죽지 않고서 말했다.

"신의 은총이 네게 적용되기까지는 약 1초. 이후 술법이 성공하게 되면 대륙 전역에 있는 모든 네피림에게 그 힘이 흩어지기까지 약 4초."

"……."

주덱스는 넋을 놓은 듯 카릴을 바라봤다. 그도 그럴 것이 네피림의 육체에 신의 힘이 깃들기까지 걸리는 불과 몇 초의 순간을 정확히 꿰뚫고 있었고, 그 비밀은 오직 네피림과 신만이 알고 있는 것이기 때문이었다.

"과연 네게 5초라는 긴 시간이 아무렇지 않게 주어질 수 있을까?"

카릴은 폴세티아의 검을 안쪽으로 세워 마치 자신의 목을 베는 것처럼 허공을 그으며 말했다.

"죽고 싶으면 한번 해봐. 네 그 잘난 율라의 힘을 받기 전에 목을 베어 길바닥 쓰레기로 만들어줄 테니까."

"확실히 너는 강하다. 인간의 힘이 여기까지 도달할 수 있다는 것에 놀랄 따름이지."

주덱스의 어깨 위로 수증기 같은 아우라가 스멀스멀 뿜어져 나오기 시작했다.

"하지만 너 혼자서 무엇이든지 다 할 수 있는 것은 아니다. 어리석은 중생의 왕이여. 너는 그 무지를 간과했구나."

그의 몸이 점차 부풀어 오르는 것 같았다.

"네피림들에게 고한다. 지금부터 모든 군단은 흩어져 인간을 벌하라. 이 모든 행위는 신에게 대항한 벌이다!! 너 혼자서 대륙 전역에 흩어진 인간들을 모두 보호할 수는 없을 터!"

주덱스는 말했다.

"너의 만용으로 인하여 너의 백성들이 죽어가는 모습을 똑똑히 보아라."

"과연 그럴까?"

그 순간, 놀랍게도 반대로 기다렸다는 듯 카릴의 입가에 미소가 드리워졌다.

"예전에 내가 아는 녀석도 그런 소리를 했지. 전쟁은 혼자서 하는 것이 아니라고 말이야. 하지만 결국 내 손에 죽었지. 주덱스, 너는 네 그 세 치 혀로 언제까지 싸움을 할 거지? 인질? 그게 과연 내게 먹힐까."

"자신의 백성을 보호하지도 않는 자가 왕이라 스스로 말할 수 있는가!"

"누가?"

카릴이 검을 들어 올렸다.

"잘 봐라. 너희 네피림은 비록 날개를 가지고 있어 자유롭게 움직일 수 있다 하지만 그 날개보다 나의 목소리가 더 빠를 것이다."

츠아아아앙……! 츠아앙……!!

그러자 이스라필의 주위에 검은 마력의 폭풍이 일어나더니 그의 머리 위로 초대 마법인 우월한 눈이 나타남과 동시에 수십 개의 마경이 나타났다. 마경은 하늘을 뒤덮을 정도로 기하급수적으로 늘어나기 시작했고 각각의 마경에서는 대륙 곳곳의 도시와 마을의 풍경이 나타났다.

"놈……!! 놈을 막아라!!"

뭔가 이상하다는 느낌을 받은 주덱스는 그 모습에 당혹스러운 듯 소리쳤다.

[흥.]

그 모습을 바라보며 알른 자비우스가 손을 휘젓자 이스라필의 주위에 검은 거인들이 나타났다.

초대 마법(初代 魔法)-검은 거인.

[구스타브 놈 따위가 만든 마법을 쓰고 싶진 않지만…… 뭐, 방패막이 정도론 쓸 만하겠지.]

처음에 초대 마법을 익혔을 당시에만 하더라도 이스라필이 만들어낸 검은 거인은 거인이란 이름이 무색할 정도로 작은 인형 같은 크기였다. 하지만 지금의 거인들은 2m가 넘는 신장을 가졌으며 그 개수도 하나가 아니라 다섯이나 되었다.

[이제야 좀 쓸 만해졌군.]

알른은 카릴과 영혼 계약을 맺었지만 두아트를 통해 이스라필과도 계약을 했기에 그의 마력과 마법을 쓸 수 있었다.

알른은 지금까지 자존심 때문에 7인의 원로회였던 구스타브의 초대 마법을 쓰지 않았지만, 그는 지금을 이스라필의 능력을 확인해 볼 기회로 삼았다.

[우으으으으…….]

검은 거인들이 낮은 음성으로 울 듯이 소리치며 이스라필의 주위로 날아드는 네피림들을 막았다.

콰앙! 쾅!! 콰가가가강……!!

사방에서 터지는 폭음과 함께 알른은 카딘 루에르에게 말했다.

[너희들. 주색(朱色)의 위광(威光)이라 했던가? 결계진을 펼쳐라. 그나마 그 마법은 조금이나마 쓸 만하니까. 무슨 일이 있어도 이 애송이가 공격당하지 않도록 보호해라. 알겠느냐. 녀석에게 털끝만치도 상처를 입힌다면 애지중지하던 꼬마 놈의 시체는 가루가 될 것이다.]

"……알겠습니다."

카딘은 고개를 끄덕이며 스태프를 잡았다. 그의 모습을 보며 아카데미의 마법사들이 일제히 룬어를 외우기 시작했다. 그러자 붉은 커튼을 펼친 것처럼 카릴의 주위에 옅은 장막이 드리우며 이스라필의 주위를 한 번 더 감싸기 시작했다.

[너는 카릴의 말이 온 대륙에 전해지도록 집중해라. 지금부터 이 땅에서부터 저 하늘까지 그의 말이 전해져야 하니까.]

알른이 손을 뻗자 검은 연기가 응축되더니 기다란 지팡이가 나타났다.

쿠웅-!!

그는 있는 힘껏 바닥에 지팡이를 찍으면서 말했다.

[왕의 전언(傳言)이므로.]

"비룡부대 전기(全機), 남부 연안 도착 완료."

기수들은 저마다 쓰고 있던 투구의 안면 가리개를 아래로 내리며 비룡의 고삐를 잡아당겼다.

[크르르륵……! 칵!!]

[카아악!!]

비룡들이 날카로운 울음과 함께 상공에서 날갯짓하며 날고 있는 네피림들을 덮쳤다.

"상공에 네피림 확인!!"

"빨리도 왔군."

선두에 선 비룡 기수의 외침에 기수 대장은 코웃음을 치면서 말했다.

"전투 준비!! 지상에 도달할 수 있는 것은 오직 시체뿐일 것이다."

그의 말이 떨어짐과 동시에 모든 부대원이 일제히 네피림을 향해 날카로운 창을 찔렀다.

콰직--!!

날카로운 창날이 바람을 타고 네피림의 몸통을 꿰뚫었다.

"크악……! 카아악!!"

"죽어라!!"

비룡들이 네피림의 몸뚱이를 물어뜯었고 비룡 부대와 네피림들이 서로 뒤엉키며 떨어졌다.

"요격 시작."

와아아아아아아--!! 와아아아--!!

비룡의 날갯짓 소리가 기수들의 함성과 뒤엉키고 있었다.

탁- 타닥-!! 타다다닥--!!

노움국의 깊은 지하실. 얼마 전까지만 하더라도 공동 안에는 무장한 골렘들과 공학자들 그리고 노움들로 가득했었다.

하지만 지금은 아무도 없었다. 대신 크고 작은 공동엔 이제 아무것도 없었지만 단지 자판을 두들기는 소리만이 울렸다.

"재밌겠는걸."

윈겔 하르트의 주위로 수많은 버튼이 즐비했고 그는 보지도 않고서 그것들을 마치 모두 기억한다는 듯 두들기고 있었다. 그가 쓰고 있는 고글에는 알 수 없는 수치들이 잔뜩 나열되어 있었고 자판을 두들길 때마다 화면이 전환 되면서 놀랍게도 마치 우월한 눈이 연결되어 있는 것처럼 시시각각 보이는 장소가 변했다.

[마이스터(Meister), 골렘 시스템 연결 완료.]

[각 부대 시야 공유 완료.]
[모든 스테이터스 수치화 제공 가능. 부대 전열 상태 보고 드립니다.]

"좋아."

[마력 충전 수치 85%]
[수치 안정화.]
[골렘 가동 시스템 레볼(Revol)의 메인 코어 작동.]
[각 부대의 코어 수치를 올립니다.]

여기저기에서 들려오는 보고들. 윈겔은 쏟아지는 정보에도 불구하고 능숙하게 처리했다.

스아아아앙--!!

화면 속의 영상이 마치 실제로 날아가고 있는 것처럼 빠르게 느껴졌다. 윈겔은 마치 스스로가 골렘을 조종하는 것 같은 기분이 들었다. 하지만 보이는 것은 실제가 아닌 마경을 통한 화면들이었지만 그의 손에서 만들어지는 명령에 의해 움직이는 골렘들은 진짜였다.

쿵……!! 쿵!! 쿵!! 쿵!!

포나인을 건넌 마도범선에서 일제히 골렘들이 쏟아져 나오며 질주하기 시작했다.

철컥- 지이잉-

골렘들이 발걸음을 뗄 때마다 미약한 기계음이 들렸다. 어지럽게 움직이는 화면들을 바라보며 윈켈은 능숙하게 수십 기의 골렘을 동시에 움직였다.

"후우……."

놀랍게도 그가 앉아 있는 시트가 익숙해 보였는데 다름 아닌 레볼의 조종석을 떼어낸 것이었다. 백금룡과의 전투 이후 부서진 레볼을 수리하는 대신에 그는 레볼을 다른 방법으로 사용하였다.

다름 아닌 레볼의 시스템을 골렘 부대의 모든 골렘들과 연결시키는 것이었다. 즉, 그는 지금 레볼을 골렘 부대를 통솔하는 하나의 거대한 사령실을 만든 것이었다.

"주군께서도 아마 이건 예상하지 못하셨겠지."

그는 입꼬리를 올리며 빠르게 자판을 두들기며 말했다. 그러자 조금 전까지만 하더라도 모여 있던 골렘들이 일제히 흩어지며 사방으로 흩어지기 시작했다.

철컥! 우우우우웅……!!

그러자 골렘의 등 뒤에서 장착되어 있는 코어에서 새하얀 빛이 뿜어져 나오며 엄청난 속도로 질주하기 시작했다.

"네피림들…… 네녀석들의 날개가 빠른지 내 골렘의 다리가 더 빠른지 어디 한번 보지."

윈켈은 만족스러운 듯 고글을 벗으며 말했다.

"마도기병(魔道騎兵). 전군 공격 개시."

[크르르르르…….]

[크륵……크르륵……!!]

광활한 대지. 지면을 뚫고 뼈밖에 남지 않은 팔이 튀어나오더니 마치 시체가 공기를 마시는 듯 허리를 뒤로 활처럼 꺾었다. 그러자 뼈밖에 없었던 해골의 주위로 시커먼 붕대가 전신을 휘감았다.

[크르르…….]

시체는 마치 피에 굶주려 있는 것처럼 낮게 으르렁거리기 시작했다.

"장관이로군."

나인 다르혼은 자신이 만든 대규모 사자소환(死者召還)의 광경을 바라보며 만족스러운 듯 고개를 끄덕였다.

"누군가 죽어야 한다면 어차피 죽은 자들을 쓰면 되겠지. 네 피림 놈들, 시체의 썩은 핏물을 내어줄 테니 대신 나는 네놈들의 식지 않은 붉은 피를 받아 가겠다."

나인 다르혼은 클클 거리면서 말했다.

제국의 역사는 피의 길이라 해도 과언이 아니었다. 과거 제국의 황도였던 성 밖은 한마디로 전장임과 동시에 수많은 시체의 무덤이기도 했다.

"홍……."

그의 옆에는 케이 로스차일드가 서 있었다. 나인 다르혼이 타락을 주입시켜 만든 슬레이브란 특유의 언데드 위에 케이 로스차일드가 자신의 인형술로 그들의 관절을 엮어 더욱 빠르고 단단하게 만들었다.

[캬악!! 캬아악!]

[크아악……!!]

그러자 언데드라 믿을 수 없을 정도의 엄청난 속도로 시체들이 질주하며 상공에 있는 네피림들을 향해 달려들며 그들의 날개를 물어뜯기 시작했다.

콰아악……!! 콰드드득……!!

그리고 나머지 언데드들은 마치 성을 지키려는 듯 에워싸기 시작했다.

콰앙……! 콰강!! 콰가가가강……!!

이스라필이 만들어낸 우월한 눈의 마경의 화면 속에서 여기저기 전투의 광경이 선명하게 흘러나왔다.

"이게 무슨……."

일방적으로 쓸어버릴 것이라고 생각했던 네피림들의 공격이 거센 저항으로 밀려나는 것을 바라보며 그는 믿을 수 없다는 듯 중얼거렸다.

　"전쟁은 혼자 하는 게 아니라고? 네 말이. 맞아. 하지만 난 혼자 한다, 왜냐면 나 혼자 싸울 수 있도록 저들이 무대를 만들어주니까."

　카릴은 흔들리는 주텍스의 얼굴을 바라보며 말했다.

　스르룽-

　"나는 하나만 생각하면 돼. 네 목을 베는 것. 전쟁이란 생각보다 참으로 단순명료하지 않아?"

　"크윽……!!"

　주텍스는 부풀어 올랐던 육체를 있는 힘껏 끌어 올리며 카릴을 향해 주먹을 내질렀다.

　콰아아앙!!

　하지만 카릴은 폴세티아의 검으로 그의 공격을 튕겨내며 말했다.

　"모든 전장에 고한다."

　그의 목소리가 이스라필의 우월한 눈을 통해 전역에 울려 퍼졌다.

　"남김없이 쓸어버려."

▶**Chapter 5**◄

　주덱스가 손을 뻗자 그의 앞에 거대한 대검이 나타났다. 아래에서 위로 튕겨낸 검의 궤도가 번개처럼 지그재그로 흔들렸다.

　그가 대검의 날을 천천히 손바닥으로 쓸면서 룬어를 읊었다. 그러자 검날이 붉게 빛났다.

　콰아앙--!!

　주덱스의 대검이 카릴의 폴세티아의 검을 막았다. 그가 어깨를 가볍게 튕기자 날카로운 풍압과 함께 카릴을 밀어냈다.

　"놈!!"

　그가 검을 머리 위로 들어 올렸다. 그러자 빛의 구체가 응축되더니 수십 발의 화살이 원을 그리며 카릴을 포위하듯 쏘아졌다.

　서걱-! 사사사삭--!!

카릴이 검을 들어 자신을 향해 쏟아지는 빛의 화살을 갈랐다. 검의 궤도를 따라 그의 양옆으로 폭발이 일어나며 화살들이 터졌다.

타다닥……!! 타닥!!

카릴이 폭음을 뚫고 앞으로 달려 나갔다. 하지만 조금 전 폭발했던 빛의 화살들은 오히려 잘려 나가 본래 숫자가 배가 되어 다시금 카릴의 뒤를 노렸다.

"조심……!!"

밀리아나가 그 모습을 보며 황급히 외쳤다.

"흐아압!!"

그녀가 두 팔을 들어 올리자, 양팔의 비늘이 마치 방패처럼 넓어지면서 카릴을 노리는 빛의 화살을 막았다.

쾅! 쾅!! 콰가강!!

밀리아나는 쏟아지는 화살에 비틀거리면서도 카릴의 뒤에서 물러서지 않았다.

"쓰레기 놈들!!"

주덱스는 자신의 공격을 막아선 밀리아나를 바라보며 으르렁거리듯 외쳤다.

챠르르륵……!!

그 순간 그녀를 노리는 주덱스의 대검이 날아오기 전, 거대한 대검에 두꺼운 쇠사슬이 감기더니 검이 아래로 쿵! 하는 소리와 함께 떨어졌다.

"잡아당겨!!"

에이단의 외침에 스나켈들이 있는 힘껏 주덱스의 검을 감은 쇠사슬을 잡아당겼다. 팽팽하게 당겨진 쇠사슬 위로 에이단이 달리며 대검과 쇠사슬이 묶인 부분 앞에서 뛰어올라 양발로 주덱스의 목을 감싸며 어깨 위에 올라탔다.

서걱-! 슉! 슉!! 파팟……!!

에이단이 양손에 들린 뇌격과 뇌전, 두 자루의 쌍검으로 주덱스의 척추를 타고 내리며 검을 수십 번 찔러 넣었다.

"크악……! 크아아아악!!"

주덱스의 목덜미에서부터 등을 타고 허리 아래쪽까지 검을 박아 넣은 에이단은 앞구르기를 하듯 바닥에 착지하며 빠르게 사라졌다.

퍼엉-! 펑-!!

그의 신체가 사라지는 듯싶더니 어느새 주덱스의 커다란 날개 뒤편에 나타났다.

"흡……!"

에이단은 숨을 참으면서 검날을 주덱스의 날갯죽지 안으로 검을 찔러 넣었다.

퍼엉-! 펑!!

계속해서 검을 박아 넣던 그가 다시 한번 몸을 움직이자, 마치 그림자 속으로 숨어들어 순간이동을 하는 것 같은 느낌이었다.

꽈득-

인간의 한계를 초월한 속도였음에도 그는 자신의 속도에 아직 만족하지 못하는 듯 이를 악물었다.

초후술(超吼術) 4단계 각성, 축영(縮影).

그 순간 에이단의 형체가 1단계 운령처럼 흐릿하게 사라지더니 2단계, 귀형의 모습처럼 얼굴이 검게 변하며 한계 이상의 속도를 뿜어내더니 주덱스의 등과 날개가 만들어낸 그림자 사이로 자유자재로 움직였다.

꽈가가강--!!

검게 변한 얼굴의 이마부터 양쪽 뺨을 지나 턱까지 붉은색 문신이 떠오르는 순간, 에이단의 모습이 완벽하게 사라졌다.

속도마저 뛰어넘은 극한(極限). 동방국의 주인이자 초후술의 계승자였던 사이몬 코덴은 초후술의 3단계까지밖에 익히지 못했었다. 마찬가지로 초후술을 익히지 못했던 에이단이 사이몬 코덴을 이길 수 있었던 이유는 초후술마저 뛰어넘었던 속도인 축지 때문이었다.

에이단은 자신의 비기이자 그가 유일하게 소드 마스터를 뛰어넘을 수 있는 것 역시 속도라는 것을 알고 있었고, 그랬기에 그 무기를 극한으로 끌어올렸다. 그것이 초후술의 원주(原住)도 도달하지 못했던 4단계의 영역에 발을 들여놓을 수 있었던 이유였다.

[드래곤의 땅에서 뒹굴 보람이 있군.]

알른 자비우스는 그 모습을 보며 옅은 미소를 지었다.

콰직-! 콱! 콱!! 콰가가각--!!

보이지 않는 엄청난 속도로 에이단이 주텍스의 어깨에서부터 팔, 허리, 허벅지, 발목 할 것 없이 전신에 휘몰아치듯 검을 쑤셔 넣었다. 수천 개의 바늘이 찌른 것처럼 주텍스의 몸에 붉은 핏물이 맺혔고, 새하얗던 날개는 순식간에 시뻘건 핏빛으로 번졌다.

"좋았어!!"

스나켈들은 그의 공격에 환호성을 질렀다. 에이단은 어느새 그들의 중심에 서 있었다.

카릴과의 만남 이후, 그의 삶은 완전히 변했다. 음지에서만 활동했던 암살자라는 존재가 이제는 양지에서 사람들의 중심에 서 있게 된 것이다.

"네놈……!!"

아찔한 고통에 주텍스는 이를 악물며 에이단을 향해 소리쳤다.

부-우-우-우-웅--!!

주텍스가 쇠사슬에 감겨 있던 대검을 들어 올리며 그를 향해 가로로 힘껏 베었다.

"으악……!"

"으아아악……!!"

주텍스가 두꺼운 쇠사슬이 묶인 대검을 휘두르자, 그 끝에서 쇠사슬을 붙잡고 있던 동방국 정예 살수들인 스니켈 중 일부는 그 힘에 튕겨 나갔고, 나머지 몇몇은 쇠사슬을 붙잡은 채로 나뒹굴었다.

차르르륵……!! 촥!!

대검을 피하며 공중으로 도약한 에이단의 다리에 대검에 묶인 쇠사슬이 감겼다.

"……!!"

주덱스가 대검을 머리 위로 들어 올리고는 아래로 후려치듯 베자, 쇠사슬에 묶인 에이단의 몸이 그대로 곤두박질쳤다.

콰가가가가강……!! 콰강……!!

대검을 한 바퀴 휘두르자 바닥에 내리꽂힌 쇠사슬이 마치 채찍처럼 난동을 피웠고 주위에 있던 성벽의 기둥들이 사정없이 부서졌다.

"괜찮아?"

"……신세를 졌군."

하지만 놀랍게도 쇠사슬의 끝은 이미 잘려 있었고 붙잡혔던 에이단의 어깨를 주크 디 홀드가 붙잡고 있었다.

"조금만 더 했으면 닿을 수 있을 것 같았는데……."

에이단은 아쉬운 듯 입술을 깨물었다.

"아무리 해도 주군의 발치에도 못 미치나 보군."

쇠사슬에 감겼던 그의 다리가 사정없이 바스러져 있었다. 하지만 그런 그를 보며 주크는 쩝- 하고 입술을 내밀며 말했다.

"나도 너만큼 강했으면 좋겠군."

"……뭐?"

"그럼 같이 녀석에게 한 방 먹였을 텐데."

인간은 목표를 두면 성장한다. 하지만 그 목표가 아무리 발버둥을 처도 도달할 수 없는 영역이라면 포기를 하고 만다. 대부분의 사람은 카릴을 보고 경쟁심보다는 절망감을 더 느꼈다.

검술, 마력 그리고 정령까지. 그야말로 유아독존의 위치에서 있는 그를 보면 대륙의 강자들마저 자신의 실력이 미천하게 보일 뿐이었으니까.

하지만 에이단은 달랐다. 누구보다 오래 카릴을 봐왔던 그였기에 스스로 느꼈던 때도 있었지만, 그것을 뛰어넘어 포기하지 않았다. 그리고 축지라는 자신의 기술만으로 끝내 소드마스터의 경지에 올랐고 이제는 그 영역을 뛰어넘으려고 하고 있었다.

노력의 산물. 모든 걸 잘할 순 없지만, 자신이 잘할 수 있는 단 한 가지를 갈고 닦은 결과.

아이러니하게도 사람들은 카릴의 위대함보다 에이단의 노력에서 자신들도 강해질 수 있다는 희망을 찾았다.

에이단은 그녀의 말에 자신도 모르게 엷은 미소를 짓고 말았다.

"벌레들이 모여봐야 벌레일 뿐!!"

주덱스는 두 사람을 바라보며 역겹다는 표정을 지으며 검을 내질렀다.

턱-

그 순간, 공중으로 도약한 카릴이 주덱스의 얼굴을 움켜쥐었다.

"그래, 내 눈에도 그리 보인다."

쩌쩍……!! 쩌저저저적……!!

폴세티아의 검을 주덱스의 쇄골 옆쪽으로 찔러 넣자 그의 몸이 마치 감전이라도 된 것처럼 부르르 떨었다.

"천년빙동에서 내가 본 것을 봤다면 너희들은 마냥 율라를 맹신하지 않았을지도 모르지."

"……큭, 크윽!!"

주덱스는 카릴이 박아넣은 검을 뽑기 위해 힘겹게 손을 뻗었다.

퍼억-!!

하지만 그 순간 카릴이 주덱스의 등 뒤를 뛰어넘어 에이단이 검을 찔러 넣었던 그의 척추에 주먹을 내질렀다.

퍼억……! 우드득!!

뼈가 부서지는 소리와 함께 주덱스의 허리가 뒤쪽으로 활처럼 꺾였다.

"커억!!"

주덱스의 입에서 붉은 피가 터져 나왔다. 공중으로 떠오른 거인을 한 팔로 들어 올리며 손바닥을 튕긴 후 카릴이 손을 휘저었다.

"그의 눈엔 너희들 역시 벌레일 뿐이니까."

그러자 얼음 발톱과 라크나가 그의 손이 움직이는 방향대로 날아오르며 주덱스의 양쪽 옆구리에 꽂혔다.

"크아아악……!!"

그의 비명을 들으며 카릴은 다시 한번 손을 휘저었다. 그러자 허리에 꽂혔던 두 자루의 검이 뽑히며 다시 한번 공중을 날아오르더니 이번엔 두 다리에 박혔다.

"이런 것으로……! 내게 고통을 줄 수 있을 거라 생각하느냐!!"

주덱스가 양팔을 들어 올리며 힘을 주자, 부러진 허리가 순식간에 재생되었고 그는 자신의 다리에 박힌 검을 뽑아내며 소리쳤다.

"나는 신의 선택을 받은 존재이다……!!"

철컥-!! 드르르륵……!!

그 순간, 주덱스의 외침과 동시에 천공성이 움직이기 시작했다. 천공성에 솟아 있는 4개의 탑이 아래로 꺾이면서 마치 포신처럼 탑의 끝이 카릴을 향했다.

[카릴, 조심해라. 천공포격(天空砲擊)이 온다.]

라미느의 말에 카릴은 알고 있다는 듯 고개를 끄덕였다.

우우우웅……! 우웅……!!

탑의 끝에 응축된 빛의 힘이 느껴졌다. 네피림만이 쓸 수 있는 광휘력(光輝力)이었다. 포신에서 모이는 힘은 그저 바라보는 것만으로도 닭살이 돋을 정도로 전율이 느껴졌다.

"날 쏘겠다고? 그럼 너도 포격의 범위 안에 들어갈 텐데."

"멍청한 놈……!! 네피림은 빛의 힘에 타격을 입지 않는다. 멸살당하는 것은 오직 인간뿐! 너희들에게는 기회가 없다. 그저 신탁을 받들 뿐이다!!"

"그래?"

그때였다. 포격이 일어나기 바로 직전, 카릴은 주덱스를 뒤로한 채 탑을 향해 달렸다. 바닥에 팅기듯 구르는 주덱스가 탑을 향해 달려가는 그를 향해 소리쳤다.

"막아!!"

탑을 조종하는 수정구 앞에 있던 네피림들이 황급히 카릴을 향해 검을 뻗었다. 하지만 4대 천사들도 상대할 수 없는 그를 고작 네피림의 수비병들이 막아낼 리 만무했다.

서걱-!!

폴세티아의 검이 움직일 때마다 네피림의 사지가 하나둘 반토막이 나며 쓰러졌다.

"……미친!! 쓸데없는 짓을! 천공성을 인간이 조종할 수 있을 리가 없다!!"

주덱스는 카릴의 모습에 당혹스러운 듯 외쳤다.

"네피림이 가지고 있는 광휘력. 그것은 다른 말로 하면 빛의 힘이기 동시에 신이 가진 힘의 속성이지."

철컥……! 우우우우웅……!!

천사들의 시체를 밟고서 카릴이 수정구 위에 손을 얹자 놀랍게도 마치 네피림들이 조종하는 것처럼 탑의 포신이 주덱스를 향했다.

"빛의 속성을 가진 존재는 신만이 아니거든."

마치 날개가 생긴 것처럼 카릴의 주위에 새하얀 망토 같은 것이 일렁였다.

"라시스……."

그 형상이 누구의 것인지 알고 있기에 주덱스는 자신도 모르게 그 이름을 내뱉고 말았다.

콰가가가가가……!!

첨탑에 응축된 빛이 주덱스를 덮쳤다.

"빛의 힘이 있다 한들 천공포격이 네피림들에겐 통하지 않는다는 것을 모르는가!!"

오히려 그 빛을 향해 주덱스는 뛰어들었다.

"그러니까."

하지만 그런 그를 향해 카릴은 심드렁한 목소리로 대답했다.

"내가 가진 속성은 빛만이 아니라니까."

"……?!"

"크륵……! 크르르륵……!!"

주덱스는 왼팔과 어깨 그리고 상체의 절반가량이 포탄에 파괴된 채 비틀거리며 서 있었다.

"정말 괴물 같은 재생력이로군."

카릴은 포탑 위에 앉아서 팔짱을 낀 채로 질린다는 표정으로 고개를 저었다.

"어, 어떻게⋯⋯."

마치 괴물에 물어뜯긴 것처럼 너덜너덜한 살점이 달려 있는 상태임에도 불구하고 그는 죽지 않고 비틀거리는 두 다리로 서 있었다.

"2대 광야의 힘을 모두 내가 쓸 수 있다는 것을 넌 몰랐나? 그러면서 나와 싸우려 했다니. 오만이 하늘을 찌르는군."

카릴은 그를 바라보며 코웃음을 쳤다.

"고작⋯⋯! 너 따위 존재가 위협이 될 것이라 여기느냔 말이다!! 나를 죽일 수 있는 존재는 오직 신뿐이며, 내가 따르는 존재 역시 신뿐이다!!"

"인정한다. 확실히 벌레들의 왕답군. 네 녀석의 질긴 목숨은 바퀴벌레보다 더하니 말이야."

꾸르륵⋯⋯ 꿈틀⋯⋯.

부서진 육체 위로 근육이 새로이 생성되는 듯 뭉글거리는 살점들이 차오르기 시작했다.

[이대로는 끝이 안 나겠어. 어떡하지?]

알른 자비우스는 다시 재생되는 주덱스의 모습을 보며 혀를 찼다.

"네피림은 신의 족속. 그들은 일부지만 신의 힘을 가진 종족이지."

[그래, 빛의 족속들이지. 그리고 너는 두아트의 힘으로 녀석을 공격했다. 하지만 증폭된 탑의 힘으로도 녀석을 죽일 수 없었어.]

카릴의 말에 알른이 대답했다.

"걱정할 필요 없다. 나는 녀석에게 실험을 해봤을 뿐이야. 그리고 실험은 성공했고. 어둠의 힘이 녀석들에게 타격을 줄 수 있다는 것을 확인했으니까."

[네피림의 목숨은 오직 타락의 힘만으로 끊을 수 있으니까. 타락의 속성과 가장 가까운 정령이 두아트이기 때문이지.]

폭염왕 라미느가 그의 말에 대답했다.

"그래. 나는 백금룡이 라시스의 힘을 얻으려고 했던 이유가 뭔지 생각해 볼 필요가 있었지. 녀석이 정말로 신이 되고자 했다면 신과 똑같은 속성인 빛의 힘만으로는 부족한 일이다. 신좌는 오직 하나뿐이며 그 자리를 얻기 위해서는 주인을 몰아내야 할 테니까."

카릴은 서서히 재생되어 가는 주덱스를 바라보며 나지막하게 말했다.

"녀석은 라시스의 힘으로 신좌에 오르려는 것이 아니었어. 오히려 그 반대다."

저벅- 저벅- 저벅-

그는 천천히 걸음을 옮겼다.

"크…… 크윽……!"

주덱스는 부서진 신체를 재생하기 위해 안간힘을 썼다. 하지만 두아트의 암흑이 자라나는 근육들 사이로 스며들며 녀석을 옭아매며 회복을 막았다.

"백금룡, 그 녀석도 천년빙동의 비밀을 알고 있었던 게 분명해. 이 힘을 제어하기 위해서 라시스의 힘이 필요했던 것뿐이야."

그 순간 에메랄드빛으로 물들어 있던 폴세티아의 검이 다시한번 잿빛으로 변했다.

"타락(墮落)."

스르릉-

카릴은 주덱스를 향해 검을 겨누었다.

[네피림의 수장이 네게는 확실한 신살(神殺)의 방법을 찾기 위한 실험 발판에 불과했다는 말이냐. 정말 지독한 녀석이란 말이지.]

알른은 카릴의 말에 클클거리며 웃었다.

"네피림, 네가 신을 따르는 존재라면 너는 이제 이 힘 앞에 무릎을 꿇어야 할 것이다."

"감히 인간 따위가……."

날카로운 검날을 바라보며 주덱스는 검 끝에서 흘러나오는 오러가 이번에는 진정으로 자신을 죽일 수 있음을 직감했다.

"그래, 감히 인간 따위지."

주덱스는 새카맣게 물든 폴세티아의 검이 카릴의 머리 위로 세워지자, 마치 거대한 탑이 우뚝 선 것 같은 기분이 들었다.

"말도 안 돼……."

꿀걱-

그는 자신의 눈을 의심하며 두 눈을 비볐다. 거대한 탑의 형상이 바람에 쓸려가듯 사라지며 그곳에 카릴의 검이 곧게 내리그어졌다.

"왜냐면 이건 인간만이 쓸 수 있는 신의 힘이자 신살(神殺)의 힘이니까."

쩌적…… 쩌저적……!

그 순간, 주덱스의 몸이 머리에서 발 끝까지 정확히 반으로 갈라졌다.

"몰아쳐라!!"

"적을 살려두지 마라!!"

하늘을 뒤덮은 비룡부대의 드레이크들이 일제히 네피림을 향해 불을 뿜었다.

쿠그그그그……!! 쿠그극……!!

맹렬한 전투가 이어지는 와중에 갑자기 전선의 상공에 먹구름이 잔뜩 끼기 시작했다. 먹구름은 소용돌이처럼 휘몰아치기 시작했고 태풍의 눈처럼 뚫린 한가운데의 구멍에서 새하얀 빛이 쏟아지기 시작했다. 그 빛 아래에 놓여 있는 천공성을 바라보며 네피림들은 혼란스러운 표정을 지었다.

"천공성이 무너진다……?"

"어째서?!"

4대 천사들은 하늘에서 쏟아지는 빛의 의미를 알고 있었다. 천공성의 제어가 무너졌을 때, 자신들의 차원인 천계로 돌아가기 위해 강제 소환이 될 때 일어나는 보호 마법이었기 때문이었다. 그들은 주텍스가 지키고 있을 천공성이 무너진다는 것은 상상조차 해본 적 없었다.

주텍스란 존재가 어떤 것인가. 4대 천사 중 나머지 3명과 달리 주텍스는 네피림을 이끄는 수장이자 신에게 엄선된 유일무이한 존재였다. 그렇기에 주텍스에 오른 자는 자신의 이름을 버리고 오로지 심판자(審判者)를 뜻하는 그 이름으로만 불리는 것이었다.

그런데…… 지금 네피림의 최강자가 있는 천공성이 더 이상 인간계에서 형체를 유지할 수 없어 강제 소환이 되려 한다는 것은 곧 그의 죽음을 의미하는 일이었다.

마론 날개가 불안하게 흔들렸다.

"후…… 후퇴하라!! 천공성으로……!! 아, 아니……! 차원문으로 가라! 닫히기 전에 저 안으로 들어가야 한다!!"

그는 뒤도 돌아보지 않고 먹구름 가득한 상공을 향해 날아갔다. 자신의 목숨 이외에 천공성의 붕괴도 수장의 안위도 머릿속에 더 이상 남아 있지 않은 듯 보였다.

"쫓아라!! 한 놈도 경계를 넘어가지 못하게 하라!!"

비룡부대는 도망치는 네피림들을 향해 공격하기 시작했다. 조금 전까지만 하더라도 팽팽했던 전선은 순식간에 무너지기 시작했다.

"으악……! 으아악……!"

"아아아악……!"

사방에서 들려오는 네피림들의 비명과 함께 추락하는 그들의 시체가 대지를 가득 채우기 시작했다.

그리고 그건 다른 전장도 별반 다르지 않았다.

[골렘 부대 진격 완료!! 언덕까지 전선을 밉니다!]

[포나인 강습부대 네피림 진압 완료!!!]

[적의 군세가 급격히 빠집니다!]

여기저기에서 밀려드는 보고에도 당황하지 않고 윈겔 하르트는 빠르게 부대를 운용했다.

"주군께서 자리를 비우신 동안 앤섬 경께서 네피림 요격을 위해 만든 배치라던데…… 과연 전쟁의 천재라 불릴 만하군."

그는 혼자서 즐거운 듯 입술을 씰룩였다.

골렘을 조종해 본 적 없는 앤섬이 골렘 부대 각각의 특성을 정확히 고려해서 배치했기 때문이었다.

즉위식이 거행된 후, 윈겔은 일부의 골렘부대를 제외하고 그

동안 연습해 왔던 대로 골렘들을 전시(戰時) 상황에 맞게 대열을 정비했다. 그건 카릴이 천년빙동에 가기 전에 그에게 미리 언질을 해둔 일이었다.

하지만 모두가 참석해야 할 가장 중요한 행사인 즉위식에 자신을 제외한 것도 모자라 주력 골렘 부대를 엉뚱한 곳에 배치하라는 앤섬의 명령에 윈켈은 의아한 생각이 들었었다.

하지만 천공성이 나타나고 우월한 눈을 통한 카릴의 명령이 떨어지자 윈켈은 앤섬 하워드와 카릴의 전술에 전율을 느꼈다.

[대공 골렘 부대 피해 보고!]

[1, 3분대 골렘 피격으로 자리에서 대기 중입니다.]

"기사들은?"

[모두 무사합니다. 피격당한 골렘들 역시 완파된 것이 아니라 수리 가능할 것으로 보입니다.]

"좋아."

고글의 상단에 부대장들의 보고와 함께 현황이 차례차례 나오고 있었는데, 최강의 종족 중 하나인 네피림을 상대하는 데도 그들의 피해는 그리 크지 않았다. 윈켈은 자신이 개량한 골렘들이 네피림에게 충분히 타격을 줄 수 있는 전력이 되었다는 것에 마도공학자로서 흐뭇할 따름이었다.

"하긴, 이게 다 주군이 있기에 가능한 작전이겠지. 천공성이 빠르게 무너지고 주군께서 주덱스가 네피림들에게 신의 힘을 전송하지 못한 덕분이니까."

하지만 자만하지 않았다.

그는 빠르게 수십 개의 버튼을 누르며 말했다.

"빛의 힘을 내려받지 못한 녀석들은 그저 커다란 날개를 가진 하피와 다를 바 없으니까."

마치 스스로에게 다그치듯 중얼거렸다.

"아직은 부족해."

그는 빠르게 변화하는 골렘 부대의 수치들을 바라보며 생각했다.

"저들은 그저 문지기에 불과하니까."

천천히 고개를 돌렸다.

"진짜 적은 따로 있어."

그러자 거대한 공동 아래에 있는 검은 거신의 눈동자에 그의 시선이 멈추었다.

"아쉽게도 이번엔 미완이라 쓰지 못했지만…… 다음 전장에선 다를 거다."

철컥-!

우우우우웅…….

거대한 공동에 있는 장비들이 마치 그의 말에 대답이라도 하는 듯 움직이기 시작했다.

"널 그저 용 살해자(Dragon Slayer)에 머물게 놔둘 순 없지. 더 이상 드래곤 따위는 보잘것없는 상대가 되어버렸으니까."

그 순간, 아스칼론의 주위에 있는 수많은 기중기와 철조물에 매달려 있는 새하얀 부속품들이 하나둘 골렘에게 마치 갑옷을 입히듯 맞춰지기 시작했다.

"내 평생을 바쳐 만든 레볼을 희생시킨 대가를 톡톡히 치르도록 할 테니까."

윈겔 하르트는 쓴웃음을 지었지만, 어느 때보다 공학자로서 눈을 빛내고 있었다.

"신에게 가장 먼저 한 방 먹이는 건 우리가 될 거야."

그는 네피림 전(戰)에서의 승리를 만끽할 여유도 없이, 자신에게 주어진 새로운 과제를 해결하기 위해 앞으로 수많은 날을 밤낮없이 지새우게 되리라 생각했다.

우우우우우웅…….

천공성의 코어에서 들리는 옅은 시동음을 들으며 카릴은 천천히 눈을 떴다. 그의 옆에는 자신의 죽음을 끝내 인정하지 못한 듯 눈도 감지 못한 채로 죽은 주덱스의 시체가 양분되어 너부러져 있었다.

[설마 했는데…… 정말로 천공성의 시스템을 장악할 줄이야. 역시 내 눈은 틀리지 않았어.]

알른 자비우스는 카릴의 모습을 보며 만족스러운 듯 고개를 끄덕였다. 그는 카릴이 비록 마력을 가지지 않고 태어난 태생이지만 누구보다 마법에 대한 이해도도 뛰어난 천재라는 것을 알고 있었다. 그렇지 않았더라면 자신의 비전술을 익힐 수 있을 리가 없었으니까.

[빛의 속성만으로 움직이는 천공성의 제어를 라시스의 힘으로 속이고, 천공성을 움직이는 데 필요한 마력을 백금룡의 용마력으로 대체한다……. 네피림이란 족속들의 꼴이 우습게 되었군. 자신의 요새가 신력이 아닌 마력으로 움직이게 되다니 말이지.]

알른의 말에 카릴은 옅은 미소를 지었다.

[하지만 말이 쉬운 일이지, 코어를 제어하고 혈맥처럼 복잡한 천공성의 배관로에 마력을 보내는 건 머리와 몸이 따로 움직이는 것과 같지. 두 가지를 동시에 해내야 하는 일이야.]

"당신에게 칭찬을 받을 날도 있군."

[나는 언제나 너를 대단히 여겼다. 단지 네가 좀 더 위로 올라가기 위해 채찍을 들 사람이 나뿐이었기 때문이지.]

그는 어깨를 으쓱했다.

[뭐, 일찌감치 마법의 영역마저 나를 뛰어넘은 지 오래지만 말이다.]

"당신에겐 항상 고맙게 생각하고 있어. 내게 평생을 쌓아 온 지식의 보고를 전수해 준 것도 그렇지만, 단순히 지식뿐만 아니라 내게 동등한 위치에서 첨언을 하는 유일한 사람이니까."

[클클…… 나야 죽을 목숨이 더 이상 남아 있지 않으니 그

렇지.]

알른은 별거 아니라는 듯 말했지만, 그의 존재가 카릴에게 있어서 올바른 길을 갈 수 있게 해준 좋은 나침반과 같다는 것을 카릴은 잘 알고 있었다.

[보아라. 네가 지킨 도시다.]

알른은 천공성 아래에 보이는 거대한 도시를 가리키며 말했다.

[앞으로 지켜야 할 도시이기도 하겠지.]

그는 감회가 새로운 듯 말했다. 한때는 배신자란 오명과 함께 7인의 원로회의 무덤에서조차 버림받았던 알른이었다. 하지만 지금은 나머지 원로회들은 무덤에서도 꿈도 꾸지 못할 대륙의 새로운 역사를 바라보고 있었다.

"그래, 지금 이 순간에도 말이지."

카릴은 천천히 고개를 들었다. 그의 눈에는 주덱스의 시체를 물끄러미 바라보는 빛무리가 들어왔다. 빛은 여전히 인간의 형상을 하고 있었는데, 주덱스는 카릴의 검에 갈라지기 직전 힘겹게 그 빛을 향해 손을 뻗은 채로 최후를 맞이했다.

끝까지 신을 찬양하던 천사의 죽음에 어울리는 모습이었지만, 그와는 달리 죽어가던 주덱스에게 율라는 일말의 감정 따위도 없어 보였다.

"너 따위에게 우리의 땅을 내어 줄 수 없다."

카릴은 율라의 형상을 향해 으르렁거리듯 말했다.

[참으로 이상하구나.]

주덱스가 죽을 때에도 관여하지 않던 형상이 처음으로 카릴을 향해 말했다.

"그대는 어찌하여 신탁을 받들지 아니하는가."

우우우우웅…….

빛무리에 감싸져 있었던 형상이 점차 인간의 형태로 뚜렷하게 나타났다. 동시에 지금까지 머릿속에서 울리던 목소리가 변하더니 마치 육성으로 말하는 것 같았다.

카릴은 마치 율라가 단둘만이 이야기를 나누고 싶어 하는 것 같은 느낌을 받았다.

"그래 봐야 보는 눈이 많은데."

"정령왕과 마스터 키인 마엘은 나와 함께 신화 시대를 살았던 자들이니 개의치 않는다. 마도 시대의 마법사의 영혼은……."

율라는 카릴을 바라봤다.

"그대와 영혼이 이어져 있으니 논외로 두지."

"꼭 사람 같군."

카릴의 말에 율라는 고개를 갸웃거렸다.

"말하는 투가 마치 인간 같다는 말이다. 지금까지 너는 신탁을 통해서만 우리와 소통을 했으니까. 아니, 명령했으니까."

그를 바라보는 율라의 눈썹이 가볍게 흔들렸고 카릴은 그 찰나의 변화를 놓치지 않았다.

"주덱스가 살아 있었을 때도 그랬지. 그런데 그가 죽고 나자 너는 모습을 바꿨군. 지금의 행동거지 하나하나는 인간이라고 해도 믿을 만큼 자연스러워."

"신의 언어로 대화를 나누는 것은 인간이 감당하기에 어려운 일이니까. 그대를 위해서라도 이 모습으로 현신하는 것이 나을 터."

"그럼 주덱스를 죽게 놔둔 것도 나를 위해서인가?"

카릴은 기다렸다는 듯 말했다.

"어째서 녀석을 죽게 내버려 뒀지?"

"그대가 알고 있는 그대로다. 네피림은 나의 은총을 받은 유일한 종족이나 신의 힘이 내려 적용되기까지는 약간의 시간이 필요하다."

"고작 1초."

"그래. 하나 그 1초의 여유를 그대는 주덱스에게 주지 않았지. 그것이 그의 패착이다."

"너의 말을 전하러 온 네피림이다. 그가 죽는다는 것은 신탁의 불이행을 뜻하는 것인데도?"

"신은 다른 계에 직접적인 영향을 끼쳐선 안 된다. 그것이 태초의 규율이다."

카릴은 율라의 형상을 바라보며 웃었다.

"하, 하하……! 역시."

그가 손으로 이마를 짚고서 허리를 꺾으며 박장대소를 하자 율라는 내뱉던 말을 멈추었다. 빛이 나는 얼굴 때문에 표정을 정확히는 읽을 수 없었지만, 그는 분명 인상을 찡그리는 것 같았다.

"내 생각대로야. 정말로 인간을 닮았어."

"내가 너희를 만들 때 나의 형상을 본떴으나 그 오만방자함은 주지 않았거늘. 아둔한 욕심이 결국 너희를 멸망으로 이끌게 될 것을 모르는가."

"신령대전 때처럼 말이지."

웃음기 가득했던 카릴의 얼굴이 싸늘하게 변하며 율라의 형상 앞으로 걸어갔다.

"글쎄…… 내 생각은 다른데."

"……뭐?"

"내가 너에게 인간답다고 한 이유는 단지 지금의 외형 때문이 아니야. 그렇다고 살갑다는 뜻은 더더욱 아니지."

그는 율라를 꼿꼿하게 바라봤다.

"규율? 내가 처음 정령왕들을 만났을 때도 그들은 규율에 얽매여 있었지. 그리고 그건 너 역시 마찬가지."

"당연한 일이다. 그것은 태초부터 내려온 맹약이니까."

"그래서야."

카릴은 율라를 향해 말했다.

"내가 너에게 인간답다고 말한 것은 네가 불완전하다는 뜻이니까. 태초(太初). 신인 너의 위에 존재하는 규율이 있다는 것은 너처럼 완전무결하다 여겨지던 신에게도 거역할 수 없는 요소가 있다는 뜻이니까."

“……”

“천년빙동에서 내가 뭘 봤을까? 그리고 무엇을 깨달았을까.”

카릴은 율라의 턱을 가볍게 움켜잡고선 자신의 얼굴 쪽으로 가까이 끌어당겼다.

“신탁(神託)? 좋아. 내려봐. 네가 생각하는 미래는 없다. 율라, 지금부터 네가 꾸민 일들을 낱낱이 밝혀줄 테니까.”

“하…… 하하…… 하하하하!!”

율라의 형상은 카릴을 바라보며 웃음을 터뜨리기 시작했다. 조금 전 그가 웃었던 것보다 훨씬 더 크게 율라는 배를 움켜쥐고는 참을 수 없다는 듯 고개를 저었다.

“뭐가 웃기지?”

“하하…… 하하하…… 정말 재밌는 자로구나.”

율라는 인간의 행동처럼 눈물을 훔치는 것마저 따라하듯 행하며 고개를 저었다.

“나는 태초부터 이 세계를 관장해 온 존재이다. 하나 너는 마치 내가 내린 신탁과 상관없이 네가 미래를 바꿀 수 있다고 말하는구나.”

“신탁이란 미래를 운명 짓는 것이 아니니까. 결코 거창한 것이 아니고 숭고한 것도 아니야. 신탁은 그저 율라, 네가 바라는 미래가 되도록 인간에게 부탁하는 것일 뿐이니까.”

카릴의 말에 율라의 입꼬리가 옅게 올라갔다.

“너는 이 세계를 관리할 뿐 네가 이 세계를 만든 것은 아니니까. 너 역시 그저 우리와 마찬가지로 신들과의 경쟁에서 이긴 승자에 불과하다."

"그래서?"

"언제든 네 자리가 공석이 될 수 있다는 말이겠지."

그때였다.

[그대가 지금 행한 일에 대한 대가를 스스로 짊어질 수 있으리라 생각하는가.]

율라의 형상이 마치 거인처럼 거대해지더니 괴물과도 같은 목소리가 청공성에 울리며 거목처럼 두꺼운 팔이 카릴의 몸을 움켜잡았다.

[감히……!! 인간이 신좌를 넘본단 말이더냐!!]

우레와 같은 목소리와 동시에 천공성 위로 쏟아지던 천계의 문이 사라졌다. 상공에 떠 있는 거대한 공중요새인 천공성이 크게 휘청거리며 흔들렸다.

"워……! 워……!!"

보는 것만으로도 오금이 저릴 것 같은 신의 모습에 하늘에서 복귀 중인 비룡 부대의 드레이크들은 기수들이 고삐를 잡아당김에도 불구하고 여기저기로 흩어지기 시작했다.

"제어가 안 됩니다!!"

"진정시켜……!!"

사방으로 날뛰기 시작하는 드레이크들 때문에 천공성의 주위가 소란스러웠다.

"으아아아악……!! 아악!!"

"아아악!!"

드래곤 피어에도 굴복하지 않는 드레이크들이 단 한 번의 일갈로 제대로 날지도 못해 여기저기 추락하고 있었다.

[어찌할 생각이지? 저 높이에서 떨어지면 기수들은 무사하지 못할 터인데.]

율라의 손에 붙잡힌 카릴은 당황한 기색도 없이 오히려 그 물음에 코웃음을 쳤다.

"저 정도로 죽을 녀석들이라면 거기까진 거지."

[모순되는군. 너는 이 땅이 인간의 것이라 말하였고 인간을 지키고자 한다 하지 않았느냐?]

"그래. 지켜야 한다면 그러겠지."

[……?]

"저 정도로 죽을 놈들이 아니거든."

콰앙--!!

카릴이 양팔에 힘을 주자 그의 어깨를 움켜쥐고 있던 율라의 손이 튕겨나며 밀려났다.

"그러는 너야말로. 어째서 나를 위협할 뿐 그 이상에 위해를 가하지 않는 거지? 너의 말을 전할 네피림들을 죽이고 천공성마저 빼앗은 나인데."

그는 하늘에서 자신을 내려다보는 거대한 율라의 형상을 바라보며 말했다.

"내가 맞혀볼까?"

침묵하는 신을 향해 그는 차가운 비소를 지었다.

"죽일 수가 없는 거겠지. 네 말대로 이제 곧 타락이 몰려올 것이니까. 그것을 죽일 수 있는 자는 오직 인간뿐이니까. 안 그래? 네피림이 그러하듯 타락은 신마저 죽일 수 있는 힘이거든."

[가증스러운 인간.]

"신탁이나 명예나 같은 소리로 인간을 불구덩이에 몰아넣으려는 네놈은?"

카릴이 검을 들어 올리며 소리쳤다.

[신탁(神託)을 내리겠다.]

그때였다.

율라는 천천히 몸을 세우며 카릴을 내려다보며 말했다.

[이것은 태초부터 생겨난 전쟁이다. 나는 세계를 관장하는 신으로서 그대들을 도우려 했건만 인간들이여. 재해(災害)를 맞이하라.]

카릴은 이제 곧 그가 기다렸던 파렐(Pharel)이 나타나리라는 것을 직감했다. 대륙 전역 어디에서도 볼 수 있을 만큼 거대한 탑이자 그의 등장과 함께 첫 번째 재해라 불리며 나타난 최초의 타락, 혈(血).

'이제야 진짜 전쟁의 시작이로구나.'

그건 단순히 마물의 습격을 막도 자신의 땅을 지키려는 싸움이 아니었다. 신의 노리개가 아닌 자율의지를 가진 인간으로서 살아가기 위한 마지막 전쟁이었다.

자신들의 선조이자 최초의 블레이더가 그러했듯이.

[이제 곧 재해가 하늘을 휩쓸 것이며 타락이 대지를 뒤엎을 것이다. 그러니 싸워라. 하나 더 이상 승리를 위한 신의 가호는 없을 것이다!!]

율라는 마치 경고하듯 말했다.

[너희는 타락의 암흑 앞에 고통받을 것이며 영원히 햇빛을 보지 못할 어둠만이 인간계에 남을 것이다. 이 모든 것은 너희들이 자초한 일. 신의 명령에 거역한 죗값을 치러야 할 것이다.]

"신탁이 아니라 완전히 저주로군."

하지만 끔찍한 율라의 예언에도 불구하고 카릴은 여전히 코웃음을 칠 뿐이었다.

[신이란 자가 자신의 감정을 숨기지 못할 줄이야. 네 말대로 정말 인간답구나.]

알른은 기가 차다는 듯 말했다.

"이상한 일은 아니지. 우리는 이미 북부에서 신의 실체를 보았으니 말이야."

그 순간.

콰가가가가……!!

구름을 뚫고 눈앞에 거대한 탑이 나타났다. 카릴은 무척이나 낯익은 탑의 모습에 눈빛이 흔들렸다.

그건 모든 사건의 시작이었다. 대륙을 불태웠던 원흉이자 친우를 죽이고 자신이 시간을 거슬러 이곳에 오기 위해 억겁의 세월을 보낸 장소이기도 했다.

꽈악-

폴세티아의 검을 쥔 손에 힘이 들어갔다.

"파렐(Pharel)……"

카릴은 먹구름 사이를 뚫고 서서히 모습을 드러내는 거대한 탑을 바라보며 나지막하게 말했다.

"드디어."

그가 손바닥을 위로 향하게 들어 보였다.

"내가 또 다른 천년빙동에 숨겨진 봉인에서 찾은 진실을 보일 때가 되었다."

그의 말이 끝남과 동시에 알른이 검은 기운을 사방으로 퍼뜨리며 카릴을 감쌌다.

[그래, 그 덕분에 나의 눈도 트이게 되었지. 세계를 바라보는 눈 말이야.]

알른은 음산하기 짝이 없는 거대한 탑을 향해 오히려 기다렸다는 듯 말했다.

[율라는 스스로 신이 여럿인 것을 인정하였지. 창조와 파괴라는 거창한 말로 꾸몄지만 결국은 그들 역시 경쟁과 투쟁 사이에서 차원을 뺏고 빼앗는 것일 뿐.]

"신탁이라 말하지만 결국은 결국 빌어먹을 신들의 싸움에 불과할 뿐이며 자기들 싸움을 우리가 사는 이 대륙에서 벌이려는 포장에 불과해."

[그러니 보여줘야지. 신이 한 명이 아니라는 것은 그와 상응하는 다른 존재가 있을 수 있다는 말이며 또 다른 신이 존재하기 위해서는 율라가 지배하는 이곳만이 유일한 차원이 아니라 다른 차원이 존재한다는 말이기도 하지.]

"그 말인즉슨⋯⋯."

카릴의 눈빛이 빛났다.

"파렐(Pharel) 역시 하나가 아니다."

그는 사라지는 율라의 허상을 향해 한 글자 한 글자 힘을 주며 곱씹듯 말했다.

"나는 이미 탑을 공략했었다."

콰가가가가⋯⋯!! 콰가강⋯⋯!!

상공에서 나타난 탑의 창분 사이사이로 괴물들이 머리를 내밀며 당장에라도 튀어나올 듯 가로저었다.

스강-!!

그런 녀석들을 향해 카릴은 있는 힘껏 검을 내던졌다. 날카로운 파공성과 함께 폴세티아의 검이 파렐의 벽면에 박히자 주위에 벽돌이 사정없이 부서졌다. 창문 틈 사이로 날카로운 송곳니를 드리우며 울부짖던 마물들이 그 바람에 황급히 도망친 듯 어둠 속으로 사라졌다.

"또다시 못할 것도 없지."

억겁(億劫)의 시간을 거슬러 왔었던 그때와는 다르다. 고독

하기만 하고 오로지 돌아가야 한다는 집념하에 검 하나만을 휘둘렀던 끔찍한 시간과는 다르다.

지켜야 할 곳과 바꿔야 할 미래.

더더욱 저 탑을 무너뜨릴 명분이 생겼다.

"이번엔 다를 것이다."

카릴은 마음을 다잡듯 이를 악물며 전의를 불태웠다. 끝을 알 수 없을 정도로 높게 솟아오른 탑의 정상을 바라보며 그는 사라진 신을 향해 말했다.

"기다려라. 다시 한번 탑의 정상에 올랐을 때 비로소 이번엔 널 마주하는 마지막 날이 될 것이다."

우우우우웅…….

그의 손바닥에서 옅은 기류와 함께 에메랄드빛 광채가 일순간 빛이 났다 사라졌다.

"타락은 인간을 잡아먹는 괴물이지. 하지만 신이 어째서 신탁을 통해 타락을 사냥하라 명했는지 이제는 알 것 같군."

"신도 두려워했던 거야."

"그래, 그렇겠군. 저 모습을 보니 충분히 이해가 되는 것 같아. 정말로 끔찍하군."

밀리아나는 카릴의 말에 고개를 끄덕이며 저 멀리 높게 솟아오른 탑, 파렐(Pharel)을 바라보며 말했다.

쿠그그그…… 쿠그…….

신에게 대항한 벌인 것처럼.

거대한 탑은 끊임없이 마물들을 쏟아내고 있었다. 네피림들과의 전쟁에 대한 휴식도 취하지 못한 채 사람들은 천공성 위에 모였다.

두드드드드……! 두두두두……!!

아래로 내려다보이는 지상에는 여기저기 불꽃들이 일어나고 마물이 질주하고 지나간 자리엔 거목들이 부서져 마치 새로운 길이 만들어지는 것처럼 보였다.

"완전무결한 신에게 있어 균열의 찌꺼기인 타락은 독과 같은 것이기에 그들은 인간의 손을 빌려 타락을 멸살하려 했던 것이다."

"균열이란 무엇입니까?"

[차원이 만들어지고 확장됨에 있어서 벌어진 틈과 같은 것이다. 균열은 일종의 혼돈과도 같은 것이며 그 안에는 아무것도 없으나 또한 무엇이든 있는 곳이기도 하지.]

2대 광야 중 한 명인 라시스가 말했다.

[균열은 빛과 어둠이 존재하기에 창조와 파괴가 동시에 일어나는 곳이기도 하다. 타락뿐만 아니라 우리 정령 그리고 심지어 신마저 균열에서 탄생한 존재들이지.]

그리고 그 말을 두아트가 받았다. 그 둘은 태초에 완성된 차원과 가장 유사한 속성을 가진 자들이었기에 누구보다 가장 신의 섭리에 대하여 통달해 있었다.

[하나 균열은 불안전한 공간이기에 때로는 예상치 못한 존재가 태어나기도 하지.]

[그래, 그 때문에 빛과 어둠을 모두 가지고 있는 우레군주와 같은 별종이 태어나기도 하고.]

"불안전하기에 약하지만 반대로 불안전하기에 비수가 될 수도 있지. 우리는 그 빈틈을 노려야 한다."

"하지만 그전에 저 괴물들을 먼저 처리해야겠지. 돌아갈 집이 없이 싸우기만 한다면 전쟁이 끝나고 난 뒤 아무것도 남지 않아."

밀리아나의 말에 사람들은 모두 고개를 끄덕였다.

"각 거점에서 연락이 들어오고 있습니다!!"

"연결해."

카릴이 시선을 내리자 수많은 마법사와 이스라필이 펼치는 마경(魔鏡) 속에 대륙 전역의 성들의 모습이 나타났다.

[보고 드리겠습니다. 포나인 방어성의 시민들은 대피가 완료되었습니다.]

[라니온 연합은 현재 절반가량 진행 중입니다. 혹시 모를 공격에 대비하여 중원이 필요할 듯싶습니다.]

[은익 함대가 대륙의 남부 연안을 통해 현재 연합 쪽으로 진군 중입니다. 지원 허가를 내어 주신다면 연합 쪽 항구에 함선을 정박시키도록 하겠습니다.]

"허가한다."

"북부 늑여우 부족 척후병의 급보입니다!!"

카릴이 고개를 끄덕임과 동시에 또 다른 소식을 마법사가 전했다.

[잔나비 부족의 거점이 파괴되었습니다. 부서진 형태로 미루어 짐작해 볼 때 마물의 숫자는 약 100마리 이상! 그중에 골렘 크기의 대형 마물도 있는 것으로 추정됩니다.]

"습격인가?"

[그렇진 않습니다. 아마 대규모 이동으로 인해 부서진 것으로 보입니다.]

통신구를 통해 전해오는 보고에 카릴은 고개를 끄덕였다.

'아직 최초의 타락인 혈(血)이 나타나지 않았다. 그전까지 타락들은 공격을 해오지 않을 거야.'

카릴은 기억을 더듬었다.

"상관없어. 어차피 이민족 진영은 이미 모두 철수한 뒤니까 상관없어. 타락의 경로를 확인할 수 있어서 오히려 다행이지."

말은 그렇게 하지만 화린은 척후병의 보고에 씁쓸한 듯 혀를 차며 말했다.

"중구난방으로 움직이는 듯싶지만 지금까지의 경로를 토대로 봤을 때 타락들은 모두 같은 곳을 향해 진군하고 있습니다."

"그게 어디지?"

"선혈동굴입니다."

카릴은 앤섬 하워드의 보고에 고개를 끄덕였다.

전생에서도 최초의 타락인 혈(血)과 함께 타락이 대륙을 침공했던 시발지가 바로 그곳이기 때문이었다.

"방비는 하되 타락은 당분간 걱정하지 않아도 된다. 당장 녀석들이 공격하진 않을 테니까. 녀석들은 자신을 이끌어 줄 우두머리를 기다리고 있거든."

카릴은 지도 위에 선혈 동구를 바라보며 말했다.

"하지만 우리가 굳이 녀석들을 기다려 줄 필요는 없지. 앤섬. 천공성을 발진하라."

"네, 주군."

그는 눈을 빛내며 말했다.

"선수를 친다."

늦은 밤. 창밖을 무심히 바라보고 있는 카릴에게 데릴 하리안이 찾아 왔다.

"순항 중이군요. 네피림의 천공성이 마도공학의 골렘의 시스템과 유사하다니……. 재밌지 않습니까."

그는 천년빙동에서 만났을 때와는 달리 다시 황금십자회를 가리키는 흰색의 로브를 입고 있었다.

"이 정도 속도라면 내일이면 선혈동굴에 당도할 수 있을 듯

싶군요."

카릴은 그의 목소리에 잠시 눈길을 주고는 이내 곧 다시 돌렸다.

"저희들의 예상대로 네피림들은 물러갔지만 그 덕분에 그들의 지원 역시 받을 수 없게 되었습니다."

"대신 우리 마계의 힘을 얻었지."

"마족을 믿어도 될까요?"

"너를 믿는 거나 마족을 믿는 거나 비슷하지 않을까."

카릴의 신랄한 대답에 데릴 하리안은 쓴웃음을 지었다.

"데릴, 너는 어디까지 알고 있는 거지?"

그가 눈빛을 빛내며 물었다.

"천년빙동에서 우리가 재회했을 때 너는 적법한 왕을 기다리고 있었다고 했지. 그건 신좌를 결정하는 역량에 대한 것이었어. 너는 천년빙동 안에 무엇이 있는지 알고 있나?"

데릴 하리안은 고개를 가로저었다.

"저는 안내자일 뿐 그 안을 보지 못했습니다."

"그래?"

카릴은 그를 바라봤고 데릴은 거짓말은 아닌 듯 눈을 피하지 않았다.

"탑이 있다."

"……네?"

"북부에는 두 개의 천년빙동이 있다. 하나는 신화 시대를 이끌었던 블레이더가 잠들어 있고 나머지 하나엔 지하 깊숙하게 탑이 얼어 있었다."

데릴 하리안은 생각지 못한 카릴의 말에 당혹감을 감추지 못했다.

"황금십자회는 카이에 에시르가 남긴 또 다른 유산입니다. 대마도서 폴세티아를 찾아 보관한 것 역시 그였으니까요. 그는 고서를 보호할 자들을 찾았습니다. 그의 유지를 이어 고서를 간직하고 있었던 것이 저희들입니다만……."

데릴은 조심스럽게 말했다.

"저희는 지킬 뿐 그 이상의 관여를 하고 싶진 않습니다. 비밀이란 많은 사람이 알수록 그 의미가 퇴색되니까요."

"하지만 너는 알아야 하지. 네가 내게 폴세티아를 건넸을 때부터 이미 발을 들여놓은 것이니까."

"글쎄요…… 천년빙동에서도 말씀드렸다시피 이건 개인적인 일입니다."

데릴은 어깨를 으쓱했다.

"카이에 에시르도 완성하지 못하고 유명을 달리한 일이 있습니다. 저희들은 그가 이루지 못한 위업을 달성하기 위해 존재하는 것이라 해도 과언이 아니겠지요."

"신수의 부활 말이로군."

"네."

데릴은 자신의 옆에 서 있는 작은 사슴의 머리를 가볍게 쓰다듬으며 말했다.

"신수는 정령의 힘을 가지고 있는 생물. 이미 사라졌다고 알려졌으나 사실 사라졌다기보다는 그 원류가 봉인되었기 때문에 명맥이 끊긴 것이었습니다."

"명맥이라 함은……."

"정령왕. 빛의 라시스가 부활하고 어둠의 두아트가 봉인에서 해방될 수 있었던 이유는 모두 카릴 님 덕분이니까요. 그 덕분에 빛의 힘을 가진 알카르가 다시 태어날 수 있었던 것이기도 합니다."

그는 카릴에게 말했다.

"카이에 에시르가 사라지기 전 그는 저희들에게 남긴 말이 있습니다."

"어떤?"

데릴은 카릴을 바라봤다.

"대격변의 순간에 신수는 인간에게 또 다른 힘이 될 것이니 정령의 주인이 나타났을 때 폴세티아를 그에게 건네어 신수를 부활시켜라, 라고."

카릴은 물끄러미 신록(神鹿) 알카르에게 시선을 고정시켰다.

"이 작은 사슴이 과연 어떤 도움이 될 수 있겠어?"

"글쎄요. 하지만 분명한 건 알카르를 포함하여 3대 위상이라 불리는 혼백랑(魂白狼) 로어브로크와 청귀(靑龜) 칼두안. 이들은 정령왕이 봉인됨과 동시에 세상에서 자취를 감추었다는 것입니다. 그들은 정령의 산물임과 동시에 정령을 인간계에 맺어주는 연결 고리와도 같은 것이지요."

"신수가 살아 있다면 정령의 힘이 더 강해질 수 있다는 말이로군."

"그렇습니다."

"카이에 에시르는 정령의 부활을 예견하고 너희들에게 신수를 부활시키라 명했고 말이지."

"네."

"기가 차는군."

카릴은 데릴 하리안을 바라보며 차갑게 웃었다.

"도대체 정체가 뭐지?"

그는 한 사람의 이름을 낮은 목소리로 읊조렸다.

"카이에 에시르……."

그때였다.

"비공정 접근 중!! 교도 용병단입니다!"

선혈동굴을 향해 날고 있는 천공성의 탐지망에 포착된 붉은 점이 윈겔이 설치한 마경 위에 나타났다. 비공정은 빠른 속도로 날아오고 있었다.

카릴은 부하의 보고에 고개를 끄덕였다.

"착륙 허가를 내리고 모든 골렘의 대공포를 비공정에 조준하도록. 허튼짓하면 쏴버려."

"넵!!"

"그리고 가네스에게 알려라. 비룡 부대를 이끌고 비공정을 맞이하라.

"알겠습니다."

카릴은 고든의 등장을 기다렸다는 듯 살짝 눈을 흘기며 천공성의 창밖을 바라봤다.

"적법한 왕에 대해서 알고 있는 또 한 사람이 찾아 왔군요. 이후의 이야기는 아무래도 그와 하는 것이 좋을 듯싶습니다만."

데릴은 옅은 미소를 지었다. 네피림 전(戰)을 참전하지 않은 그들이었지만 카릴은 교도 용병단이 그동안 놀고만 있었으리라고는 생각하지 않았다. 사적인 일이지만 카릴은 고든에게 한 가지 의뢰를 했었으니까.

그가 돌아왔다는 것은 분명 중요한 한 사람을 데려왔다는 것이기도 했다.

"고든이 왔다는 것이 무슨 의미인지 알고 있겠지. 선혈동굴이 있는 트라멜을 향해 가는 길목에 그 사람의 영토를 지나니까."

그는 누군가를 기다리고 있었다. 그리고 머릿속에 간직하고 있던 생각이 미치자 카릴은 자신의 옆에 서 있는 데릴 하리안을 바라봤다.

"물론입니다. 천년빙동의 비밀을 알고 있는 마지막 한 사람이니까요. 그럼…… 저는 물러가 있겠습니다."

"꽤나 시끄러워질 거야. 그는 소드 마스터 중에서도 가장 뛰어난 자이니까. 그가 데려온 자 역시 못지않지. 난동을 부린다면 골치 아플지도 몰라."

데릴 하리안은 그의 말에 옅은 웃음을 터뜨리며 말했다.

"다른 이를 가리켜 뛰어나다는 말을 카릴 님께서 하시니 어울리지 않는군요. 아무리 고든 파비안이라 하더라도 카릴 님이 계신 이곳에서 난동을 피우진 않을 겁니다."

"모르지. 그는 죽음이 무서워 의지를 피력하는 것을 굽히는 사람은 아니니까. 천년빙동의 비밀을 알고 있었던 자이기도 하고."

"그럼 더더욱 그는 카릴 님을 따르겠군요."

"글쎄? 그 반대가 될 수도 있지. 골치 아파질 거란 뜻은 내가 아니라 너에게 해당되는 일이거든."

어깨를 으쓱하는 데릴 하리안은 카릴에게 가볍게 허리를 굽혀 인사를 하고는 물러서려 했다.

"아직 넌 내 물음에 대답을 하지 않았어."

그 순간 카릴은 그를 붙잡았다.

"카이에 에시르…… 말씀입니까. 황금십자회를 만든 것이 그이긴 하지만 제가 엘프나 드래곤도 아닌 이상 250년 전의 사람에 대해서 알 수가 있겠습니까."

"그래?"

"단지 저희는 그의 유지를 받들 뿐입니다."

데릴은 그 말을 끝으로 유유히 상황실을 빠져나갔다. 그러나 여전히 카릴은 그의 뒷모습에서 눈을 떼지 않은 채 생각을 하는 듯 고개를 꺾었다.

[조심해라, 카릴. 여전히 꿍꿍이를 알 수 없는 놈이야. 녀석은 천년빙동을 안내할 때 우리에게 그 안에 무엇이 있는지 모른다고 했지만, 곧이곧대로 믿을 수는 없는 일이지. 게다가 녀석이 하고자 하는 일에 대해서도 제대로 된 설명을 하지 않았고.]

"걱정하지 않아도 돼. 놈은 우리를 배신하진 않을 테니까."

[어떻게 확신하지?]

"천년빙동에서 우리가 본 '그것'이 녀석에게도 필요하니까. 덕분에 녀석이 어째서 카이에 에시르에게만 허락된 붉은색 로브를 입고 왔는지 알게 되었거든."

[흥……. 난 여전히 녀석을 신용 할 수가 없다. 자신의 모든 것을 내놓지 않고서 믿으라고 하는 놈들은 언제나 뒤통수를 치게 마련이니까.]

카릴은 알른의 말에 고개를 끄덕였다.

"맞아. 녀석이 뭔가를 더 알고 있다는 사실은 분명하니까. 대부분 250년 전의 인간에 대해서 뭐라고 설명하지?"

[그렇게 오랜 세월을 살 수 있는 자는 없으니 당연한 얘기지만 죽었다고 표하겠지.]

"맞아. 대부분의 사람들은 250년 전의 대마도사에 대해 당연하게 죽었다 여긴다. 하지만 녀석은 어떻지?"

[……?!]

"조금 전에 그는 분명 이렇게 말했다. 카이에 에시르가 사라졌다, 라고 말이야."

[설마…….]

"녀석은 좀 더 많은 것을 알고 있으면서도 말을 아끼고 있지. 하지만 적어도 우리가 천년빙동에서 알게 된 것에 진위를 가리기엔 충분하겠지."

하지만 카릴은 데릴이 감추려고 하는 것마저 이미 예측하고 있는 범위라는 듯 코웃음을 쳤다.

"그리고 그건 지금 오고 있는 자들에게도 적용되는 일일 거야."

츠즈즈즈즈즈즈……

요란한 시동석의 소리와 함께 비공정이 천공성의 지면에 착지했다. 천공성에 대기 중인 자유군이 비공정이 착륙하는 것을 지켜보며 무구를 겨누었다.

흐트러짐 없이 정렬된 병사를 보며 고든은 그 전보다 더 카릴의 군세가 견고해졌음을 깨달았다.

"카릴, 한바탕 난리를 피웠더군."

고든은 병사들을 바라보며 어깨를 으쓱했다.

"때마침 잘 오셨습니다. 인사는 나중에 하죠. 마침 제가 이 자리에 필요한 사람들을 모두 불렀던 참이거든요."

"천년빙동에서 돌아오자마자 이런 일이 벌어지다니. 정말로 너는 예상을 하지 못할 사람인 듯싶군."

"네피림이 대륙을 노릴 것이라는 건 어느 정도 예상하고 있었던 일이었으니까요. 제가 녀석들의 사자를 죽였으니."

"하지만 천계에서 내려온 천공성마저 탈취할 것이라고는 누구도 상상하지 못했지. 나를 포함해서 말이야 너와 싸운 네피림조차 믿을 수 없는 일이지."

"그건 나 역시 마찬가질세."

그때였다. 천공성의 문이 열리며 와이번을 타고 있는 한 사람이 카릴의 눈에 들어왔다.

"오셨습니까."

로브로 얼굴을 가리고 있었지만 그에게서 느껴지는 정갈한 마력은 단번에 그의 정체를 알 수 있게 했다. 다름 아닌 알테만이었다.

"후우……."

천공성에 착륙한 알테만이 로브를 벗자 그의 얼굴은 조금 수척한 모습이었다.

'그러고 보니 그는 즉위식 때부터 모습을 보이지 않았던 것 같은데…….'

사람들은 네피림과의 전투에서 그의 모습을 찾을 수 없었다는 것을 깨달았다.

"알아보라고 한 것은?"

"자네 생각대로 일세. 자세한 보고는 나중에 하지."

카릴은 그의 대답에 고개를 끄덕였다. 사람들은 두 사람의 대화에 주목했다.

'주군께서 언제 그에게 따로 명령을 내리셨던 거지? 즉위식 전부터 보이지 않았다면 북부로 떠나시기 전이라는 말인데…….'

'그 와중에 다음 수를 생각하시고 계시다니…… 놀랍지 않을 수 없구나.'

카릴의 책사라 할 수 있는 앤섬과 두샬라는 두 사람을 보며 눈을 동그랗게 떴다.

"고든, 여기까지 절 찾아 왔는데 설마 혼자 오신 것은 아니시겠죠."

"교도 용병단은 의뢰는 확실하게 지킨다."

그의 물음에 고든은 한쪽 입꼬리를 올리며 어깨너머 누군가를 향해 고갯짓했다.

저벅- 저벅- 저벅-

비공정의 계단을 따라 한 남자가 걸어 내려왔다.

카릴은 그의 얼굴을 마주하고서 처음으로 굳은 얼굴로 말했다.

"기다렸습니다."

그는 다름 아닌 크웰 맥거번이었다.

"이제 곧 치열한 전쟁이 일어날 겁니다. 하지만 그전에 우리는 한 가지 짚고 넘어가야 할 일이 있다는 걸 다들 아실 겁니다."

카릴은 크웰과 고든, 알테만을 번갈아 가며 바라봤다.

"드디어 무대는 갖춰졌고 이야기에 필요한 주역들도 이제 모두 올라선 것 같네요."

카릴은 목소리에 힘을 주었다.

"천년빙동의 진짜 비밀에 대해서."

►**Chapter 6**◄

"이 많은 사람들 앞에서?"

고든 파비안은 천년빙동이란 단어가 카릴의 입에서 나오자 괜찮냐는 듯 손으로 주위를 훑으며 말했다.

"발견한 것은 우연이라지만 지금까지 우리는 그 누구에게도 그곳에 대한 비밀을 얘기하지 않았다. 무덤 속 황제에게조차 말이야."

"그래서요?"

카릴은 오히려 고든의 말에 반박하듯 되물었다.

"그래서라니……."

"그게 뭐 엄청난 비밀이라고 이렇게 꼭꼭 숨길 필요가 있지요?"

"뭐?"

그의 말에 서 있던 세 사람은 당혹스러울 수밖에 없었다.

"카릴. 천년빙동의 비밀은 세계의 축을 담당하는 일과 같다. 비단 저 둘뿐만 아니라 북부의 이민족들이 오직 대전사에게만 출입을 허가한 이유도 그 때문일세."

"그게 당신들의 문제입니다."

알테만은 자신의 말을 일축시키는 카릴의 말에 끝내 입을 다물고 말았다.

"숨겨서는 해결될 일도 해결되지 않습니다. 이 세계의 일입니다. 이 땅에서 일어나는 일이기도 하죠. 그런데 왜 감추고 몇몇 소수만이 해결하려고 하는 겁니까."

카릴은 천천히 사람들을 훑었다.

"아니면 감추려는 뭔가가 있는 것이기라도 합니까."

그의 시선이 알테만에게서 멈추었다.

"이민족이 최초의 블레이더인 신살자의 후예라는 것은 더이상 감춰야 할 부끄러운 일이 아니지 않습니까? 알테만."

그의 말에 천공성에 있는 모든 사람이 커다랗게 눈을 뜨며 서로를 바라봤다.

"물론일세. 이제 제국인과 이민족의 경계가 무너진 만큼 이단(異端)이란 말은 사라져야 할 것이며 사람들도 진실을 받아들여야 할 때이지."

카릴은 고개를 끄덕였다.

"맞습니다. 하나 당신들 말대로 이러한 것들은 차차 이야기를 나눌 사소한 것들일 겁니다. 이보다 더 중요한 일이 있으니까요. 당면한 문제에 대하여 우리는 더 이상 숨겨서도 고작 몇 안 되는 우두머리들만으로 해결해서는 안 됩니다."

카릴의 말에 모두의 시선이 집중되었다.

"그건 지금부터 일어날 전쟁을 의미하며 대륙을 넘어 이 세계의 존폐를 결정하는 일일 테니까요."

천공성의 광장에는 어느새 사람들이 모두 모여 있었다. 4대 천사들이 서 있었던 탑 아래의 무대는 마치 판결을 내리는 법정처럼 느껴졌다.

"지루한 일이지만 이야기의 시작을 위해서 태초를 거슬러 올라가야겠군. 문헌에도 남아 있지 않지만, 교단의 교리는 그 일부가 남아 있습니다. 마엘."

그가 마스터 키(Master Key)의 이름을 불렀다.

"태초의 차원이 존재하고 그 차원을 나누어 가짐으로써 유일신이 아닌 여러 신들이 경쟁을 하고 서로의 차원을 쟁취했다는 이야기."

[내가 무엇을 말해주길 바라지?]

우우우우웅…….

카릴이 손을 위로 향하자 그 위로 푸른 뱀이 나타났다.

"……."

세 사람은 아무런 말을 하지 않고 그저 그를 지켜볼 뿐이었다.

"간단해. 네가 알고 있는 모든 것."

[하여간 귀찮은 일은 내게만 시키는군…….]

마엘은 기다란 혓바닥을 내밀며 고든과 크웰을 향해 말했다.

[요점은 그거다. 카이에 에시르의 동료라 말하는 저치는 알고 있겠지만 카릴의 말대로 신은 유일하지 않다는 것. 그 말은 신들 사이에선 서로 톱니바퀴처럼 맞물려 누군가에게는 강하고 누군가에겐 약한 상성도 존재한다는 뜻이겠지.]

그는 카릴의 몸을 한 바퀴 훑었다.

[그렇기에 저기 덩치 큰 여자가 들고 있는 라이칸스로프의 의지나 나와 같은 마스터 키(Master Key)라는 것이 존재하는 것이다. 신에게 도전하는 자를 돕는 열쇠. 뭐, 너희 같은 인간에게 말해봐야 딴 세상 이야기겠다만.]

마엘은 여전히 귀찮다는 듯 세 사람을 향해 말했다.

[나와 같은 신좌의 열쇠를 가진 자는 막강한 힘을 가질 수 있으나 그 역시 선택받은 존재가 아니고선 불가능하다. 그것은 신살자(神殺者)의 길을 걸었던 블레이더의 피.]

마엘은 크웰을 바라봤다.

[그리고 그게 이민족의 피라는 것을 넌 알고 있겠지? 숨겨진 천년빙동에서 그 사실을 확증했고 말이야.]

마치 비웃는 것처럼 마엘은 연신 혓바닥을 파르르 떨며 말했다.

[율라, 락슈무, 세크무트…… 많은 신이 있었고 그들이 관장하는 차원 역시 서로 달랐다. 살아남은 자만이 신좌에 올랐던 그들이었기에 시간이 흘러도 본질은 변하지 않지. 그들은 이

따금 서로의 차원을 빼앗기 위해 지금도 전쟁을 한다.]

펑……! 퍼펑……!

마엘의 모습이 사라지고 푸른 연기 속에서 마치 별처럼 빛나는 몇 개의 광제가 나타났다.

[하지만 태초의 전쟁처럼 신들이 직접 싸울 순 없다. 그랬다가는 자신의 차원이 무너질 테니까.]

광체는 다시 연기로 만들어진 땅에 떨어지며 연기는 수많은 종족의 모형으로 변해 서로 싸우기 시작했다.

[그래서 생각해 냈지. 인간뿐만 아니라 엘프, 드워프, 노움…… 심지어 마족과 악마들까지. 그들은 모든 종족을 장기말로 삼아 서로의 힘을 겨루고 서로의 차원을 뺏고 빼앗는 게임을 지속해 왔다.]

취익……! 취르르륵……!!

마엘의 웃음소리가 천공성을 울렸다.

엑소디아(Exordiar). 인간의 역사에는 기록되지 않는 신좌의 전쟁을 가리키는 말.

[욕심이 많은 존재들이지. 그런 자들을 신이라 부르기에 너무 우습지 않은가?]

연기 속에서 마엘의 얼굴이 나타났다.

[로드(Lord).]

취릭……! 취리릭……!

그의 혀가 바삐 움직였다.

[그렇기에 우리는 정점에 선 단 한 명을 가리켜 신이라 부르는 대신에 로드라 칭했다. 세크무트는 신들 중에서도 정점에 선 존재였지.]

카릴은 전생에서 라엘이 타락을 가리켜 그리 불렀다는 것을 알았다. 율라를 따르는 그녀가 타락을 가리켜 최고신의 이름을 붙였다는 것은 율라의 시기가 담긴 치졸한 장난이었을까.

[하지만 그다지 상관이 없는 일이지. 어차피 다른 차원의 일일 뿐. 우리는 우리의 차원에서의 문제만으로도 벅찼으니까. 그런데 말이야.]

마엘이 카릴의 손을 감았다.

[어찌 된 일인지 그가 가지고 있었던 신의 힘이 남아 있는 조각이 지금 이곳에서 발견되었다. 그 말은 세크무트의 죽음을 의미하는 것이기도 한데…….]

그의 손바닥 위에 에메랄드빛을 뿜어내는 조각이 나타났다.

[인간이 그러하듯 신 역시 탄생이 있다면 죽음도 있는 법. 그 힘의 일부가 담긴 이 조각이 이곳에 있는 것은 여전히 풀리지 않는 의문이지만 지금의 말을 뒤집어 본다면 이 조각의 힘이 있다면 신이 될 수도, 신을 넘어설 수도 있다는 뜻이다.]

"저건……."

크웰이 불안한 듯 조각을 바라봤다.

[디멘션 스파이럴(Dimension Spiral). 차원력(次元力)이라 불리는 신의 부산물이지.]

"그리고 지금까지 의혹으로만 남아 있었던 당신의 불안함이 현실이 되었음을 깨달았을 테고요. 아버지."

크웰은 카릴의 입에서 아버지란 단어가 흘러나오자 굳은 얼굴로 그를 바라봤다.

"……날 그리 부르지 말거라. 네게 그리 불릴 자격이 없는 자이니까. 그리고 네가 말하지 않았더냐 너는 한 나라의 왕이며 나는 적국의 기사라는 것. 이젠…… 망국의 기사이자 너는 대륙의 왕이 되었구나."

카릴은 그 말에 쓴웃음을 지었다.

"헤임에서 대화를 나누고 나서 오랜만이네요. 여전히 저는 대륙제일검이라 추앙받는 소드 마스터의 힘이 필요합니다. 하지만 강요할 생각은 없습니다. 가족이란 정에 연연해서 부탁할 생각은 더더욱 없고요. 단지……."

그는 크웰을 바라봤다.

"북부에서 절 데려오지 않으셨다면 이러한 진실을 마주할 시작조차 하지 못할 이 기회를 주신 것에 대한 감사의 표시였습니다."

더 이상 평범한 가족으로 돌아갈 수 없음을 잘 알고 있었다. 아마도 카릴이 크웰에게 아버지라는 호칭을 부르는 것 역시 이번이 마지막일 것이다. 하지만 그럼에도 그가 크웰을 그리 부른 이유는 이번 생에서의 감사함이 아니라 전생에서의 감사함을 담은 것이었다.

'당신은 신탁을 이행했던 내게 천년빙동의 비밀을 알려줬었지. 그 이유가 나의 친부인 칼리악 때문만은 아닐 것이야. 덕분에 이민족의 과거를 알 수 있게 되었고 대륙을 하나로 통일하는 과정에서 명분을 세울 수 있었다. 하지만……'

"그럼 경께 묻겠습니다."

카릴은 크웰을 바라봤다.

"천년빙동에서 경께서 보신 것이 무엇입니까."

회귀한 이후 카릴은 크웰이 전생에 자신에게 말해준 천년빙동과 그가 처음 발견한 이민족의 천년빙동이 다른 것임을 알게 되었다.

'당신이 내게 천년빙동의 비밀을 알려줬었던 전생에서 내게 보이고자 했던 빙동은 최초의 블레이더가 있었던 얼음 봉인이 아닌 다른 것이었다.'

"알테만."

카릴은 담담한 목소리로 물었다.

'하지만 정보가 없었던 나는 빙동이 두 개였다는 것을 알지 못했고 어긋났지. 혹은 고든과 함께 빙동을 발견했던 당신은 일부러 내게 다른 것을 알려줬던 것일지도 모르지.'

고든과 마찬가지로 칼리악의 친우였던 그는 이민족만이 알고 있는 천년빙동을 알고 있을 가능성이 높았으니까. 선택지는 두 가지였지만 둘 모두 공통점은 있었다. 오직 크웰 맥거번만이 빙동이 두 개였다는 것을 알고 있다는 사실.

하지만 카릴은 크웰이 아닌 알테만에게 먼저 시선을 돌렸다.

"내게 보고할 게 있을 텐데."

어째서일까. 크웰과 카릴의 대화가 이어질수록 알테만의 얼굴 역시 점차 굳어지고 있었다.

"당신이 도착했을 때 내가 물었지. 알아보라고 했던 것에 대해 어땠느냐고 말이야. 그리고 분명 당신은 내 생각대로라고 말했어. 안 그래?"

"……그렇다네."

"좋아. 대답은 들었으니 이제부터 퍼즐을 하나하나 맞춰보자고. 뒤에 무슨 그림이 나올지는 나도 기대가 되는 일이니까."

카릴의 목소리를 마치 얼음장처럼 차가웠다.

차앙-! 챙! 챙! 챙!!

알테만이 품 안에 손을 집어넣자 기다렸다는 듯 그의 주위로 날카로운 검 수십 개가 목을 겨누었다.

"허튼짓하면 죽는다."

그중에서도 에이단은 어느새 그림자 속으로 몸을 숨겨 알테만의 등 뒤에 나타났다. 에이단은 뇌격(雷擊)의 검 끝을 알테만의 허리에 찌르고서 경고했다. 알테만은 그런 그의 말에 한쪽 입꼬리를 올리며 쓴웃음을 지었다.

"칼이라…… 감촉이 낯설군. 드래곤의 성지에서 함께 고생하며 제법 우리는 돈독한 사이가 되었다 생각하는데."

"돈독이고 나발이고 그땐 그때지. 여태 모습을 보이지 않더니 무슨 일로 찾아온 거지? 어디서 뭘 한 건지 모를 당신을 우리가 뭘 믿고?"

으르렁거리듯 말하는 에이단의 말에 모두가 고개를 끄덕였다. 암살자답게 그는 분위기를 읽는 눈이 뛰어났다.

카릴이 알테만에게 물음을 내뱉는 순간 에이단은 그가 이 대화의 중심인물이 될 것을 알았다.

"지금 우리가 다과회나 열면서 노닥거리는 풍경은 아니잖아?"

그리고 이러한 대화의 중심인물이란 결코 좋은 의미가 아니라는 것도 말이다.

알테만은 낮은 한숨을 내쉬고는 품 안에서 손을 꺼내었다. 그의 손에는 끈으로 묶인 작은 두루마리 하나가 있었다.

"괜찮다. 검을 거둬라."

카릴은 그것을 확인하고는 에이단에게 말했다.

"하오나……."

"그가 내게 해를 끼칠 순 없을 것이니까. 물론, 내가 저자를 죽이고자 한다면 그건 가능한 일이지만."

그러고는 그는 고개를 들었다.

"알테만. 나는 마계에 돌아온 이후 당신에게 극비로 천년빙동을 확인하라 명했다."

"최초의 블레이더 잠들어 있는 북부 빙동의 봉인이 풀렸는지 살피라는 것이었지."

"맞아. 그래. 어땠지?"

"……봉인은 그대로 있었다."

알테만은 조심스럽게 카릴의 물음에 답했다.

"하가네."

카릴이 그에게서 고개를 돌려 허공을 바라보자 그의 앞에 차원문이 나타났고 그 안에서 마왕이 모습을 드러냈다.

"하명하십시오."

알테만은 마계의 마왕이 카릴에게 존대를 하는 모습을 보며 조금은 당혹스러운 듯 눈빛이 흔들렸다.

"카이에 에시르가 네게 계약을 맺었을 당시 그는 천년빙동의 비밀과 자신의 정수에 관하여 두 사람을 언급했었다."

"그렇습니다. 백금룡과 알테만. 둘이었습니다."

"그는 네게 그 둘에 대해서 다른 이야기를 한 적이 있던가?"

"백금룡은 태초부터 오랜 세월을 살았던 존재입니다. 그리고 저 역시 그 동시대를 함께 지냈던 자. 그가 어떤 드래곤인지는 잘 알고 있었기에 굳이 물으려 하지도 물을 필요도 없었습니다."

"그럼 알테만은?"

"글쎄요……. 카이에 에시르의 동료라 함에 있어서 조금의 흥미는 생겼습니다만 그래 봐야 고작 몇백 년밖에 살지 못하는 엘프일 뿐…… 그는 저 역시 오늘 처음 봅니다."

하가네는 가볍게 고개를 저었다.

"알테만, 당신은 엘프의 피를 가진 자로서 250년 전 카이에 에시르의 동료 중 유일하게 살아 있는 자라고 나에게 말했다."

"그랬지."

알테만은 천천히 고개를 끄덕였다.

"그 말은 이 셋 중에 천년빙동이 두 개라는 것을 알고 있었을 가능성이 가장 높은 자라는 뜻이겠지. 그런데 어째서 내게 남은 하나의 천년빙동을 알리지 않았지?"

"그게 무슨……."

"너는 정말 카이에 에시르의 동료인가?"

카릴은 담담한 목소리로 물었다.

"왜 내게 숨겼지?"

하지만 건조할 정도로 감정이 없이 느껴지는 그 목소리를 낼 때면 분명 그의 검에 피가 묻었다는 것을 사람들은 알고 있었다.

"내가 네게 천년빙동을 확인하라 명했던 것은 다시 한번 그곳을 보고 자신의 행동을 돌이켜보는 기회를 가지라는 의미에서였다. 내가 마계를 다녀온 것을 알았을 테니 더 이상의 거짓은 무의미하다는 것을 깨달으라고 말이야."

스릉-

카릴은 알테만을 향해 검을 겨누었다. 조금 전 에이단 때와는 비교도 할 수 없는 위압감이 공간을 짓눌렀다.

"고든 파비안, 크웰 맥거번."

그는 에이단에게서 눈을 떼지 않고서 두 사람의 이름을 불렀다.

"이자만이 아니다. 당신들에게도 물을 것이 있다. 지금부터 그 누구도 내 질문에 진실을 고하지 않고서는 살아 돌아갈 생각은 버리도록."

스아아아앙--!!

콰앙-!!

카릴이 옆구리에 차고 있던 얼음 발톱을 뽑아 있는 힘껏 던졌다.

"……."

얼음 발톱이 세워진 탑의 중앙에 박혔다.

"그건 당신도 마찬가지야."

종이 한 장 차이로 아슬아슬하게 그 옆에 서 있던 데릴 하리안은 부서지는 탑의 잔해들을 털어낼 생각도 하지 않은 채 속내를 알 수 없는 굳은 표정을 지었다.

"고든이 오면 시끄러워질 것이라고 했지? 어때 이제 조금 골치 아파졌나? 소란은 그가 아니라 내가 피울 거거든."

카릴은 천천히 고개를 돌리며 차갑게 말했다.

"역시…… 이래야 주군답지."

에이단은 소드 마스터와 대마법사 그리고 북부의 스승이라 불리는 그들을 뛰어넘는 강자를 아무렇지 않게 대하는 카릴의 모습에 히죽하고 웃음이 터져 나왔다.

"준비."

밀리아나는 나직이 말했다.

스릉-

그녀의 한마디에 네 사람을 둘러싸고 있던 사람들이 일제히 무기를 꺼내었다.

"다들 무장하라!!"

그 모습을 본 교도 용병단의 부단장인 제이건 루크 역시 긴장된 목소리로 외쳤다. 단원들은 일사불란하게 움직였다. 비공정을 하나의 요새처럼 두고 마치 공성을 하듯 포문이 열리며 수십 개의 포신이 일행들을 겨누었다.

"제길, 무슨 생각인진 모르겠지만…… 쉽게 죽을 순 없지."

제이건은 어쩐지 항상 거대하게만 보였던 고든의 등이 지금만큼은 왜소하게 느껴졌다.

"저 괴물을 죽이지 못하더라도 천공성이 파괴돼서 이 높이에서 떨어진다면 모두가 살아남을 순 없겠지. 피를 볼 작정이라면 우리의 피만 흘릴 순 없지. 적어도 몇 놈은 데려간다."

지금까지 항상 냉정했던 제이건이었지만 급박하게 돌아가는 지금 상황에서 누구보다 가장 먼저 반응을 했다. 협곡에서 고든을 잃어버렸던 일 이후로 그의 내면은 조금 변한 듯 보였다.

"녀석, 쓸데없이 날카로워지기는. 헛짓하지 말고 기다려라. 모름지기 사람이란 대화로 먼저 풀어야 하는 거다."

고든은 그런 그에게 힐끗 시선을 주었다가 피식 웃었다.

"대화요? 그 말이 단장님과 어울린다고 생각하십니까?"

제이건은 어이가 없다는 듯 물었다.

"로제스."

그러고는 뒤에 있는 거구의 남자에게 손짓했다.

"이거나 받으십시오. 앞으로 어디 나갈 때 빈손으로 가지 마십시오."

카릴이 시선을 들자 교도 용병단의 주방장인 그는 처음 봤을 때보다 몸집이 더 커진 듯 세 사람이 간신히 들었던 거대한 고든의 해머를 등에 메고 있었다.

쿠웅--!!

덥수룩한 수염의 그가 있는 힘껏 모우터(Martyr)를 던졌다. 묵직한 해머는 마치 천공성의 바닥을 부술 듯 떨어졌고, 고든은 그것을 움켜잡았다.

"하긴, 이게 내 대화지."

그가 모우터를 잡아 한 바퀴 머리 위로 원을 그리며 돌리고선 어깨 위에 올렸다.

"주방장에게 시킬 일은 아닌 것 같은데요. 주방장의 손엔 조리 도구가 있어야죠."

"생긴 거랑 딱 어울리잖아."

"언제는 사람을 생긴 것만으로 판단하지 말라면서요?"

카릴은 처음 고든을 만났을 때 아이코스의 머리를 조리해서 가져왔던 로제스를 떠올리며 가볍게 손 인사를 했다. 그러자 거인처럼 덩치가 큰 그는 어수룩하게 고개를 끄덕였다. 그런 그를 보며 제이건이 눈을 흘기자 로제스는 다시 한번 꾸벅 인사를 하고는 황급히 뒤로 물러났다.

"쟤 사실 음식 솜씨가 형편없거든. 아이코스 머리를 달여서 먹을 때 죽는 줄 알았다."

카릴은 고든의 말에 피식 웃었다.

"덕분에 목숨을 구하지 않았습니까. 그때는 이런 상황이 될 거라고는 생각하지 못했는데 말이죠."

두 사람은 마치 과거를 추억하듯 대화를 나누었다. 하지만 얼굴은 웃고 있지만, 팽팽한 기세의 두 사람이 물러서지 않아, 사람들은 긴장할 수밖에 없었다.

"저 인간도 괴물이긴 괴물이군. 카릴을 앞에 두고 농담을 할 수 있다니 말이야. 실력을 떠나서 배포 하나만큼은 대륙 최강 이라니까."

밀리아나는 기가 막힌다는 표정으로 중얼거렸다.

"카릴, 난 어려운 말은 모른다. 신이니 차원이니 하는 것들 말이야. 인세(人世)의 문제만으로도 이렇게 아옹다옹 정신없는 데 저 위에 보지도 못한 존재들의 문제까지 알고 싶진 않거든."

고든이 세 사람 중에서 먼저 입을 열었다.

"나는 네게 내가 알고 있는 것을 말해주겠다. 내 말이 거짓 인지 진실인지는 네가 판단해야 할 몫이겠지만 말이지."

카릴이 그를 바라봤다.

"북부의 천년빙동은 내가 우연히 발견한 곳이었다. 그 이후 이단섬멸령이 내려지고 크웰이 북부에 왔을 때 내가 그에게 천 년빙동을 보여주었지."

확인을 하듯 고든이 크웰에게 눈길을 주자 크웰은 고개를 천천히 끄덕였다.

"거기서 우리가 발견한 것은 네가 말했던 것처럼 하나의 탑이었다. 탑은 봉인되어 있었지만 강렬한 마력을 뿜어내고 있었지. 동시에 우리들의 머릿속에 하나의 말이 기억되었다."

"적법(適法)한 왕(王)."

카릴은 물어볼 필요도 없다는 듯 바로 대답했다.

"여기 모인 사람 중 천년빙동에 대해서 알고 있는 사람들은 모두 그 말을 알고 있습니다. 하지만 그건 누가 얘기를 해서도 아니고 어디에 적혀 있는 것도 아니죠."

"그대로 머릿속에 각인 되는 것."

알테만이 그의 말을 이어받듯 말했다.

"하지만 문을 열지는 못했지. 탑이 거부를 하는 것처럼 그 안에는 오직 선택받은 자만이 갈 수 있다네. 카이에 에시르가 마계와 계약을 했다는 사실은 나도 몰랐던 일이야. 믿어주게."

"믿고 안 믿고는 내가 결정할 문제니 당신은 알고 있는 사실을 그대로 얘기하기만 하면 돼."

얼음장처럼 차가운 카릴의 대답에 알테만은 살짝 입술을 깨물었다.

"두 개의 천년빙동엔 각기 다른 것이 봉인되어 있었다. 한쪽은 사람 그리고 다른 한쪽엔 탑이. 알테만, 당신은 이 두 곳 모두를 보았고 고든, 당신은 탑이 있는 천년빙동에 그리고 데릴,

넌 들어가진 않았다 했으니 그쪽은 차치하더라도 남은 한 곳, 최초의 블레이더가 가둬진 천년빙동에는 가보았는가?"

"아닙니다. 저는 두 곳의 위치만을 알 뿐 들어가 보지는 않았습니다."

"어떻게 증명할 건데? 네가 나를 속이고 있다는 가능성도 배제할 수는 없다. 너는 적법한 왕을 알고 있었어. 그건 천년빙동에 간 자만이 알 수 있는 것이다."

"글쎄요. 황금십자회는 카이에 에시르가 설립한 단체입니다. 그의 유지를 받드는 것은 곧 그의 생각을 알고 있다는 것이기도 하죠."

데릴 하리안은 옅은 미소를 지었다.

"질문을 바꾸셔야 할 겁니다. 제가 그곳을 갔든 안 갔든 그건 중요한 것이 아닙니다. 무의미하기 때문이니까."

"……뭐?"

"저희는 200년이 넘는 세월 동안 비록 천년빙동을 보지 못하였어도 여기 이곳에 있는 분들보다 더 많은 것을 알고 있을 겁니다."

카릴은 데릴을 노려 보듯 바라봤다.

"에시르(Æsir)라는 성은 오직 신과 동등한 자만이 가질 수 있는 것입니다. 그 성안에는 단순히 하나의 신이 아닌 여럿의 신을 뜻하는 차원적인 의미가 있으니까요. 그리고 그것은 이 세계의 차원이 하나가 아니며 다른 차원의 개입 역시 충분히 일어날 수 있다는 것을 의미합니다."

데릴 하리안은 카릴을 바라봤다.

"지금 우리의 세계 역시 또 다른 차원에 영향을 끼칠 수도 있겠죠. 혹시 압니까? 카릴 님이 앞으로 행하실 일이 다른 차원에도 영향을 끼칠지."

그는 어깨를 으쓱했다.

"만약 그렇다면 그것이야말로 진정한 위업(偉業)이라 칭할 수 있겠군요."

카릴은 그 말은 마치 데릴이 자신의 비밀인 시간의 회귀를 알고 있는 것처럼 들렸다.

'하가네는 카이에 에시르에게서 시간의 회귀자가 나타날 수 있다는 말을 은연중에 들었다고 했다. 그자의 유지를 받들어 만들어진 단체라면…… 저 녀석도 그 사실을 알고 있는 걸까.'

카릴은 눈을 흘기며 그를 바라봤다. 설령 파렐이 시간을 역행할 수 있다는 가능성을 알고 있다 한들, 카릴이 그러한 사람이라는 것을 알기는 힘든 일이었다.

'단지 가능성을 추측하고 떠보는 것일지 모르지.'

카릴은 표정을 숨겼다.

"여러 개의 차원이 있다는 것은 이미 알고 있는 사실이다. 그 증거가 내가 가진 이 신의 조각이기도 하겠지."

말이 끝남과 동시에 에메랄드빛 조각인 디멘션 스파이럴 (Dimension Spiral)이 손바닥 위에서 회전하기 시작했다.

"그리고 천년빙동 안에 봉인되어 있는 또 하나의 파렐. 그역시 다른 차원이 존재한다는 증거이기도 하지."

"그 때문만은 아닙니다."

"……?"

"보이는 것만을 믿어서는 안 된다라는 말이 있지요. 카이에에시르가 마법사가 아니었던 것처럼."

"카이에 에시르가 마법사가 아니야?"

"그게 무슨……."

마계에 가지 못했던 사람들은 데릴의 말에 충격을 받은 듯웅성거리기 시작했다.

"너. 알고 있었군?"

카릴은 데릴의 말에 살짝 눈살을 찌푸렸다.

"저희는 카이에 에시르가 남긴 자들이니까요. 그의 비밀 역시 알고 있는 것이 당연한 일입니다."

그런 그의 물음에 데릴은 아무것도 아니라는 듯 여유 있는얼굴로 대답했다.

"고든, 크웰 그리고 알테만. 여러분, 세 사람은 저와는 달리천년빙동을 경험한 자들입니다. 하지만 지금의 이유가 오히려천년빙동을 본 여러분들은 모르고 저는 알고 있는 것이 있는이유입니다."

데릴은 고개를 들었다.

"카릴 님 역시 가지고 있으면서도 아직 이해하지 못한 것이 있습니다."

"……내가 모르는 것이 뭐지?"

"창조와 파괴라는 두 개의 성질을 가지고 있는 균열에서 만들어진 신의 힘 역시 빛과 어둠이 그러하듯 두 개의 성질을 가집니다. 하나는 카릴 님과 계약을 맺은 마스터 키(Master Key)가 가진 신력(信力). 나머지 하나는 신만이 쓸 수 있는 근원적인 힘, 차원력(次元力)."

지금껏 신의 힘은 빛이라 생각했다. 교단을 비롯해 네피림이 그랬고 율라의 형상 역시 빛으로 둘러싸여 있었으니까. 빛은 곧 신이라 여기는 것이 당연시되는 일.

카릴 역시 그리 생각했었다. 디멘션 스파이럴이라는 조각을 얻기 전까지는 말이다.

"그 둘을 모두 가지고 있는 카릴 님은 신외적인 존재가 되는 것이겠지요. 카이에 에시르는 그런 자를 기다렸습니다."

"왜?"

"신살자(神殺者)의 위업을 달성하기 위해서는 단 하나의 힘만으로는 불가능한 것이니까요. 최초의 블레이더가 실패한 이유역시 그 때문입니다. 그가 가진 힘은 마스터 키에 국한된 신력(信力)뿐이었으니까."

데릴은 카릴의 손바닥 위에 있는 조각을 바라보며 깊은 감회를 느끼는 듯한 표정을 지었다.

"신력과 차원력. 두 개의 힘은 그야 마로 신 그 자체라 부를 수 있는 강대한 힘. 그렇기에 어느 하나 한꺼번에 소유하지 못하도록 신은 두 개의 힘을 분리하였습니다."

데릴은 손가락 두 개를 펼쳤다.

"그들은 서로 돕기도 했으나 서로 견제를 하기도 하며 힘의 균형을 이루고 있었습니다. 결코, 두 개의 힘이 함께 존재하지 못하도록."

"하지만 어째서 이곳에 그 두 개의 힘이 모두 있는 거지?"

"단순합니다. 카이에 에시르가 이 세계 사람이 아니기 때문입니다."

모두가 그의 말에 놀란 듯 눈을 동그랗게 떴지만 카릴만은 어렴풋이 예상했다는 듯 담담한 표정이었다. 마계에서 마왕과의 대화에서 하가네는 카이에 에시르를 가리켜 영역 밖의 존재라고 했다. 수천 년 전 신화 시대의 블레이더들도 이루지 못한 신의 힘을 고작 250년 전의 사람이 얻었다?

아무리 생각해도 불가능한 일이었다.

"그는 신(神)인가?"

카릴의 물음에 모두의 시선이 데릴에게 꽂혔다.

"아닙니다."

긴장 가득한 상황 속에서 데릴 하리안의 대답은 의외로 차분했다. 그의 대답에 누군가는 안도의 한숨을 내쉬었고 누군가는 당연하다는 듯 헛웃음을 터뜨렸다.

그 정도로 모두가 그들의 대화에 집중하고 있었다.

"그럼?"

"신령대전의 반역이 일어나기 전, 신력을 가진 자로서 신의 단죄를 내리는 이를 가리켜 블레이더라 하는 것을 알고 계시겠지요."

카릴은 고개를 끄덕였다.

"지금에 와서야 블레이더가 신살자(神殺者)의 길을 뜻하는 자라 불리지만 원래는 신의 편에 섰던 자들."

데릴은 흥미로운 비밀을 이야기해 주는 것처럼 살짝 입꼬리를 올렸다.

"신의 힘이 두 가지의 합일이라면 마찬가지로 이 내린 차원력을 가진 자들 역시 존재하지 않겠습니까."

[설마……]

침묵을 지키던 마엘이 데릴 하리안의 말에 믿을 수 없다는 듯 작은 탄성을 터뜨렸다.

"카이에 에시르는 블레이더와는 다른 의미로 신의 힘을 소유한 자."

데릴 하리안의 입술이 아주 천천히 움직였다.

"란체포. 신의 대리자. 혹은 신의 화신이라 불리는 인간입니다. 블레이더가 신의 검이라면 차원력을 가진 란체포는 신의 의지라 칭할 수 있을 겁니다."

[거짓말……!! 란체포는 더 이상 세상에 존재하지 않는다!! 신령대전 이후, 블레이더가 일으킨 반역의 죗값으로 율라는

신의 화신을 더 이상 인간에게 내리지 않았어!!|

"말했지 않습니까? 그는 이 세계의 사람이 아니라고."

카릴은 생각지 못한 이야기에 이마를 찡그리며 물었다.

"란체포? 그건 뭐지? 마엘, 너는 아직도 내게 숨기고 있는 것이 또 있었던 건가."

[……그럴 리가. 숨길 이유가 뭐가 있겠어. 필요가 없는 이야기이기 때문에 말하지 않았을 뿐이다.]

"어째서?

[더 이상 태어나지 않으니까. 최초의 블레이더는 신이 직접 선택한 자들이다. 하지만 란체포는 그와 달리 떠도는 신의 의지가 인간의 육체에 깃들어 태어나는 것이니까. 그건 태생도 직위도 상관없는 일이다. 농부의 아이가 될 수도 있고 황가의 자녀가 될 수도 있는 일이지.]

"태생이 다르다는 것 말고 블레이더와 무슨 차이가 있지? 란체포가 행할 수 있는 힘이 뭔데?"

[말 그대로다. 신의 의지를 행하는 자. 강인한 육체를 가진 블레이더와 달리 육체의 능력은 떨어지나 디멘션 스파이럴이 없이도 신의 힘인 창조력을 쓸 수 있는 자들이다. 그들이야말로 의미 그대로의 반신(反神)이라고 할 수 있겠지.]

마엘의 말에 카릴은 차갑게 되물었다.

"알테만. 당신은 카이에 에시르가 란체포라는 존재라는 것을 알고 있었나?"

그는 고개를 저었다.

"아니. 내게는 그런 말을 하지 않았다. 그리고 카릴, 네게 또하나의 천년빙동에 대하여 절대로 숨기려고 했던 것은 아니다."

"그럼?"

"카이에 에시르는 내게 단 하나의 빙동만을 알려주라 했기 때문이었다."

"어째서?"

"자신의 정수를 얻지 못한 자에게는 또 다른 빙동은 아무런 의미가 없기 때문이라고 했지."

"……"

틀린 말은 아니었다. 우연히 고든 파비안이 카이에 에시르가 숨겼던 빙동을 발견하긴 했지만, 그는 정확히 그 탑이 어떤 의미를 이루는지 알지 못했다. 처음에 적법한 왕의 조건이라는 것을 그는 단순히 제국의 황제를 뜻하는 것이라 생각했었으니까.

"좋아. 카이에 에시르가 그 란체포라는 존재인가 뭔가 하는 것이란 말인데. 그것도 이 차원이 아닌 다른 차원의 존재라……. 기가 막히는군."

[……말도 안 되는 소리다. 다른 차원의 존재가 이곳에 영향력을 끼쳤다고? 차라리 신이라면 믿을 수 있겠지. 하지만 신의 화신이라 한들 결국 인간에 불과하다. 인간이 차원을 넘었다? 그건 절대로 있을 수 없는 일이다.]

마엘은 카릴의 말에 어이가 없다는 듯 소리쳤다.

"글쎄."

하지만 오히려 부정하는 그를 향해 카릴은 나지막한 목소리로 말했다.

"절대적인 불가능이란 없지. 내가 어떤 존재인지 너희들은 알고 있잖아. 안 그래?"

[……]

카릴이 시간을 회귀했다는 것은 마엘뿐만 아니라 그와 계약을 모든 존재가 알고 있는 사실이었다. 마엘 자신 역시 있을 수 없는 그 변수에 기대어 미래를 바꿀 수 있지 않을까 하는 기대를 품었으니까.

[하지만 너와는 다른 문제다. 차원을 넘는다는 것은 신의 규율을 부수고서야 가능한 일일 테니까. 그 말은 곧 신을 죽여야 한다는 의미다.]

"마엘, 당신도 알고 있는 소멸한 신이 하나 있지 않습니까."

데릴 하리안은 푸른 뱀을 향해 말했다.

[설마…….]

"당신이 직접 말했던 세크무트. 로드(Lord)라 불리는 신들의 최고위. 이곳에 남아 있는 디멘션 스파이럴이 세크무트의 것임을 당신은 알 겁니다. 그리고 당신은 말했죠. 인간이 그러하듯 신 역시 탄생이 있다면 죽음도 있다고요."

[웃기지 마라. 내 말의 의미는 신의 자연적인 소멸을 뜻하지 인간에 의한 신살(神殺)의 의미가 아니었다.]

"왜요?"

데릴 하리안은 어쩐 일인지 당돌하게 되물었다.

"왜 그것이 불가능하다고 생각하십니까."

[⋯⋯뭐?]

"그건 지금 당신께서 하시려는 일을 스스로 불가능하다고 말하는 것이니까요. 스스로 모순된 일을 행하고 계신 겁니까."

[그건⋯⋯!!]

"카이에 에시르가 남긴 정수가 이곳에 있는 이유로 세크무트의 신살(神殺)은 성립될 수 있습니다."

[블레이더를 비롯해서 정령왕과 드래곤까지 합세했던 대전쟁이었다. 그런데도 실패한 일이 다른 차원에서는 가능했다는 말인가? 어떻게⋯⋯?]

데릴 하리안은 마엘의 물음에 고개를 저었다.

"저도 모르는 일입니다."

"하지만 분명한 것은 그가 인간이었다는 것이겠지."

250년 전 카이에 에시르의 동료였던 알테만의 말은 인간의 신살의 가능성에 한층 더 손을 얹어주었다.

[만약 그렇다면⋯⋯ 우리 세계에서는 더 이상 란체포가 존재할 수 없다는 말인데. 애초에 신살의 반역이 실패로 돌아갈 수밖에 없었던 이유가 그것 때문일지도 모르겠군. 정말로 불가능한 싸움을 하고 있었던 것인가.]

"역시⋯⋯."

데릴 하리안은 마엘의 예상에 마치 감탄을 하는 듯 미약한 탄성을 질렀다.

"그렇기에 안배를 둔 것입니다."

"안배?"

"율라는 자신의 생명을 위협할 수 있는 블레이더를 봉인하고 더 이상 란체포를 태어나지 않게 하였습니다. 그 둘이 불안전한 이유는 각기 다른 존재이기 때문입니다."

두근…… 두근……!!

카릴은 데릴 하리안의 말에 자신도 모르게 심장이 빠르게 요동쳤다.

"설마 그 안배가……."

"블레이더와 란체포를 한 명으로 만드는 것. 그리하여 힘이 분산되지 않고 응축될 수 있도록. 하지만 더 이상 신이 란체포를 태어나게 하지 않는 지금 이 세계가 구원받기 위해서는 또 다른 변수가 필요합니다."

"란체포를 만드는 것."

[신도 아닌 인간이 생명을 창조한다? 그건 오만방자한 말일 뿐이다.]

"만드는 게 아닙니다. 스스로 쟁취하는 것이지요. 하지만 지금까지의 방법은 불안합니다. 그렇기에 카이에 에시르는 한 번 더 신을 속였어야 합니다."

데릴은 카릴을 바라봤다.

"신의 힘과 신의 의지를 나누지 않고 두 개의 능력을 한 사람에게 집중시키는 것."

모두의 시선이 카릴에게 집중되었다.

"그리고 제 생각엔 카이에 에시르의 도박은 성공한 듯 보이는군요."

"하……."

카릴은 데릴 하리안의 말이 어처구니없다는 듯 헛웃음을 터뜨렸다. 그것이 자신을 가리키는 것임은 당연하거니와 단 한 번의 삶이 아닌 두 번의 삶을 통해서 얻어 낸 기회이니 과연 카이에 에시르가 숨겨놓은 안배가 성공할 확률이 얼마나 되는 것일까. 그야말로 도박이었다.

[하지만 성공했군.]

알른 자비우스는 낮게 말했다.

"고작 인간일 뿐인 저는 그 이상을 알지 못합니다. 다만 카이에 에시르가 남긴 유언이 있다는 것을 전할 뿐이죠."

"……유언?

"오직 신력과 차원력을 모두 가진 자에게만 남기는 언령(言靈)입니다."

우-우-우-우-우-우-웅……!!

그의 말이 끝남과 동시에 갑자기 그의 옆에 서 있던 어린 신수가 낮게 울기 시작했다.

신록의 울음과 함께 카릴의 주위가 새하얀 빛의 입자들로 둘러싸이기 시작했다.

"제가 알고 있는 것은 그의 진짜 이름이 따로 있다는 것입니다. 카이에 에시르는 이 차원에서 새로이 만든 이름이라는 것입니다."

"그게 뭐지?"

"글쎄요."

데릴은 고개를 저었다.

"다만 황금십자회에 전해지는 기록에 카이에 에시르는 자신을 다른 차원의 신인 세크무트를 죽이고 그와 함께 차원의 유체가 되어 떠돌았던 영혼이라 했습니다. 사실 그는 자신을 블레이더라 칭하지도 란체포라 칭하지도 않았습니다. 후대에 와서 저희가 그리 해석을 했을 뿐. 왜냐면 그는 차원력을 가진 존재였으니까요."

그는 카릴을 바라보며 말했다.

"이해 가십니까. 비록 다른 차원이나 그가 신살(神殺)에 성공했다는 것은 사실이라는 겁니다. 그리고……."

척-

데릴은 한쪽 무릎을 굽히며 카릴을 향해 고개를 숙이고서 마치 신하의 예를 다하듯 말했다.

"저희도 할 수 있다는 것을 의미하겠지요. 황금십자회는 타락과의 전쟁에서 카릴 님을 위해 모든 것을 바쳐 싸울 것을 약속드립니다."

"그래?"

하지만 카릴은 데릴 하리안의 말에 차갑게 미소를 지었다.

서걱-

폴세티아의 검이 마치 공기를 자르듯 허공을 베었다. 하지만 동시에 붉은 핏방울이 바닥에 떨어졌다.

"……!!"

데릴 하리안은 고통보다 놀라움에 아무런 말도 하지 못한 채 잘려 나간 손목을 움켜쥐며 창백한 얼굴로 카릴을 바라봤다.

"누가 누구한테 이해가 가냐고 묻는 거지? 할 수 있어? 네가 무엇을?"

"그, 그건……."

손목에서 피가 쏟아짐에도 그 누구 하나 카릴을 막지 않았다.

"네가 만든 무대가 아니다. 너는 아무것도 하지 않고 그저 주인이 지키라 하는 문 앞에서 손님을 기다리고만 있던 문지기에 불과해."

척-

카릴이 검을 들어 그에게 겨누었다.

"자신의 위치도 모르는 놈이 세 치 혀를 나불거리다니. 살아남은 걸 행운이라 여겨라."

그것은 위엄(威嚴)이었다. 카이에 에시르에서부터 신(神)까지. 상대가 그 무엇이 되었든 카릴은 어느 순간에도 자신의 존재성을 잃지 않았다.

언제나 중심에 서야 한다. 그것이 이끄는 자가 절대로 잃어서는 안 될 가장 중요한 가치였기 때문이다.

"너는 지금까지 자신의 입장을 표명하지 않았었다. 공국에 있었을 때 진법의 연구를 위해 앤섬이 너를 찾았던 것을 기억한다. 하지만 너는 응하지 않았지."

데릴이 천천히 고개를 들었다.

"그런데 지금에야 내게 충성을 맹세하겠다는 것은 보는 눈이 많은 지금, 제대로 된 정보를 모두 밝히지 않은 너 자신의 목숨을 구하기 위함이 아닌가? 내가 충성을 맹세한 자의 목을 쉬이 베지 못할 것이라 생각하고 말이야."

스릉-

폴세티아의 검이 데릴의 어깨 위에 놓였다.

"근데 난 아냐. 남들의 시선보다 내가 바라보는 목표가 더 중요하니까. 너를 구해줄 수 있는 사람이 과연 있을까?"

카릴은 냉철하게 말했다.

"게다가 너는 진심으로 내게 충성을 고하는 것이 아니야. 내 눈엔 너는 여전히 카이에 에시르의 유지를 따르기 위해 내게 협조하는 것으로밖에 안 보이는데."

그때였다.

"전방 지상에서 타락(墮落) 포착!!"

차가운 기운이 감도는 청공성의 착륙장을 향한 비룡 기수들의 외침에 사람들의 시선이 아래 지상을 향했다.

쿠그그그그그그······.

천공성 아래 선혈동굴에서 핏빛 구름들이 솟구치고 있었다. 동굴의 입구에서도 끈적끈적한 점액 같은 붉은 액체 덩이들이 뱉어내듯 꾸역꾸역 쏟아지며 바닥에 흐르고 있었다.

"저게 뭐야······?"

밀리아나는 생전 처음 보는 괴상한 생명체의 모습에 자신도 모르게 인상을 구겼다.

"카이에 에시르의 도박은 성공했다. 하지만 과연 네 도박도 성공할지 궁금하군. 전쟁의 승패와는 별개로 너의 목숨은 내 손에 있음을 명심하라."

"······알겠습니다."

데릴 하리안은 그의 말에 쓴웃음을 지었다.

"주군, 하지만 그의 전력을 이대로 두기엔 아쉽습니다. 치료를 윤허해 주실 순 없으신지요."

두 사람을 지켜보던 앤섬이 조심스럽게 물었다. 마법을 영창하는 마법사에게 팔이 없다는 것은 크나큰 타격이 아닐 수 없는 일이었다. 특히나 마탄(魔彈)이라는 이명을 가진 데릴 하리안은 누구보다 빠른 마법을 위해 두 팔이 필수였다.

물론 그것을 알기에 카릴은 그의 한쪽 손목을 잘라 버린 것이기도 했다.

쩌적······! 쩌저적······!!

카릴이 손을 뻗자 순간 바닥에 너부러져 있던 데릴의 손이 얼어붙었다.

"전장에선 병사라 할지라도 팔이 잘리고 다리가 부러져도 살기 위해서 싸워야 하는 법이다. 하물며 대마법사의 칭호를 받은 자가 다른 이들의 보살핌을 바라는 것은 아니겠지."

"물론입니다."

앤섬의 첨언에도 불구하고 카릴은 단호했다.

하지만 갑자기 나타난 그가 카릴에게 이러니저러니 하는 모습이 불편했던 카릴의 사람들은 오히려 그가 확실하게 선을 긋자 역시나 하는 충성 어린 얼굴로 그를 바라봤다.

"얼음의 정령왕인 에테랄의 힘으로 굳힌 것이니 언제든 붙일 수 있다. 하나 그 시기는 내가 결정하겠다. 잘린 팔을 다시 얻든 평생 외팔이로 살든 그건 네 몫이니까."

"……네."

데릴은 나지막한 목소리로 대답했다.

"카이에 에시르가 설령 다른 차원의 존재든 아니든 그건 내게 중요한 것이 아니다. 그가 남긴 힘은 감사히 쓰겠지만 힘은 단순히 한낱 도구에 불과할 뿐. 나는 내 힘으로 이루고자 하는 바를 행할 것이다."

카릴을 바라보는 데릴은 어쩐지 검날처럼 날카롭게 그에게서 뿜어져 나오는 예기에 등골이 오싹해지는 기분이었다.

그는 눈을 마주치지 못하고서 허리를 숙였다.

"고개를 떨구지 마라. 데릴."

"……예?"

"넌 지켜봐야 한다."

그런 그의 행동을 허락하지 않는다는 듯 카릴은 목소리에 힘을 주며 말했다.

"250년 동안의 그의 유지를 이어 온 너는 누구보다 이 싸움을 지켜봐야 할 이유가 있으니까."

삐이익--!!

그가 손으로 호각을 불자 날개를 퍼덕이며 빠른 속도로 붉은 비늘이 날아왔다.

"기억하고 기록해라. 후대가 알 수 있도록 이 전쟁의 시작과 끝을 하나도 남김없이 전부 말이야. 그것이 네가 해야 할 일이다. 네게 펜을 잡을 한쪽 팔을 남겨두었으니."

"……명을 받들겠습니다."

아이러니하게도 데릴 하리안은 자신도 모르게 두근거림에 심장이 조여오는 기분이 들었다.

그것은 황금십자회로서가 아닌 오롯이 데릴 하리안이라는 한 사람에게 주어지는 사명이었으니까.

"검을 들어라."

툭-

비룡의 머리 위를 밟고 꼿꼿하게 선 채로 카릴은 천공성의 모든 이가 들을 수 있도록 말했다.

"신살(神殺)의 첫걸음이다."

►**Chapter 7**◄

　콰아아아앙--!! 콰각-! 콰즈즈즈즉--!!

　강렬한 뇌전이 먹구름 아래로 쏟아지듯 떨어지고 있었다. 천공성이 서서히 속도를 줄이며 선혈동굴 근처에서 내리치는 번개를 피해 멈추었다. 신기하게도 주위는 맑은 하늘이었지만 선혈동굴의 위에만 짙게 깔린 먹구름은 마치 침입자들의 침범을 거부하는 듯 보였다.

　"비룡 부대는 자리를 지킨다!! 번개를 조심하라!!"

　가네스의 외침에 천공성을 호위하듯 날고 있던 비룡들이 학익(鶴翼)의 형태로 성을 중심으로 반원으로 흩어졌다.

　"주군, 저기 보십시오."

　눈이 좋은 키누 무카리가 지상을 가리켰다.

　놀랍게도 먹구름에 떨어진 번개가 바닥에 닿았음에도 불구하고 사라지지 않고 마치 날뛰듯 동굴 주변에서 번뜩이고 있었다. 흡수되지 않은 뇌전은 자꾸만 쌓여 꼭 살아 있는 것처럼 동굴 주위를 빠른 속도로 맴돌며 먹잇감을 찾고 있었다.

[자칫 잘못하면 통구이가 되겠군.]

알른은 혀를 차면서 아래 전경을 훑었다.

[다행히 사람은 없나 보군.]

"수안과 이스라필을 선혈동굴로 보냈을 때 트라멜 주변의 백성들을 이주시키라 명했으니까. 어차피 그들은 제국에서 쫓겨나 폐허에서 지내는 빈곤층이니 정착금을 쥐여주는 것으로 간단히 해결할 수 있었거든."

[철두철미하군. 선왕(宣王)은 덕목이지만 쓸데없는 친절함은 네 발목을 잡을 수 있음을 잊지 말거라.]

카릴은 알른의 말에 어깨를 으쓱했다.

[그런데 어떻게 해결할 거지? 일단은 지상으로 내려가야 조사를 하든 마물을 죽이든 할 텐데.]

"천공성에 집결한 인원은 모두 실력자들이니 제 몸 하나 지킬 순 있겠지만…… 번개를 치우긴 해야겠군."

카릴은 에이단을 바라봤다.

"검을 빌리마. 저 말도 안 되는 번개를 버틸 수 있는 무구는 아무래도 뇌격과 뇌전뿐일 것 같으니."

"알겠습니다."

에이단은 망설임 없이 품 안에 둔 두 자루의 검을 그에게 건

넀다.

콰앙-!!

카릴이 뇌격을 있는 힘껏 지상을 향해 던졌다. 그러자 검이 바닥에 박힘과 동시에 강렬한 소용돌이가 일어나며 검 안으로 전격이 빨려 들어가듯 흡수되었다.

[하하, 남들은 보는 것도 소원인 블레이더의 5대 무구를 고작 피뢰침으로 쓰다니. 기가 막히는군. 하긴, 이런 생각을 할 수 있는 사람은 너뿐일 게다.]

알른은 기가 막힌다는 듯 카릴에게 말했지만 카릴은 그저 지상을 주시할 뿐이었다.

즈즉…… 즈즈즈즈즉…….

"기껏해야 1분이겠군."

만환(卍環)을 시전한 그의 눈에 바닥에 꽂힌 뇌격이 마치 허용 용량을 초과한 듯 당장에라도 뽑힐 듯 심하게 떨리는 것이 보였다.

"뭐, 검이 부서지지 않은 것만으로도 감사해야 할 일이겠지만."

카릴은 두 자루의 검 중 남은 뇌전을 에이단에게 던지며 말했다.

"다들 들었지? 1분이다. 1분 안에 우리는 적진 안으로 침투해야 한다. 모두 낙하 준비!!"

에이단은 그의 의중을 재빠르게 알아차리고는 자신의 수하들인 스나켈들에게 소리쳤다.

"선혈동굴이 있는 트라멜은 지금은 폐허가 되었지만 과거에는 마도 시대에 요새로 사용되었던 곳입니다."

앤섬 역시 빠르게 지도를 펼쳤다.

우-우-우-웅…….

신기하게도 그가 펼친 지도는 일반적인 가죽 위에 그림을 그려 만들어진 것이 아닌 허공에 영상을 띄우듯 만들어진 마도공학의 발명품이었다. 그가 둥근 유리구슬을 양손으로 움켜쥐자 허공에 떠 있는 반투명한 지도가 마치 확대가 되는 것처럼 커지면서 사진처럼 선명하게 트라멜의 모습이 나타났다.

"신기하군."

나인 다르혼은 노움의 실력이 들어간 마도구에 홍미를 보이며 말했다.

"이스라필 님의 우월한 눈과 연결되어 있어서 실시간으로 상황을 지도에 표시할 수 있습니다. 뿐만 아니라 원하는 곳에 마경을 띄워 바로 볼 수 있기도 하고요. 타락과의 싸움은 한 나라가 아닌 여러 곳에서 동시다발적으로 일어나는 전투인 만큼 정보의 속도가 생명이라 할 수 있으니까요."

카릴은 만족스러운 듯 앤섬의 말에 고개를 끄덕였다. 그는 비록 기사는 아니지만 그의 골렘 조종술은 그 어떤 조종사보다 뛰어났다. 지휘를 위해서는 꼭 선두에 나서야만 하는 것은 아니다. 그것을 증명하듯 윈겔이 직접 이끄는 골렘 부대는 다른 부대에 비해 월등한 차이를 보여주었다.

개인의 전투력이 아닌 골렘의 기동력과 효율적인 배치는 오직 그만이 할 수 있는 것이었으니까.

"주군……!! 저기 앞에……!!"

키누 무카리의 외침에 모두가 상공을 바라봤다.

[크르르르르르……!!]

거대한 뱀과 같은 것이 먹구름 사이로 모습을 드러냈다 사라졌다. 몸은 뱀의 것을 닮았지만, 머리는 마치 악귀처럼 구겨진 사람의 인상을 하고 있었다.

"뭐 저렇게 생긴 괴물이 다 있어?"

산전수전 다 겪어본 고든조차 그 괴상망측한 모습에 혀를 두르고 말았다.

"앤섬. 천공성을 안전한 곳으로 이동시켜라. 이스라필은 최대한 많은 눈을 만들어서 시야를 밝히도록. 그리고……."

"주군, 이것을."

앤섬은 지도를 지우고서 주머니에서 작은 세공품을 꺼내어 그에게 건넸다.

"들리나?"

세공품은 카릴의 귀에 쏙 들어맞았다.

그와 동시에 달려 있는 작은 보석에서 빛이 깜빡였다. 칼립손의 세공 마법(Magic Craft)을 통해 새로이 만든 통신구의 축소판이었다.

[네, 주군. 타락의 기운 때문인지 잡음이 생기긴 하지만 현

재까지는 괜찮습니다. 하지만 중심부로 들어가게 될 경우 연결이 어려울 듯싶습니다.]

그의 목소리가 들리자 윈겔을 불렀던 카릴도 짐짓 놀란 듯 살짝 눈썹을 들썩였다. 통신 마법은 오직 마법사들의 전유물로 여겨졌던 것인데 이 물건을 쓴다면 마력이 없는 이민족들도 원거리에서 통신이 가능할 테니 더욱 빠르게 전술을 행할 수 있게 된 것이었다.

"골렘의 조종은?"

[현재까지는 무리가 없습니다만 그 역시 중심부에 들어가게 되면 어떨지 확인하기 어렵습니다.]

카릴은 윈겔의 대답에 고개를 끄덕였다.

"기동 가능한 모든 골렘을 선혈동굴 주위에 포진시킨다. 선혈동굴이 파괴되고 나면 우두머리를 잃은 타락들이 정신없이 쏟아질 거야. 놈들이 절대로 트라멜 주위를 벗어나지 못하도록 섬멸해야 한다. 놈들은 네게 맡기겠다."

[알겠습니다.]

해협 건너에 있는 윈겔이었지만 그의 목소리에도 긴장감이 느껴졌다.

[골렘 전기(全機). 하강 시작하겠습니다.]

철컥-!! 지이이잉……!!

그의 명령과 함께 천공성의 외곽에 배치되어 있던 골렘들이 일제히 지상으로 낙하하기 시작했다.

치익……! 치이이익……!! 쿵!! 쿠웅……!!

골렘의 등에 장착되어 있는 시동 코어가 빛을 뿜어내자 서서히 낙하 속도가 줄어들며 하나둘 골렘이 지상에 착륙하며 배치되기 시작했다. 일사불란하게 움직이는 마도 병기를 바라보며 사람들은 저마다 전투 준비에 돌입했다.

"데릴 하리안."

"하명하십시오."

"천공성은 시공 코어는 내 힘으로 제어를 바꿔 마법사들도 운행할 수 있지만 4개의 포탑은 다르다. 빛을 응축하여 쏴야 하는 것이기에 빛의 힘인 광휘력(光輝力)이 필요하다."

"네."

"놈들에게 율라의 말처럼 타락이 신에 반하는 존재라면 광휘력의 타격은 더욱 효과적일 것이다. 네가 해야 할 일이 뭔지 알겠지."

"제가 포탑을 조종하겠습니다."

카릴은 고개를 끄덕였다.

신력은 오직 선택받은 인간만이 쓸 수 있는 마력이었지만 그가 데릴에게 전선의 참여 대신에 포탑을 조종하라고 한 이유는 그의 손목을 잘랐기 때문도 있었지만 그보다는 광휘력을 쓸 수 있는 또 다른 존재. 빛의 힘인 라시스의 기운이 깃든 신록, 알카르를 가지고 있었기 때문이었다.

"명심하라. 이것은 대전쟁의 포문을 알리는 전투다. 전쟁에 있어 사기가 얼마나 중요한 것인지는 누구보다 너희들이 잘 알고 있을 터. 우리의 승전보가 우릴 기다리는 100만이 넘는 군세에 힘이 되어줄 것이다."

와아아아아아아--!! 와아아아--!!

카릴의 말에 천공성에 있는 병사들이 있는 힘껏 외쳤다. 하늘을 찢을 듯한 함성이었지만 그들의 마음 한편에는 미지의 적과 싸워야 하는 불안감이 여전히 깃들어 있었다.

"……!!"

타앗-

그는 망설임 없이 동굴 아래로 뛰어내렸다. 뇌격이 대부분의 번개를 흡수했지만 여전히 지면에는 이따금 번쩍이며 전격이 흐르고 있었다.

파직……! 파즈즈즉……!

카릴이 걸음을 옮길 때마다 스파크가 튀었다.

쿠웅-!!

그의 뒤를 따라 에이단과 수안이 따라왔다. 카릴은 힐끔 두 사람을 바라봤다. 아무런 말도 하지 않았지만 이 전쟁의 시작에 앞서 카릴은 자신의 뒤를 따라올 가장 첫 번째 사람들은 역시나 그들일 것이라 생각했었다.

"후우……."

수안은 긴장한 얼굴로 건틀렛의 끈을 조였고 에이단은 바닥에 꽂혀 있는 자신의 검에 손가락을 살짝 대었다가 때면서 신기한 듯 바라봤다.

"이거야 원, 최악이군요. 저런 괴물과 이런 장소에서 싸워야 하다니."

"아니. 그 반대다."

"네?"

"이곳은 인적이 드문 곳이다. 만약 저 괴물들이 우리의 나라를 침범해 왔다면? 더 끔찍한 일이 벌어졌으리란 건 설명할 필요가 없는 일이지."

"……그렇군요. 상상만 해도 끔찍한 일입니다."

"그렇지. 상상만으로도."

카릴은 수안 하자르의 말에 쓴웃음을 지었다. 상상만으로 끔찍하다 하는 그 전투를 그는 직접 경험했으니 말이다.

그리고 또다시 치러야 하기도 했다.

'선혈동굴을 첫 기점으로 삼고 쏟아졌던 타락이었지만 우리는 녀석들을 잡을 공략법조차 몰랐다. 그 덕분에 무수한 희생이 필요했다. 그에 비한다면 지금은 너무나도 감사할 따름이지.'

녀석들을 잡을 방법도, 그리고 녀석들을 잡을 수 있는 인원까지도. 모두가 준비되었다. 전생과는 비교도 할 수 없을 정도로 완벽한 전장이었다.

파악-!!

카릴은 바닥에 흐느적거리는 검은 타락의 잔해를 밟아 문질렀다.

츠아아아악……!!

그러자 검은 연기와 함께 뜯겨지며 솟구친 핏물들이 증발하며 산화되었다. 남은 것은 지독한 악취와 녀석의 가죽뿐이었다. 녀석의 시체를 본 순간 온몸의 혈액이 차갑게 얼어붙었다가 녹아내리는 듯한 기분이었다.

"그래, 이 감각이지."

지금까지와는 전혀 다른 심장의 박동이 느껴졌다. 그 느낌이 어떤 것인지 카릴은 잘 알고 있어 오히려 짜증이 날 정도였다.

우스웠다. 이 떨림은 자신이 이 순간을 기다려 왔음을 증명해 주는 것이기 때문이었다. 인류의 미래를 결정짓는 절체절명의 위기를 바랐다? 결코 그것은 아니었다.

그가 이 순간을 바란 것은 다른 의미였다. 이 순간만큼은 이해관계가 복잡하게 얽혀 적군의 피해마저 최소한으로 승리를 따내야 하던 귀찮은 머리싸움을 이제 필요 없어졌기 때문이었다. 오로지 그가 가진 순수한 힘으로 눈앞에 보이는 놈들을 베어버리면 그만이니까.

그렇기에 그는 이 순간을 기다려 온 것이었다.

이 전투가 끝나고 나면 이상하게도 그는 자신이 아직 도달하지 못한 마지막 한 걸음을 뛰어넘을 수 있을 것 같다는 생각이 들었다. 그렇기에 한 번쯤 돌아가야 했다.

검성(劍聖)이라 불렸던 그때의 자신으로. 지금보다 검 하나만큼은 더 날카로웠던 단 한 번의 시절. 오직 검뿐이었던 그때로 돌아가 그는 마지막 담금질을 시작하고자 했다.

콰아아아앙……!!

가장 먼저 공격의 포문을 연 것은 수안 하자르였다. 그의 칼 두안 건틀렛에 마력이 모이더니 푸른 빛을 뿜어냈다. 그리고 어둠 속에서 섬광의 궤도를 그으며 그들을 덮치는 타락을 향해 내질러졌다.

퍼억……! 퍽!! 콰가가강--!!

수안 하자르의 양손에서 뿜어져 나오는 묵직한 강권이 타락에 적중할 때마다 불꽃이 터져 나갔다.

"제법인데?"

에이단은 신속을 뛰어넘은 가벼운 몸놀림으로 수안의 옆을 지나며 말했다. 하지만 그의 감탄에 대꾸도 하지 않은 채 수안은 가장 선두에서 타락을 쓰러뜨리며 길을 만드는 데 여념이 없었다.

"……."

그런 그의 뒷모습을 보며 에이단은 입을 다물었다. 지나오면서 본 수안의 얼굴이 굳어 있었기 때문이었다. 하지만 그의 얼굴이 굳은 이유가 단지 치열한 싸움으로 오는 긴장감이 아니라는 것을 에이단은 잘 알았다.

증명(證明). 수안 하자르의 마음 한구석에 계속해서 짓누르고 있었던 실책을 만회할 마지막 기회가 바로 이 전장임을 알고 있었기 때문이었다. 그렇기에 그는 이곳에 있는 그 누구보다 필사적이었다.

"흐아아아아!!"

수안 하자르의 외침과 함께 그의 주먹이 움직일 때마다 날카로운 풍압이 쏟아졌다.

발본트 8태세(態勢)-1격(擊).

그가 양팔을 뒤로 있는 힘껏 잡아당겼다가 내지르자 그를 덮치려던 타락들의 몸뚱이가 마치 폭탄이라도 맞은 것처럼 쾅!! 하는 소리와 함께 폭발했다.

"한 번 더……!!"

콰드드드드드드득--!!

수안이 터져 버린 타락의 시체를 밟으며 질주하기 시작했다.

"수안 녀석, 무리하는군."

"어쩔 수 없는 일입니다. 주군께서 보고 있다면 자연적으로 그리되니까요."

카릴은 검을 그으며 에이단에게 물었다.

"나 때문에?"

"저도 마찬가지였습니다. 그 날, 기억하십니까? 주군께서 계셨기에 제가 사이몬 코덴을 뛰어넘을 수 있었으니까요."

"네 실력일 뿐이야."

카릴은 에이단의 말에 담담한 표정으로 말했다.

"비단 저 덩치뿐만이 아니야. 자신들이 따르는 왕이 가장 선두에서 싸우고 있으니 부하들이 싸우지 않을 수 없지."

어느새 따라온 밀리아나가 검은 연기를 뚫고 카릴의 등 뒤에서 말했다.

"다만 녀석이 조급해하지 않았으면 하는군."

비록 올리번의 산하였으나 전생에 그가 수많은 업적을 이뤄냈다는 것을 카릴은 잘 알고 있었기 때문이었다.

"그건 걱정하지 않아도 돼. 녀석은 급한 마음에 움직이는 것이 아니라 자신의 실력을 네게 보여주고 싶은 마음에 들뜬 것이 더 옳을 테니까."

그렇게 생각하는 건 그녀뿐만이 아니었다. 천공성에서 출진 직전 미약하지만, 마음속의 불안감을 지우지 못했었던 병사들은 어느새 모두 카릴의 뒤를 따르고 있었다.

싸울 수밖에 없는 입장이기 때문이 아니었다. 가장 먼저 천공성에서 뛰어내려 적진으로 향하는 카릴의 모습에서 사람들은 그가 변하지 않았음을 느꼈기 때문이었다.

'적이 인간이든 괴물이든 주군은 주군이시다.'

그런 생각이 들자 그들의 마음속에서 알 수 없는 고양감이 일어났다. 자신들이 믿는 주군에게는 절대적인 하나의 믿음이 있었기 때문이었다.

그가 참전한 전투에서 패배란 없다.

병사들의 사기는 카릴이 망설임 없이 천공성 아래로 뛰어드는 순간 이미 변해 있었다.

밀리아나는 카릴의 옆모습을 힐끔 바라보고는 자신도 모르게 피식 웃었다. 그러고서 그녀는 붉은 천으로 되어 있는 끈으로 긴 머리카락을 질끈 묶었다.

"똑똑히 봐라!! 너희 눈앞에 있는 적이 인간인가? 아니다. 이건 전쟁이 아닌 사냥이다!! 자비를 베풀지 마라. 너희의 본질을 잊지 마라. 사냥꾼의 본능을 깨워라."

와아아아아--!! 와아아--!!

밀리아나의 외침에 디곤을 비롯한 남부의 전사들이 일제히 환호성을 질렀다. 그녀가 바닥에 쓰러진 타락을 발로 차자 새카맣게 변한 녀석의 몸이 재가 되어 흩날렸다.

"시체를 치우지 않아도 되니 좋은걸."

그녀는 차갑게 웃으며 먼지를 털어내듯 검을 휘저으며 소리쳤다.

"굼뜨지 마라!! 일착(一着)을 빼앗길쏘냐!!"

"이럇-!! 이럇-!!"

"달려라!!"

디곤의 전사들은 그녀의 모습에 더욱더 안장 위에서 박차를 가하며 저마다 질주하기 시작했다.

"지지 마라!! 사냥이라면 우리를 빼놓고 논할 수 없지! 대초원의 기상을 보여라!"

키누 무카리는 질주하는 디곤들을 바라보며 자신의 활을 들어 올리며 소리쳤다.

"비궁족!! 사격 준비!!"

휘이이이익……!!

신기하게도 그가 활시위를 당기자마자 앞으로 가로막듯 불던 역방향의 바람의 궤도가 바뀌며 마치 등을 밀어주듯 부드럽게 변했다.

파앙--!!

활시위에서 쏘아진 화살이 맹렬한 소리를 내면서 타락을 향해 날아갔고, 청린의 화살촉이 닿는 순간 타락들은 여지없이 폭발하기 시작했다.

[저자는 역시 바람의 가호를 받은 게 틀림없어. 특히나 사미아드가 주변에 있으니 그 효과가 배가 되는 것 같은걸.]

라미느는 인간의 완력으로는 불가능한 거리에서 쏟아내듯 화살을 뿜어내는 키누 무카리를 보며 말했다.

[아무래도 목걸이에 봉인되어 있는 사미아드가 날뛰고 싶어 안달이 난 모양이로군.]

그의 음성이 들렸고 들판을 질주하던 화린은 황급히 요동치는 펜던트를 움켜쥐었다.

"들었지? 마음 같아서는 봉인을 풀어주고 싶지만, 시간이 걸리는 일이다. 지금은 여유를 부릴 때가 아니야. 화린, 대신 네가 전력을 다해라."

"당연한 소리."

그녀는 입술을 깨물며 말했다. 그도 그럴 것이 사미아드가 직접 반응을 보인 것은 처음이었기 때문이었다. 하지만 그것이 자신이 아닌 키누 무카리의 모습에서 생겨난 것임에 그녀는 마음에 들지 않았다. 그녀가 가진 라이칸스로프의 힘으로는 그를 만족시키지 못하고 있음을 증명하는 것이었으니까. 그건 북부의 전사로서 자존심이 상하는 일이 아닐 수 없었다.

쫘악-

화린은 목걸이에 달린 펜던트를 움켜쥐었다.

"이 안에 들어 있는 것이 바람의 정령왕이라고 했나? 미안하지만 카릴처럼 하늘을 나는 것도 저 녀석처럼 바람의 힘을 실어 화살을 날리지도 못해."

우득…… 우드드득…….

그녀의 신체가 변하기 시작했다.

"하지만 내 두 다리가 땅 위에 있는 한 너를 하늘보다 더 자유롭게 날뛰게 해주겠다."

두꺼운 짐승의 허벅지가 마치 터질 듯 부풀어 오르며 지면을 박차자, 쾅앙-!! 하는 굉음과도 같은 소리와 함께 그녀의 몸이 튀어 나갔다. 있는 힘껏 뒤로 팔을 뻗은 다음에 발톱으로 할퀴듯 긋자 그녀를 에워싸고 있던 타락들이 순식간에 폭발하며 사라졌다.

[으아아아아아……!!]

수십 기의 타락을 부숴 버리며 화린은 타락의 시체를 밟고 뛰어오르더니 공중에서 다시 또 다른 타락을 낚아채며 바닥에 내려찍었다.

콰앙--!!

바닥에 착지한 그녀는 쉴 틈 없이 여기저기 타락을 쳐올리고 부수며 전장을 누볐다.

휘이익……!! 화악……!!

키누 무카리가 활시위를 당겼을 때 바람의 방향이 바뀌었다면 화린의 주위에는 마치 그녀를 떠받들 듯 바람이 일었다. 그것이 바람의 정령왕인 광풍(狂風), 사미아드의 본연의 힘이라는 것을 사람들은 알 수 있었다.

[크아아아아아!!]

라이칸스로프로 변한 화린은 포효를 질렀다. 누가 괴물인지 알 수 없을 정도로 그녀의 주위에 시체가 쌓여 갔고 타락의 시체들이 연기로 산화될 때면 그녀의 날카로운 발톱이 일으키는 풍압이 소용돌이처럼 곳곳에서 연기와 함께 휘몰아쳤다.

타닥……! 타다다닥……!!

하지만 정신없는 전투가 벌어지는 와중에도 연기를 뚫고 그녀의 옆을 빠른 속도로 달리는 하나의 인영이 있었다. 그 주인은 화린의 어깨를 밟고서 공중으로 뛰어올랐다.

쩌적-! 쩌저적-!

작은 체구에 어울리지 않는 거대한 창날이 바람을 가르며 타락에 닿을 때마다 타락들이 순식간에 얼어붙었다.

"미하일!!"

날카로운 외침과 동시에 칼날 바람이 어디선가 정확히 얼어붙은 타락을 꿰뚫었다.

콰아아아앙……!!

칼날 바람에 산산조각이 나며 부서지는 타락들은 얼음 조각들과 함께 녹아내리듯 사라졌다.

"흥."

세리카 로렌은 타락이 산화되면서 뿜어내는 지독한 악취에 손을 저었다. 그러자 그녀의 주위에 마치 눈가루가 날리는 것처럼 반짝거리는 얼음들이 녹아내렸다.

"헉…… 헉……."

한참 뒤에서야 미하일이 그녀의 곁으로 달려왔다. 그는 숨이 차오르는 듯 머리에 쓰고 있던 로브의 후드를 벗으며 주저앉았다.

"늦어."

세리카 로렌은 그런 그를 보며 심드렁한 표정으로 말했다.

"미하일은 용병이었다던데 체력은 저 작은 아가씨보다도 못한걸. 아직 수련이 더 필요하겠어."

북부의 이민족들을 이끌며 싸우던 하시르는 저 멀리서 그들의 모습을 보며 나지막하게 말했다. 초창기부터 카릴의 수하들을 봐왔던 그였기에 누구보다도 수안과 미하일의 심정을 이해할 수 있었다.

"글쎄. 조금 전까지 우리 전선에 있었던 두 사람이었어. 꼬마 아가씨만큼 달리진 못했지만, 그는 화살도 닿지 않는 이 거리에서 그녀가 타락을 공격하기 전에 이미 칼날 바람을 중첩해서 날렸다. 완벽한 예측이었지. 과연 대륙의 마법사 중에서 그런 자가 몇이나 될까?"

릴리아나는 하시르의 말에 되물었다. 그녀의 물음에 그는 한쪽 입꼬리를 올렸다.

"하긴. 대륙에서 카이에 에시르가 창안한 마법을 쓸 수 있는 유일한 마법사이니 그를 내가 평가하는 것 자체가 우스운 일이겠지."

하시르는 늑여우 부대에게 손짓을 하며 외쳤다.

"가자!! 저 둘을 지원한다!"

"진격하라!!"

늑여우들의 움직임과 동시에 잔나비 부족의 전사들도 릴리아나의 외침에 달리기 시작했다.

"압승이로군."

여기저기에서 밀고 올라가는 전선을 바라보며 밀리아나는 만족스러운 듯 말했다.

"……."

하지만 카릴은 동굴의 입구를 주시하며 아무런 말을 하지 않았다. 쏟아지는 타락(墮落)의 형태는 명확하게 이루어지지 않았고 그저 검은 점액질과 같은 형태였다.

카릴의 기억 속 타락들은 완전한 모습을 하고 있었던 것에 비해 지금 이것들은 마치 찰흙 인형을 빚다 만 것 같은 느낌이었다. 게다가 녀석들은 생각보다 외부의 충격에 쉽게 파괴되었다. 시체가 산화될 때 독기를 뿜어내지만 그것은 그다지 위협적인 일이 아니었다.

'아직 미완성이야.'

카릴은 자신의 부하들이 뛰어나다는 것을 알지만 그것 이상으로 타락이 쉽게 밀리고 있음을 인지했다. 전생에서도 이 정도 수준이었다면 그렇게 큰 피해와 희생을 감수하지는 않았을 테니까.

카릴은 저 멀리 솟아 있는 탑, 파렐(Pharel)을 바라보며 생각했다.

'제대로 된 신탁이 내려지지 못했고 파렐이 완성되기 전에 우리가 먼저 녀석들을 친 게 효과가 있었던 모양이로군.'

갑작스럽게 나타난 파렐에 의해서 선혈동굴에서 타락들이 만들어지고 있음을 알지 못했던 전생을 돌이켜보면 그때의 가장 큰 패착은 역시 녀석들에게 시간을 준 것이었다.

그리고 그 빈틈을 놓치지 않은 카릴은 자신의 군세가 승리에 한 걸음 더 먼저 도착했음을 확신했다.

퍼억--!!

그때였다. 지금까지와는 다른 둔탁한 굉음이 울렸다. 카릴와 에이단은 황급히 앞질러서 달리고 있던 수안에게로 시선을 돌렸다.

"큭……?!"

거침없이 타락을 부수던 수안의 발이 멈추더니 단단한 뭔가를 때린 듯 주먹이 충격에 뒤로 튕겨 나갔고 뒤로 넘어진 그는 부들거리는 두 팔을 움켜잡았다.

"수안!!"

에이단이 황급히 그의 이름을 부르며 달려왔다.

치이이이이······.

수안의 곁에 도달한 에이단은 지독한 한기를 느꼈다. 주위에 흐르는 검은 연기는 타락의 그것과 닮았지만 뭔가 달랐다.

연기 뒤로 보이는 붉은 안광. 지금까지의 타락들과는 달리 사람의 형상을 하고 있는 뭔가가 보였다.

에이단은 그것을 바라보며 인상을 찡그렸다.

"저게······ 뭐야?"

얼굴의 반쪽은 두개골이 훤하게 드러나 있었고 나머지 반쪽은 심하게 부식되어 마치 시체 같은 모습으로 자신들을 내려다보는 괴물을 향해 그는 떨리는 목소리로 말했다.

부우우우웅--!!

그 순간, 괴물의 팔에 들려 있는 거대한 낫이 믿을 수 없는 속도로 두 사람의 목을 향해 날아왔다.

퍼억--!!

"······?!!"

공기를 가르는 날카로운 풍압의 소리가 전장에 울렸다.

[설마······ 저건······. 놀랄 노자로군. 문헌에서나 남아 있던

사신(死神)을 이곳에서 볼 줄이야. 율라는 저 괴물을 소환한 건가.]

"앞을 가로막는 놈은 벨 뿐. 결과는 다르지 않다."

알튼은 동굴의 입구에 나타난 괴물의 모습을 바라보며 자신도 모르게 중얼거렸지만 카릴은 같은 광경을 보고 있음에도 담담한 목소리로 말했다.

"현신(顯神)하라."

그의 말이 끝남과 동시에 등 뒤에서 일제히 정령왕들이 모습이 나타났다.

콰아아아아앙······!!

맹렬한 열기를 뿜어내는 폭염왕과 차가운 냉기를 머금은 해일의 여왕이 기다렸다는 듯 주위의 타락을 쓸어버리자 매캐한 시체가 타는 듯한 냄새와 함께 카릴의 앞을 막던 타락들이 쓸려 내려가는 모습은 가히 장관이었다.

탁-

하지만 거기서 끝이 아니었다. 카릴이 속도를 늦추지 않고 지면을 박차고 뛰어오르자 그 순간 그의 전신을 감싸는 라시스의 빛과 두아트의 어둠이 솟구쳤다.

"크윽?!"

수안은 황급히 마력을 끌어올리며 건틀렛에 집중했다. 칼두안의 건틀렛이 그의 마력에 반응하며 푸른 빛을 뿜어냈다. 두 팔을 들어 얼굴을 가리며 자신을 향해 날아오는 괴물의 낫을 막으려는 찰나 카릴의 외침이 들렸다.

"수안, 막지 말고 피해! 팔이 날아간다!"

"……네?"

뒤에서 들려오는 그의 말에 수안은 당황한 듯 황급히 뒤로 물러서려 했지만 그 바람에 중심이 흐트러지고 괴물의 낫은 그의 실수를 놓치지 않았다.

부-우-우-우-웅--!!

날카로운 파공성을 내뿜으며 무서울 정도의 빠른 속도로 낫이 쇄도하며 그의 목을 노렸다.

"……젠장!!"

에이단은 욕지거리를 내뱉으며 있는 힘껏 몸을 날렸다.

스캉-!!

지면을 박차는 그의 발아래 전격이 번뜩이면서 튕겨나가듯 에이단이 질주하며 괴물의 낫이 수안을 베기 직전 있는 힘껏 커다란 그의 몸을 두 팔로 밀쳤다.

초후술(超吼術) 4단계 각성, 축영(縮影).

수안의 몸이 뒤로 확 당겨지는 순간 날카로운 낫의 날이 수안을 아슬아슬하게 스치며 허공을 갈랐고 에이단의 손에 잡힌 수안은 속도를 늦추지 않고 널뛰듯 뒤로 밀려나며 괴물과의 거리를 벌렸다.

"쿨럭, 쿨럭……!!"

가까스로 멈추었을 때 수안은 지금까지 느껴본 적이 없던 엄청난 속도감에 속이 뒤집히는 기분을 느끼며 주저앉아 헛구역질했다.

"나한테 빚진 거다."

에이단은 근육이 꿈틀거리는 수안의 어깨를 가볍게 두들기면서 씨익 웃었다. 그가 지나갔던 자리는 마치 불에 그슬린 것처럼 시커멓게 지면에 자국이 나 있었다.

타닥…… 타닥…….

엄청난 마찰 때문인지 들풀들이 자라난 곳에 불씨가 붙어 점차 번지고 있었다.

"젠장, 오장육부가 뒤틀리는 기분이야."

수안은 입가를 닦으며 말했다.

"몇 번 하다 보면 익숙해져."

그의 말에 에이단은 다시 한번 피식 웃으면서 대답했지만 시선은 조금 전 자신들을 향해 공격한 괴물에 꽂혀 있었다.

"수안, 그만 일어나. 넋 놓고 있을 때가 아니니까."

저벅- 저벅- 저벅-

에이단이 만든 불꽃을 지나 천천히 발걸음 소리가 들렸다. 점액질 형태였던 지금까지의 타락과는 달리 괴물은 완벽한 이족보행을 하고 있었다.

녀석의 키는 거구인 수안의 1.5배는 될 듯싶을 정도로 컸고 언데드처럼 앙상한 뼈밖에 없는 몸에 옷 대신 검은 연기를 두르고 있었다. 특이한 것은 녀석의 등에는 한 쌍의 날개가 붙어 있었는데 마치 본드래곤의 것처럼 뼈로 되어 있는 두꺼운 날개가 삐그덕거리는 소리와 함께 걸음을 걸을 때마다 움직였다.

몸을 가리던 검은 연기가 서서히 형체를 이루자 녀석이 핏빛과도 같은 검붉은 갑옷을 두르고 있는 게 보였고, 들고 있는 낫은 마치 살아 있는 것처럼 파르르 떨리며 검명을 울기 시작했다.

"이런 말 하면 우습지만 꼭 지옥에서 온 것 같은 모습이야. 지금껏 많은 마굴을 공략했었지만 저런 괴물은 처음 본다."

그때였다.

"……!!"

순간 에이단은 굳은 얼굴로 황급히 자신의 왼쪽 뺨을 손등으로 닦았다.

'완전히 피한 게 아닌가.'

그의 뺨에 날카로운 검상이 생겨 있었고 붉은 피가 주르륵 흘러내렸다. 극한으로 끌어 올린 속도에도 불구하고 괴물이 휘두른 낫이 일으키는 풍압이 그의 방어를 뚫고 상처를 입혔다. 지금까지와는 다른 괴물에 암살자인 그조차 순간 오싹한 기분을 느꼈다.

[믿을 수가 없군……. 어떻게 벌써?]

[다른 전조도 없이 상위 타락이 소환될 수는 없는데…… 아직 최초의 타락도 열리지 않은 상황에서 저것이 나타나는 건 말이 안 돼.]

에이단의 당혹감 못지않게 정령왕들은 나타난 괴물을 바라보며 이해가 가지 않는다는 듯 외쳤다.

"물러서."

그 순간 카릴이 두 사람의 앞을 막아서며 그 괴물을 주시하고서 말했다.

"주군, 저게 뭡니까?"

에이단이 떨리는 목소리로 물었다.

[카릴, 아무래도 신이 네게 단단히 화가 났나 보군. 신령대전 때도 쉽게 볼 수 없던 타락의 사신을 이제 막 전쟁의 시작인데도 불구하고 처음부터 내보내다니 말이야.]

스릉-

하지만 라미느의 말에 카릴은 아무렇지 않은 듯 그저 폴세티아의 검을 뽑아 눈앞의 괴물을 향해 겨눌 뿐이었다.

[저게 뭔지 궁금한가?]

카릴을 뒤따라 온 알른 자비우스가 두아트의 힘을 빌려 검은 형체로 나타나 에이단의 물음에 대신 대답했다.

[말레크. 저 괴물의 이름이다. 신의 최고위 종속(從屬) 중 하나이지. 실제로 존재하는 것이라니…… 솔직히 눈으로 보고 있지만 놀랄 일이야.]

"……말레크?"

그는 바라보는 것만으로도 오금이 저릴 것 같은 괴물을 앞에 두고도 오히려 흥미로워하자 에이단은 그저 기가 막힐 뿐이었다.

[타락(墮落)은 4가지 종(種)으로 나뉜다. 가장 기본이 되는 종인 세크무트. 너희들이 조금 전 잡은 타락이다.]

"잠시만요……. 세크무트는 다른 차원의 신이라고 하지 않았습니까?"

[맞아. 하지만 세크무트는 신의 이름이자 신의 종속의 이름이다. 일전에 우리가 여러 신 중 신좌에 오른 그를 로드(Lord)라 칭한다 했었지. 신들의 왕이 된 그는 자신의 형상을 본떠 하나의 창조물을 만들어냈고 그것에 자신의 이름을 붙였다.]

에이단의 물음에 폭염왕 라미느가 대신 대답했다.

[지금껏 모든 신이 그러하듯 참으로 오만한 행위지.]

"……자신의 형상을 본떠서? 점액뿐인 저 모습이 정말 신의 모습을 닮은 것이라면 역겹기 짝이 없겠네요."

라미느의 말에 에이단은 삐그덕거리는 사신의 두개골을 바라보며 퉷-! 하고 침을 뱉었다.

[문헌에 나와 있는 세크무트의 모습은 인간의 것과 유사하다. 아마도 아직 불완전한 것이겠지.]

'전생에 율라를 모셨던 라엘이 만든 블루로어라는 광신교에선 타락을 세크무트라고 불렀지. 그 이름을 과연 누가 알려준 것일까. 율라가 직접 알려준 것이라면 과연 그는 어떤 기분이었을까.'

신의 전쟁에서 살아남은 신들은 서로의 차원을 맡아 다루게 되었다. 카릴은 이제 자신이 있는 곳이 유일한 차원이 아님을 알고 있었다.

이제 더 이상 차원의 주인이 신의 정점이 아니라는 것을 알기에 카릴에게 있어서 율라는 그저 로드(Lord)에 오르지 못한 패신(敗神)에 불과할 뿐이었다.

알른의 말에 카릴은 과거를 떠올리며 쓴웃음을 지었다.

[중요한 건 저 녀석은 세크무트와는 다르다는 것이다. 세크무트가 로드의 모습을 가지고 있다면 그의 상위종인 스커드론은 로드의 힘인 빛과 어둠을 가지고 있다. 그리고 그보다 더 위에 있는 종인 모라크스와 말레크. 그 둘은 빛과 어둠의 힘을 각각 극대화시킨 녀석들이다.]

알른의 말에 라미느가 말했다.

"저 녀석이 뭔지는 설명하지 않아도 알겠군요. 생긴 모습에서 이미 칙칙한 존재감을 제대로 내뿜고 있으니 말입니다. 저놈…… 말레크라는 놈이군요?"

에이단은 장난스러운 목소리로 물었다.

[그렇다. 신탁이 제대로 시작되지도 않았는데 벌써 최고위 타락이 나타나다니……. 아무리 율라라 할지라도 말레크를 소환하는 것은 무리가 되는 일일 텐데.]

"시작부터 보스라니. 배려가 없는 놈들이네. S급 마굴도 최소한 차근차근 올라가는 맛이라고 있는 법인데. 이건 뭐 그냥 단번에 끝내겠다 이건가?"

하지만 라미느의 대답이 끝남과 동시에 장난스럽게 웃던 그의 얼굴은 순식간에 굳어졌다. 장난기는 가셨고 어느새 그는 암살자의 눈빛을 하고 있었다.

"가자."

수안 하자르는 정신을 차린 듯 건틀렛을 고쳐 쥐고서 결심한 듯 말했다.

"어딜? 주군께서 물러나라고 했잖아?"

"싸워야지."

"정령왕께서 하는 말 못 들었어? 타락 중에서도 최고위 타락이라잖아."

"주위를 봐. 저놈만 있는 게 아냐. 걸리적거리는 잔챙이들은 아직도 많다. 우리가 할 일이 분명 있을 거다."

"미친놈. 그래서 마음에 든다니까."

하지만 말은 그렇게 해도 이미 에이단의 손등에는 날카로운 검이 튀어나와 있었다. 선혈동굴을 감싸고 있는 전격을 막기위해 뇌격을 쓰는 바람에 쌍검의 한 자루가 없는 에이단은 아쉬움을 감추지 못했다.

"내가 왼쪽을 맡지."

그러나 에이단은 무구의 탓을 하지 않았다.

지금껏 전장에서 물러선다는 것은 그 역시 단 한 번도 생각해 보지 않은 일이었으니까.

'……먹힐까?'

조금 전 초후술로도 피하지 못한 뺨의 상처가 욱신거리는 기분이었다.

"제길, 이제야 좀 따라왔다 싶었는데…… 이제는 마물마저 새로운 벽이로군."

하지만 썩 기분 나쁜 것은 아니었다.

강해지고 싶다는 열망. 처음에는 주위의 동료들에 대한 부러움과 열등감에서부터 시작되었지만 지금 그에겐 원동력이 되어주는 감정이었으니까.

"어차피 죽여야 할 놈이다. 먼저 나오고 나중에 나오고가 무슨 상관이야? 이건 전쟁이다. 적이 아군의 사정을 봐주는 것 자체가 말이 안 되는 일이지."

카릴의 나지막한 목소리가 귀에 들어왔다.

"강한 패를 먼저 꺼낸다는 것은 그만큼 상대를 높게 평가한다는 뜻이겠지. 잘 봐라. 적이 강할수록 신이란 녀석도 우리를 두려워한다는 증거다."

[크르르르……]

에이단과 수안을 마주했을 때엔 망설임 없이 사신의 낫과 같은 할버드를 휘둘렀던 녀석이 어쩐 일인지 카릴이 나타난 뒤로는 쉽사리 달려들지 않았다.

"그리고 두려움을 갖는다는 것은 불사(不死)가 아니라는 뜻이기도 하지."

말레크가 카릴의 말을 알아들은 것처럼 갑자기 고함을 지르며 달려오기 시작했다.

[룬어?]

엄청난 속도로 질주하는 녀석의 입에서 흘러나오는 외침을 들으며 어이가 없다는 듯 말했다. 마력의 힘이 담긴 룬어가 괴물에게서 흘러나오자 뼈밖에 없었던 날개에 살이 붙는 것처럼 흐릿한 빛이 뿜어져 나왔다.

[신성한 마력의 결정체인 룬어가 놈의 입에서 흘러나오니 더러운 기분이로군.]

말레크의 모습을 보며 알른은 살짝 입술을 깨물었다. 마력이 신의 은총이라 불리지만 그 마력을 평생 탐구해 온 그로서는 그 힘이 신의 것이라 여기고 싶지 않았기 때문이었다.

"걱정 마라. 알른."

폴세티아의 검이 울기 시작했다. 알른은 카릴이 지금 두 가지의 용마력을 동시에 끌어올리고 있음을 알았다.

"검에 눈이 없듯 같은 마력을 쓴다 한들 신과 우리는 다르니까. 누가 쓰느냐에 따라 이 힘은 신을 죽이는 힘이 될 수도 있다."

[너…….]

"파렐 안엔 무수히 많은 타락이 있었다. 그리고 나는 그것들을 밟고 정상에 올랐다."

콰아아아앙--!!

반원을 그리며 베어오는 말레크의 낫을 카릴이 검으로 막았다.

카극……! 카그그극……!!

"그 많은 타락을 죽였지만 이름 따윈 모른다. 하지만 저 면상만큼은 기억나는군."

낫의 날과 폴세티아의 검날이 서로 맞물리면서 놀랍게도 말레크의 허리가 점차 뒤로 꺾이기 시작했다. 카릴이 낫 사이로 얼굴을 들이밀며 끔찍한 두개골을 마주하며 나지막한 목소리로 말했다.

"잔챙이는 빠져."

최고위 타락을 향해 뱉어낸 그의 짧은 감상에 모두가 경악을 금치 못했다.

뭐라 떠들어 대는 말레크의 말을 알아들을 수 없었지만 적어도 카릴의 기세에 뒤로 밀려 점차 허리가 바닥에 닿을 정도로 뒤로 꺾이는 녀석의 모습에서 절실한 당혹감을 엿볼 수 있었다. 그러나 일말의 자비도 없이 카릴은 더욱더 녀석을 몰아쳤다. 폴세티아의 검이 마치 점차 녀석을 찍어 누르는 순간 카릴이 두개골을 움켜잡았다.

치이이이익……!!

그 순간 라시스의 빛과 두아트의 어둠이 섞인 광흑(光黑)의 힘이 닿자 마치 인두로 지지는 것처럼 녀석의 머리에서 시커먼 연기가 솟구쳐 올랐다.

[크아……! 크아아아악!!]

지금까지와는 달리 고통스러운 비명이 터져 나왔다. 녀석은 카릴의 팔을 떼어내기 위해 안간힘을 썼다.

"봤지? 네피림도 타락도 결국 비명은 똑같아."

우드득……!!

그때였다. 말레크의 척추가 접히며 끝내 카릴의 힘을 이기지 못하고 부서지는 소리가 선명하게 들렸다.

"그건 네놈도 마찬가지겠지."

쿠그그그그그……

카릴은 선혈동굴의 입구에 서 있는 하나의 인영을 향해 말했다.

"최초의 타락, 혈(血)."

스릉-

그는 말레크의 잔해를 발로 지르밟으며 말했다.

"네 비명도 확인해 주마."

"저게…… 최초의 타락?"

타락을 뚫고 돌파한 사람들은 심란한 표정으로 동굴 앞에 있는 마물을 바라보며 말했다.

카릴은 시선을 살짝 뒤로 돌리며 그들을 바라봤다.

에이단과 수안을 비롯해 밀라아나와 고든, 크웰 그리고 알테만이 타락을 뚫고 이 자리에 서 있었다.

"크흠."

크웰 맥거번은 카릴의 발아래 부서진 말레크의 시체를 보며 나지막한 탄성을 터뜨렸다.

"확실히 대륙 10강이긴 하군. 여기까지 뚫고 오다니 말이야."

밀리아나는 고든과 크웰을 보며 말했다. 자신을 제외하고 카릴의 사람 중 자력으로 최전선까지 뚫고 들어온 사람은 여태껏 없었기 때문이었다.

"대륙 10강이 무너진 지가 언제인데. 밀리아나, 너를 포함에서 내 수하들 역시 소드 마스터의 반열에 오른 자들이다."

"그렇긴 하지만……"

밀리아나는 나머지 둘을 보며 못 미더워하는 얼굴이었다.

"걱정 마. 내 주위의 자들은 약하지 않다. 다시 한번 말하지만 너를 포함해서 말이지."

그의 말에 그녀는 살짝 얼굴을 붉혔다.

"내가 꼭 당신 수하에 포함된 것처럼 말하네. 난 네가 태어나기 전부터 강했거든?"

차앙-

밀리아나는 자신의 쌍검을 서로 부딪쳐 날카로운 검명을 내며 말했다.

"그리고 디곤은 더 강하지."

콰아아아아아앙--!!

그때였다. 타락의 군세 좌측에서 요란한 폭음소리와 함께 일대의 군사들이 달려오고 있었다. 밀리아나는 흐뭇한 표정을 지으며 그들을 가리켰다.

"라니온 연합 도착했습니다."

그 순간 병력의 선두에서 말을 몰던 비올라와 그레이스가 카릴을 향해 말했다. 밀리아나는 예상치 못했다는 듯 황급히 고개를 돌리며 살짝 인상을 찡그렸다.

"너희가 왜 거기서 나와?"

"왜요? 저희가 오면 안 되나요?"

"그건 아니지만……"

카릴은 그녀의 반응에 옅게 입꼬리를 올렸다.

"다른 병력은?"

"중앙을 뚫고 있던 디곤은 현재 새로이 생성된 말레크를 상대하고 있고, 우측의 불멸회와 자유군의 병력은 생성되는 타락의 시선을 집중시켜 마물의 진군 방향의 미끼가 되어 이쪽으로 오는 것을 막고 있습니다."

"나인 다르혼이 어울리지 않게 고된 일을 하는군."

"대신 미하일과 세리카 로렌을 빌리겠다 전해 달라 하였습니다. 디곤 쪽으로는 키누 무카리와 베이칸이 갔습니다."

"좌측은? 설마 너희가 다 뚫고 온 건 아니겠지."

밀리아나는 중앙 쪽에 자신의 디곤 병력의 발이 묶여 있고 비올라의 병력이 먼저 도착했다는 것에 믿을 수 없다는 듯 말했다.

[클클…… 디곤의 여왕은 첫 만남 때부터 지금까지 자존심이 강한 건 여전하군.]

"그게 그녀가 강한 이유지."

알른이 밀리아나를 보며 잠시나마 전장의 긴장감을 풀 듯 말했고 카릴은 당연하다는 듯 대답했다.

[피는 못 속이나 보군.]

라미느가 그녀를 바라보며 모호한 말을 내뱉었다. 하지만 그의 말은 밀리아나의 목소리에 묻히고 말았다.

"화린의 북부 군세가 좌측을 맡고 있다고? 뭐야, 내가 알기로 너희 연합이 좌측을 치기로 했을 텐데. 남들이 애써서 막고 있는 동안 어부지리로 쉽게 길을 뚫고 온 것이로군. 어쩐지."

밀리아나는 자신의 부족이 일착으로 오지 못했다는 것에 살짝 자존심이 상하는 듯 말했다.

"어부지리가 아니라 이곳에 가장 필요한 전력이 바로 저희이기 때문입니다."

"너희가? 뭘 할 수 있는데?"

쿵……!!

그때 기사들은 힘겹게 등 뒤에 메고 있던 거대한 방패를 바닥에 내려놓았다.

"전술(戰術)."

그녀의 말에 밀리아나는 '풋.' 하고 헛웃음을 터뜨렸다. 그러고는 비올라의 옆에 서 있는 그레이스를 바라보며 말했다.

"어이, 펜리아의 풋내기. 넌 기억하겠지? 네가 이스탄 왕국을 치러 왔을 때 널 맞이했던 게 누구였는지 말이야. 그때 내가 전술을 썼었나?"

그레이스는 그녀의 말에 쓴웃음을 지었다. 밀리아나와의 만남은 절대 잊지 못할 기억이었기 때문이었다. 이스탄 왕국이 비록 소드 마스터를 보유하지 않은 소왕국이라고는 하지만 단 한 명으로 인해 왕국이 공략당했으니 말이다.

"발목이나 잡지 마라. 괴물을 상대하는 데는 괴물인 자만이 가능한 것이니까. 꽃송이는 얌전하게 온실에서 승전보를 기다리기나 해."

"스스로 괴물이라 인정하는 건가요?"

비올라는 그녀의 말에 얼굴을 구기며 말했다.

"물론."

"디곤의 몸엔 인간의 피는 반도 안 섞여 있거든."

우드득……! 두둑!!

그녀는 비올라의 핀잔을 오히려 비아냥거리듯 능글맞게 받아쳤다.

"다들 나서지 마. 디곤이 선수를 빼앗겼으니, 대신 디곤의 여왕이 적의 목을 뜯을 것이다."

동시에 밀리아나의 전신에 붉은 비늘이 돋아나며 그녀는 위풍당당하게 앞으로 걸어갔다.

"……괜찮을까요?"

에이단은 그녀의 모습에 살짝 불안한 듯 말했다. 조금 전 상대했던 말레크는 누가 봐도 저 앞에 있는 혈보다 약한 녀석일 것이다. 하지만 속도에서는 자신의 속도를 뛰어넘을 정도의 괴물이었다.

"뭐, 한 번쯤은 지켜볼 필요가 있겠지."

하지만 카릴은 어쩐 일인지 조금 여유로운 표정이었다.

'전생에서도 그녀는 타락과 싸울 때 혼자서 싸우는 걸 좋아

했었지. 용족화를 이룬 밀리아나는 분명 전생보다 훨씬 더 잘 싸울 수 있을 거다. 다만……'

그는 밀리아나의 옆에 있던 비올라에게 시선을 옮겼다.

'혈(血)이 상대라면 다르지.'

카릴은 전생에 엄청난 희생을 치렀던 최초의 타락을 사냥하기에 앞서 그가 먼저 나서지 않고 밀리아나를 혼자 내보낸다는 것이 결코 여유를 부리는 의미는 아니었다.

'앞으로 번질 타락의 불씨는 걷잡을 수 없이 빠르고 거대하다. 놈들과 제대로 싸우기 위해서는 결국 경험치가 중요한 법.'

그런 의미에서 밀리아나의 전투는 이곳에 있는 강자들에게 좋은 본보기가 될 것이었다.

'문제는 역시 저들이겠지. 어쩌면 저들이 앞으로 전투의 양상을 보여주는 좋은 계기가 될지도 몰라.'

밀리아나와 별개로 카릴은 비올라가 이끌고 온 군사들에게서 여전히 시선을 떼지 못한 채였다.

"앤섬의 전황을 보는 시야가 예전보다 더 확장되었군."

"네?"

카릴은 어째서 이 자리에 다른 이들도 아닌 비올라의 라니온 연합의 병력이 도착했는지, 앤섬 하워드의 의도를 단번에 알아차렸다. 하지만 에이단은 무슨 의미인지 몰라 되물을 뿐이었다.

"물러난다."

그가 손을 들어 가볍게 뜻을 표하자 밀리아나는 기다렸다는 듯 혈을 향해 걸어갔다.

"비올라. 너희는 말리지 않을 테니 앤섬의 계획대로 움직이도록."

"아셨습니까?"

"내게 미리 언질을 주지 않은 것은 괘씸한 일이지만 나쁘지 않아."

그의 말에 그녀는 못 당하겠다는 듯 낮은 한숨을 내쉬었다.

"다만 날 실망시키지 마라. 네겐 아직 숙제가 있으니까."

"명심하겠습니다."

비올라는 천천히 고개를 끄덕였다.

콰아아아아아아앙--!!

날카로운 폭음이 터져 나왔다.

탈칵-

그 순간 카릴은 쥐고 있던 폴세티아의 검을 살짝 아래로 당기며 언제든 뽑을 수 있도록 준비했다. 눈썰미 좋은 에이단은 그 모습을 보며 역시나 하는 생각에 피식 웃었다.

카릴이 만일에 경우를 대비한 마지막 보험은 역시 카릴 그 자신일 수밖에 없었으니까.

"흐아아아아--!!"

노도와 같은 속도로 달려든 밀리아나가 혈을 향해 검을 찔러 넣었다.

디곤 쌍검술 2결-월하옥(月下玉).

쌍검이 초승달처럼 머리 위에서 곡선을 그리며 혈의 목을 노림과 동시에 그녀의 다리가 녀석의 옆구리를 향해 쇄도해 들어갔다.

우드득-!

그녀의 발차기가 적중되자 혈의 옆구리가 꺾이면서 뼈가 부러지는 소리가 들렸다. 하지만 밀리아나의 공격에도 놈은 아무렇지 않은 듯 표정 하나 변하지 않고서 오히려 그녀의 사각을 노리며 팔을 저었다. 손가락에 돋아나 있는 날카로운 가시가 길어지면서 마치 갈퀴처럼 밀리아나를 덮쳤다.

"흥……!"

자신을 향해 오는 공격에 그녀는 코웃음을 치며 돋아난 용의 비늘로 얼굴을 가리며 오히려 더 안쪽으로 파고들었다.

핑그르르르르르……!!

혈의 공격을 막아낸 밀리아나는 혈의 가슴 안쪽에서 뒤로 검을 밀어 넣으며 검을 박아 넣었다.

[크륵!]

단말마의 비명과 함께 혈이 물러나려는 찰나, 그녀는 기회를 놓치지 않고 오히려 더욱 밀어붙였다.

콰즉……!

공기를 가르는 날카로운 소리가 터져 나오며 혈의 살점이 검에 잘려 나갔다. 너덜너덜해진 육체임에도 불구하고 녀석은 여전히 밀리아나를 공격을 하기 위해 그녀를 향해 주먹을 내질렀다.

카강!! 카가가강!!

단단한 방패를 두들기는 것처럼 용족화된 그녀의 비늘을 두들길 때마다 철이 부딪히는 소리가 들렸다.

"흐가가가가!!"

밀리아나는 혈의 허리를 꽉 안고서 있는 힘껏 힘을 주었다.

[크륵……!! 크르륵!!]

그녀의 품에서 벗어나기 위해 안간힘을 쓰던 혈이 비틀거리자 그 모습을 바라보는 사람들은 자신도 모르게 감탄을 금치 못했다.

"괜한 걱정을 했네요. 디곤의 여제는 제가 가늠할 수 없는 위인이라는 걸 잠시 잊었나 봅니다."

에이단은 무자비하게 혈을 몰아세우는 그녀를 보며 고개를 가로저었다. 하지만 여전히 카릴은 아무런 말을 하지 않았다.

퍼억-!!

둔탁한 소리와 함께 밀리아나가 혈의 가슴에 주먹을 찔러 넣자 녀석은 뒤로 자빠지며 비틀거렸다.

"최초의 타락이라 뭐라 거창한 수식어를 갖다 붙였지만, 뭐 별거 아니로군."

붉은 비늘로 덮인 얼굴을 쓸어 넘기며 그녀는 여유로운 표정으로 혈을 향해 걸어갔다.

"죽어."

그녀는 짧은 한마디를 끝으로 비틀거리는 녀석의 등에 박힌 자신의 검을 뽑으려 했다.

그때.

쿠르르르르르……!! 쿠극!!

녀석의 몸이 순식간에 부풀어 오르기 시작했다.

"피해!!"

카릴의 외침과 동시에 그녀가 몸을 피하려 했지만, 그보다 더 빠르게 혈의 몸뚱이가 폭발하듯 터졌다.

혈(血).

그 이름처럼 녀석의 몸이 터지는 순간 사방으로 쏟아지는 핏물이 밀리아나를 덮쳤다.

"크윽?!"

그녀가 혈의 공격을 피하는 속도보다 녀석의 핏물이 더 빨랐다. 피할 수 없음에 밀리아나는 황급히 얼굴을 가렸다.

그 순간 붉은 점액 같은 핏물이 밀리아나를 덮치려는 순간 어디선가 튀어나온 기사들이 등에 메고 있던 방패를 움켜쥐고서 벽을 만들며 녀석의 공격을 막았다.

치이익……!! 치이이익……!!

핏물이 닿는 순간 마치 철이 녹아 내리는 듯 메케한 냄새와 함께 새하얀 증기가 숫구쳐 올랐다.

전술-철벽(鐵壁).

화아아아아악--!!

단단한 방패의 벽 뒤로 비올라의 목소리가 들렸다.

"칼립손 경께서 직접 주물(鑄物)하신 대(對)타락용 실드입니다. 세공 마법뿐만 아니라 불멸회의 나인 다르혼 님께서 보호 마법을 걸어두었습니다. 적어도 몇 번은 녀석의 공격을 막을 수 있겠죠."

밀리아나가 비올라의 뒷모습을 바라봤다.

"끼지 말라고 했을 텐데? 너희들이 잡을 수 있는 상대가 아냐."

"압니다. 하지만 저들은 모두 소드 익스퍼트의 실력자들이죠. 여제처럼 괴물 같은 공격은 펼치지 못하지만, 마력을 모두 쏟아낸다면 최소한 속도만큼은 따라 올 수 있습니다."

비올라의 옆에 서 있던 그레이스가 조심스럽게 그녀를 대신해서 대답했다. 겹겹이 쌓인 거대한 방패 사이로 비올라는 밀리아나를 바라봤다.

"앞으로 타락은 걷잡을 수 없을 정도로 퍼질 것이라 들었습니다."

"……"

"여제께서 아무리 뛰어나다 한들 그렇게 된다면 그 모든 곳을 혼자서 감당할 수 없습니다. 결국, 저희 역시 싸워야 하겠죠."

실드의 벽을 뚫고 튄 혈의 핏물이 비올라의 어깨에 닿자 시커먼 연기와 함께 새하얀 그녀의 피부에 선명한 상처를 냈다. 하지만 그녀는 아랑곳하지 않고 세검을 들었다.

"괴물의 싸움에 저희가 끼어들 순 없지만……. 우리는 인간의 방식으로 싸울 겁니다."

그녀의 손에 들려 있는 펜리아 가문의 보구인 은빛서슬(Silver Wrath)이 차가운 서리를 품으며 번뜩였다.

"여제의 말씀처럼 저희는 녀석을 잡을 수 없을 겁니다. 그러니 검이 되어주십시오. 대신 저희는 방패가 되어 당신이 마음껏 싸울 수 있도록 죽을 각오로 막겠습니다."

"……훙."

밀리아나는 그녀의 말에 뭔가를 말하려다 말고 입술을 살짝 깨물며 검을 들었다.

"온실 속 화초가 이제 드디어 들판의 잡초만큼 꺾이지 않는 의지를 가졌군."

두샬라는 마경 속에 비친 비올라를 바라보며 옅은 미소를 지었다.

"시궁창에 좀 굴러봐야 살고자 하는 의지도 생기는 법이지. 이제야 조금 우리도 대화를 나눌 만한 눈높이가 된 것이려나?"

첫 만남 때의 그녀는 전장에서 두 발로 서 있기라도 할 수 있을지 걱정이었던 어린 공주님에 불과했으니까.

그녀는 소드 마스터처럼 뛰어난 검술 실력을 가지고 있지도 않았고 대마법사의 경지에 오른 마법사들처럼 강력한 마력을 가지지도 않았다. 에이단 하밀이 동료들을 바라보며 느꼈던 열등감에 강해질 수 있었다지만 그 역시 결국 재능이 있었기 때문에 가능한 일이었다. 하지만 그럼에도 불구하고 비올라의 전투는 기사들을 뜨겁게 만드는 뭔가가 있었다.

그 이유는 아이러니하게도 그녀가 약하기 때문이었다.

수많은 강자의 집합소라고 할 수 있는 카릴의 자유국 속에서 그녀는 이렇다 할 특출난 능력을 지닌 사람은 아니었다. 자칫 지켜줘야 할 애물단지가 되어버릴 수 있는 강자들의 틈바구니에서 그녀는 자신의 존재를 증명하기 위해 발버둥 쳐왔었다. 그리고 그 모습이 오히려 기사들로 하여금 전의를 불태우게 만들었고 여왕으로서의 빛을 발하는 존재가 될 수 있게 했다.

우습지만 기사들 역시 결국 소드 마스터라는 대단한 존재에 비하면 약자들이었으니까. 하지만 적어도 신념만큼은 강자들에 못지않았기에 비올라의 발버둥은 그들의 공감을 끌어내기에 충분했다.

"말했을 텐데. 쓸데없이 끼어들어 발목이나 잡지 말라고."

하지만 여전히 밀리아나는 심술궂게 말했다.

"물론입니다. 괴물의 싸움에 끼어들 욕심은 처음부터 없었으니까요. 대신 저희가 여제가 싸울 수 있도록 발판이 되어드리죠."

비올라는 차분한 목소리로 대답했다. 그녀의 대답을 듣는 순간 카릴의 한쪽 입꼬리가 슬며시 올라갔다.

to be continued

崑崙覇仙 곤륜패선

윤신현 신무협 장편소설

WISHBOOKS ORIENTAL FANTASY STORY

선대의 안배로 인해 시공간의 진에 갇힌
곤륜의 도사 벽우진.

"……뭐야? 왜 이렇게 되어 있어?"

겨우겨우 탈출해서 나온 그의 눈에 보이는 것은!

"정말, 정말 멸문했다고? 나의 사문이? 천하의 곤륜파가?"

강자존의 세상, 강호.
무너진 곤륜을 재건하기 위해 패선이 돌아왔다!

곤륜패선(崑崙覇仙)

'이왕 할 거면 과거보다 더 나은 곤륜파를 만들어야지.'

나는 될 놈이다

글쓰는기계 게임 판타지 장편소설
WISHBOOKS GAME FANTASY STORY

판타지 온라인의 투기장.
대장장이로 PVP 랭킹을 휩쓴 남자가 있다?

"아니, 어디서 이런 미친놈이 나타나서……."

랭킹 20위, 일대일 싸움 특화형 도적, 패배!

"항복!"

'바퀴벌레'라고 불릴 정도로
끈질긴 생명력을 가진 성기사조차 패배!

"판타지 온라인 2, 다음 달에 나온다고 했지?"

평범함을 거부하는 남자, 김태현!
그가 써내려가는 신개념 게임 정복기!

밥만 먹고
레벨업

박민규 게임 판타지 장편소설
WISHBOOKS GAME FANTASY STORY

바삭, 치킨. 새벽 1시에 먹는 라면!
그런데 먹기만 해도 생명이 위험하다고?

가상현실게임 아테네.
먹고 싶은 음식을 먹을 수 있는 유일한 방법!

[식신의 진가가 발동됩니다.]
[힘 1, 체력 1을 획득합니다.]

「밥만 먹고 레벨업」

"천년설삼으로 삼계탕 국물 내는 놈이 세상에 어디 있냐!"
"여기."